ULLSTEIN

Das Buch

Svend Foyn ist Rechtsanwalt mit einem Herz für die Schwachen. Eines Tages bekommt er überraschend Besuch von einem Jungen, der offensichtlich der rechten Szene angehört. Doch kaum ist der völlig verstört wirkende Besucher aufgetaucht, ergreift er auch schon wieder die Flucht. Er hinterläßt eine Videokassette, auf der in einer kurzen Sequenz sein verängstigtes Gesicht zu sehen ist und eine Hand, die sich langsam auf ihn zubewegt. Am nächsten Tag erscheint das Bild des Jungen in der Zeitung: Der fünfzehnjährige Elvis Kristiansen hat sich angeblich vor einen Zug geworfen. Als Foyn durch die Sozialarbeiterin Eva Lunde ein Film in die Hände fällt, der den abstoßenden Rest der Videoszene zeigt, zweifelt der Anwalt endgültig am Selbstmord des Jungen. Ist Eva der Film wirklich anonym zugespielt worden, wie sie behauptet? Was verbirgt sich hinter der Kunstgalerie von Elvis' Pflegeeltern, die der Tod ihres Sohnes kalt zu lassen scheint? Und warum mußte auch Elvis' Freund Frank sterben?

Der Autor

Der Norweger Jan Mehlum, geboren 1945, ist Soziologe. Für *Sind so kalte Hände* erhielt er den Rivertonpreis für den besten norwegischen Krimi des Jahres 1998. Sein neuester Roman wird gerade ins Deutsche übersetzt.

In unserem Hause ist von Jan Mehlum bereits erschienen:
Schöner Schein trügt

Jan Mehlum

Sind so kalte Hände

Roman

Aus dem Norwegischen von
Gabriele Haefs

Ullstein

Ullstein Taschenbuchverlag 2000
Der Ullstein Taschenbuchverlag ist ein Unternehmen der
Econ Ullstein List Verlag GmbH & Co. KG, München
Deutsche Erstausgabe

Titel der norwegischen Originalausgabe:
Kalde hender (Gyldendal Norsk Forlag, Oslo)
Übersetzung: Gabriele Haefs
Redaktion: Dagmar Lendt
Umschlagkonzept: Lohmüller Werbeagentur GmbH & Co. KG, Berlin
Umschlaggestaltung: DYADEsign, Düsseldorf
Titelabbildung: Tony Stone, München
Gesetzt aus der Sabon, Linotype
Satz: Josefine Urban – KompetenzCenter, Düsseldorf
Druck und Bindearbeiten: Elsnerdruck, Berlin
Printed in Germany
ISBN 3-548-24992-2

1

Der Junge vor dem Schreibtisch musterte mich mit einem seltsam erwachsenen Blick. Er war offenbar hereingekommen, während ich mich in einen Zeitungsartikel mit Tips zum Glücklichsein vertieft hatte.

Eine Erklärung für seine Anwesenheit in meinem Büro gab er nicht, er sagte kein Wort, stand nur unbeweglich mitten im Zimmer und starrte mich schweigend an.

Er war von ziemlich unbestimmbarem Alter, ich tippte auf fünfzehn oder sechzehn Jahre, obwohl er klein und dünn war. Seine kreideweiße, fast durchsichtige Haut wurde von den Sommersprossen, die großzügig über das kleine spitze Gesicht verteilt waren, noch betont.

Seine Frisur war von der schlichten Art. Drei Millimeter feuerroter Stacheln auf einem kleinen runden Kopf. Über seiner Hühnerbrust baumelte an einer groben Metallkette ein schmucker selbstleuchtender Totenkopf. Ein fieser Dolch steckte in dem breiten Gürtel, der die Hose festhielt und den schmalen Körper in der Mitte zusammenschnürte. Die eine Hand umklammerte eine Videokassette mit dem Aufdruck »Videohaus«.

Julia Roberts lächelte einladend auf dem Cover. *Pretty Woman.* Reicher Geschäftsmann lernt arme Nutte kennen, süße Musik ertönt. *Cannibal Holocaust* hätte besser gepaßt.

Ich finde es immer schwieriger, die Vorlieben der jungen Generation zu verstehen. Aber der Junge hatte vielleicht einen heimlichen Traum.

Seine schmächtige Gestalt war schwarzgekleidet. Kapuzenjacke im Militärlook, Jeans, blankgeputzte Springerstiefel. Der Reißverschluß der Jacke stand offen, das T-Shirt darunter war mit einem hakenkreuzähnlichen Symbol verziert. Und alles war zwei Nummern zu groß.

Der Junge wirkte irgendwie verloren, wie er da vor mir stand und mich gleichgültig betrachtete, so als ob er darauf wartete, daß ich die Initiative ergriff.

Dieser Tag Ende August war dabei, in die Geschichte überzugehen. Alles wies darauf hin, daß er von der grauen, depressiveren Sorte sein würde, ein Tag, der Kleinstadtanwälte mittleren Alters von Anfang an mit unerwarteter Aggression angeht.

Es hatte damit angefangen, daß mein streikender Wecker mich zu spät zu einer Gerichtsverhandlung schickte, bei der Anwalt Svend Foyn die Hauptrolle spielen sollte. Weiter ging es dann mit besorgten Mitteilungen von Kollegen, die anstelle des Herzens einen Gebührenzähler in der Brust hatten, gefolgt von lästigen Mahnungen einer Bank ohne Verständnis für die Forderungen, die ein klassischer Jaguar nun mal an seinen Unterhalt stellt. Auch die üblichen Klagen meiner Exfrau über mangelnde Zahlungsbereitschaft blieben mir nicht erspart.

Die tiefstehende Abendsonne warf lange Schatten über die ehrwürdigen Mahagoniwände des Büros. Und die schienen so gar nichts von der juristischen Weisheit vermitteln zu wollen, die sie doch durch drei Generationen der Koexistenz mit der Anwaltselite der Stadt aufgesogen haben mußten. Was übrigens vor meiner Zeit in der Kanzlei gewesen war.

»Ähem«, räusperte ich mich vorsichtig und versuchte meine Irritation zu verbergen, als nichts geschah. »Kann ich dir irgendwie behilflich sein?« fügte ich in etwas barscherem Ton hinzu.

Der Junge starrte mich nur weiterhin ausdruckslos an.

Und dann klingelte das Telefon.

Er fuhr zusammen und schluckte nervös. Dann wich er zurück, noch immer, ohne ein Wort zu sagen. Ehe ich reagieren konnte, war er aus der Tür geschlüpft. Sein schmaler Rücken sah erbärmlich aus, als er über den Flur rannte. Die Kette am Gürtel klirrte rhythmisch. Am Ende des Flurs blieb er stehen, drehte sich um und bedachte mich mit einem leeren Blick, dann verschwand er auf der Treppe zum Foyer im Erdgeschoß, noch immer mit der Videokassette in der Hand.

Ich konzentrierte mich auf das Telefon. Aber der Versuch, meiner dreizehnjährigen Tochter zu erklären, daß ich nur ihr Bestes im Sinn hatte, wenn ich sie nicht mit Freunden allein in ein Ferienhaus fahren ließ, war zum Mißerfolg verdammt.

Ich räumte die eiligsten Mitteilungen vom Schreibtisch, schnappte mir die Hausaufgaben des Tages und weckte meine Bernhardinerhündin Hulda, die ungeniert auf dem Mandantensofa schnarchte. Das Tier reckte sich widerwillig, ließ sich auf den Teppich fallen, hob mit sabberndem Maul die Leine auf und sprang eifrig vor mir her die Treppe hinunter. Der Freßnapf zu Hause in der Mansardenwohnung rief. Mir selber war eher nach einer guten Zigarre, einem Glas Cognac und einer friedlichen Stunde über den Schachfiguren.

Im Büro von Frau Svendsen, unserer allmächtigen Sekretärin, herrschte Hochbetrieb. Sie kontrollierte fast alles, was hier im Haus vor sich ging, kam als erste und ging als letzte. Ich verspürte einen Hauch von schlechtem Gewissen, als ich an ihr vorüberging.

Die Haustür unten stand sperrangelweit offen. Mein anonymer Gast hatte es wirklich eilig gehabt.

Ich blieb an diesem Abend noch lange auf, vertiefte mich in die neueste Nummer von *Classic Cars*, wo das Schwestermodell meines Jaguar Mk II aus dem Jahre 1962 abgebildet war, und ließ Jan Garbarek die Wohnung mit kontemplativer Ruhe füllen.

Der nächste Tag fiel entgegen meinen Erwartungen keineswegs besser aus. Den größten Teil meiner Zeit verbrachte ich damit, das Chaos zu beseitigen, das ein Idiot von Einbrecher irgendwann im Laufe der Nacht angerichtet hatte.

Irgendwer hatte auf wenig rücksichtsvolle Weise die soliden Schlösser der Haustür aufgebrochen, war dann durch die Büros gewandert und hatte schließlich aus unerfindlichen Gründen an meinem seine Aggressionen ausgelassen.

Frau Svendsen erledigte die Anzeigen bei Versicherungsgesellschaft und Polizei mit souveräner Autorität. Nachdem der Wachdienst versprochen hatte, uns mit einem kompletten Alarmsystem zu segnen, und ich mich davon überzeugt hatte, daß nichts Wichtiges verschwunden war, hatte ich endlich Zeit zum Nachdenken.

Mein Büro lag ganz hinten in einem langen Flur, am weitesten von der Haustür entfernt, die der Spitzbube aufgebrochen hatte. Außerdem waren die anderen Anwaltsbüros sehr viel größer und eleganter als meins. Warum hatte der Einbrecher sein Glück nicht dort versucht?

Ich fand keine Erklärung und entschied mich für einen Nachmittagsausflug ans Meer. Das Plätschern der Wellen, das rhythmische Tuckern des Sleipnermotors und eine gute Zigarre ließen mich die ganze Angelegenheit vergessen.

Ich hatte den Einbruch unter der Rubrik »Unbegreifliche Ereignisse« verbucht, als ich am nächsten Morgen die Lokalzeitung aufschlug.

Und plötzlich schmeckte der Kaffee überhaupt nicht mehr.

Am Vorabend hatte sich in der Stadt ein Zugunglück ereignet. Ich wußte schon aus dem Lokalradio, daß ein Jugendlicher aus der Gegend dabei ums Leben gekommen war. Das Unglück hatte Schlagzeilen gemacht:

FÜNFZEHNJÄHRIGER IN TØNSBERG VON ZUG GETÖTET

Was mein Interesse erregte, war das Bild auf der ersten Seite. Der Junge hatte beim Fototermin längere Haare gehabt, aber ich erkannte ihn wieder.

Mein stummer Gast hatte jetzt einen Namen. Einen Namen, den ich mir leicht merken konnte. Elvis Kristiansen, knapp fünfzehn. Manche Eltern denken wirklich nur an ihre eigenen Interessen, wenn sie die Namen für ihre Kinder aussuchen.

Elvis Kristiansen. Ich fragte mich, wie es wohl sein mochte, mit einem solchen Namen durchs Leben zu gehen.

Dem Artikel konnte ich entnehmen, daß er aus unbegreiflichen Gründen am Frodeåsen vor der Einfahrt nach Tønsberg einen Steilhang hinuntergestürzt war, als gerade der Zug aus Oslo mit Ankunftszeit 22.39 einlief, mit der Folge, daß es den Sanitätern Mühe gemacht hatte, seine Überreste einzusammeln. Zeugen dieses Unfalls, wie das Ereignis genannt wurde, hatten sich bisher nicht gemeldet.

Ich kannte die Stelle gut. Das war ein Sturz von sechs oder sieben Metern in fast freiem Fall auf die Gleise. Was brachte Fünfzehnjährige dazu, am Rand dieses Abhangs herumzuspielen? Vielleicht war das hier die neue Mutprobe für Halbstarke mit ausgeprägtem Geltungsbedürfnis? In Oslo ist als Mutprobe S-Bahnsurfen angesagt. Mindestens einer dieser coolen Knaben ist dabei schon ums Leben gekommen.

Elvis Kristiansen aber paßte nicht in dieses Bild. Mir war er wie ein verängstigter kleiner Junge in viel zu kernigen Klamotten vorgekommen.

Sein Blick verfolgte mich, als ich durch die Stadt lief. Und nun schien er mich anzuklagen.

Ich zeigte Frau Svendsen den Artikel. »Der Arme hat mich am Abend vor seinem Tod hier in der Kanzlei besucht«, sagte ich düster. »Ich kannte ihn nicht. Und ehe ich feststellen konnte, was er von mir wollte, war er schon wieder verschwunden. Du hast den Jungen nicht zufällig schon mal gesehen?«

»Wie schrecklich!« Mit einem Schaudern beugte sie sich über das Foto. Hinter Frau Svendsens strenger Miene verbirgt sich ein warmes Herz. »Der war noch nie hier. An das Gesicht würde ich mich erinnern.« Elvis hatte ein spitzes Fuchsgesicht, das leicht wiederzuerkennen war.

Später an diesem Vormittag saß ich in Gedanken versunken in meinem Arbeitszimmer. Der Anblick von Elvis Kristiansens Rücken, als er durch den Flur davonlief, quälte mich. Warum in aller Welt war er zu mir gekommen?

Ich würde keine Ruhe finden, so lange ich nicht wenigstens versucht hatte, eine Erklärung für diesen Besuch zu finden.

Die Polizei mußte mehr über diesen Unfall wissen. Es war sogar möglich, daß meine kurze Begegnung mit Elvis Kristiansen sie interessieren würde.

Mein Verhältnis zur Polizei war ein wenig angespannt, obwohl wir uns aus guten Gründen nicht aus dem Weg gehen konnten. Unsere Beziehung war klar definiert: Sie vertrauten mir nicht so ganz, ich vertraute ihnen ganz und gar nicht. Solche Beziehungen haben jedoch einen kleinen Haken. Beide Seiten entwickeln die Gewohnheit, sich nicht in die Karten blicken zu lassen.

Das Büro von Kriminalkommissar Wilhelm Mørk war eng und ungemütlich. Weil Mørk hinter seinem Schreibtisch saß, wirkte das Zimmer schon voll, noch ehe ich mich hineingezwängt und in einen staubigen Sessel gesetzt hatte.

Wilhelm Mørk war ein ungewöhnlich gutaussehender Mann, groß, dunkel und kräftig. Nur seine Augen verrieten einen gewissen, im Laufe vieler Jahre im Feld erarbeiteten Zynismus. Früher einmal waren wir beinahe Freunde gewesen, doch nachdem wir, jeder auf seine Weise, gründlich Grenzen überschritten hatten, die man nicht überquert, ohne sich dabei bleibende Schäden zuzuziehen, waren wir auf eine gewisse Distanz gegangen. Wir wußten zuviel über einander. Die Probleme im Zusammenhang mit dem großen Drogenfall, in den wir verwickelt gewesen waren, hatten sich nach und nach von selber gelegt. Die Zeit heilt fast alle Wunden. Seltsamerweise waren wir trotz einer, gelinde gesagt, leichtsinnigen Handhabung von Frau Justitias Regeln mit beinahe heiler Haut davongekommen. Daß wir im Dienst der guten Sache gehandelt hatten, war eine schlechte Entschuldigung.

Mørk musterte mich gelassen. »Du bist doch nicht ohne Grund gekommen. Ich tippe auf Elvis Kristiansen. Vielleicht möchtest du mir etwas anvertrauen?«

Ich fuhr zusammen und merkte, daß ich noch immer nervös wurde, wenn ich seine heisere, eindringliche Stimme hörte.

»Was ist mit d-d-dem Jungen p-p-passiert?« In Gegenwart von Wilhelm Mørk gedieh mein Stottern prächtig. »Und woher w-w-weißt du, worum es mir g-geht?«

»In seiner Brieftasche haben wir einen Zettel mit deinem Namen und der Adresse deiner Kanzlei gefunden. Kannst du das irgendwie erklären?« Er sah mich forschend an.

»Er hat mich wenige Stunden vor seinem Tod aufgesucht.«

Mørk hob sarkastisch die Augenbrauen. »Er brauchte also

einen Staranwalt. Ich nehme an, er wollte sein Testament machen.«

»Ich habe keine Ahnung, was er wollte«, murmelte ich. »Er hat nicht ein verdammtes Wort gesagt. Also erzähl mir, was du weißt.«

»Ich hatte an dem Abend Dienst. Das war kein schöner Anblick, das kann ich dir sagen.« Mørk zauberte eine Zigarette aus seiner Brusttasche und zündete sie in ein und derselben Bewegung an. Er gehörte nicht zu denen, die sich an das strenge Rauchverbot im Haus hielten. Das war nicht die einzige Vorschrift, die er mißachtete. Es war wohl einer der Gründe, warum ich auf unerklärliche Weise noch immer Vertrauen zu ihm hatte.

»Wir haben keine Ahnung, was passiert ist. Er ist gesprungen oder gestürzt, als gerade der Zug kam. Der Lokführer sagt, daß der Junge nur wenige Meter vor dem Zug durch die Luft flog, und er konnte nicht mehr anhalten.«

Ich war skeptisch. »Es ist n-n-natürlich möglich, daß er gesprungen ...«

Mørk fiel mir ins Wort. »Aber diese Erklärung glaubst du nicht so ganz? Ich kann dir sagen, daß der Junge viele gute Gründe für einen solchen Sprung gehabt hätte. Weißt du überhaupt irgend etwas über Elvis Kristiansen?«

»Nur seinen Namen.«

»Elvis hatte schon mit dem Jugendamt zu tun, bevor er überhaupt laufen konnte. Kinderheim, Pflegeeltern, zusätzliche Betreuung. Die ganze Fürsorgepalette. Wie üblich wurde erst etwas unternommen, als es zu spät war. Die letzten zwei Jahre hat er in einer Art privater Institution verbracht.« Er lächelte ironisch. »So was wie eine moderne Strafkolonie für Jugendliche. Irgendwo müssen die ja verstaut werden.«

»Er sah aus wie ein kleiner Neonazi. War er das?«

»Laß dich von der Aufmachung nicht irreführen. Aber es

ist schon möglich, daß er bei der Nazibrut gelandet war. Die nehmen doch gern Mobbingopfer wie Elvis unter ihre Fittiche.« Mørk zuckte resigniert mit den Schultern. »Ich habe den Jungen nicht persönlich gekannt. Aber ich weiß, daß er vor einigen Monaten zusammen mit ein paar Figuren aus der lokalen Skinheadszene im Zusammenhang mit einem Kioskeinbruch erwischt worden ist. Das waren keine großen Kanonen, nur welche von denen, die um die Farmandstrede herumlungern, alte Damen erschrecken und sich auf den täglichen Zusammenstoß mit der Antifa freuen. Sie haben ja keinen Zutritt zum Reich des Kaufmannsstandes. Es könnte also stimmen.«

Die Neonazis hatten in Tønsberg festen Fuß gefaßt. Und ich war der Ansicht, daß die Polizei dieses Phänomen ein bißchen sehr auf die leichte Schulter nahm.

»Was du da erzählst, trifft auf eine Menge der Typen zu, denen ich vor Gericht begegne«, sagte ich nachdenklich. »Aber deshalb werfen sie sich noch lange nicht vor einen Zug. Warum hat Elvis das gemacht?«

»Wer weiß«, sagte Mørk fatalistisch. »Wahrscheinlich hatte er das Leben satt. Wäre ja verständlich. Niemand wird ihn vermissen. Die Bürokraten im Sozialamt atmen sicher erleichtert auf. Die einzigen, denen sein Tod etwas ausmacht, sind die, die den monatlichen Scheck vom Jugendamt einbüßen.«

Mørk hatte recht. Leute wie Elvis hatten keinen Anwalt. Was nicht bedeutete, daß sie keinen brauchten. »Habt ihr seine Kumpel gefragt, vielleicht kann uns einer von denen ja was erzählen.«

»Elvis Kristiansen hatte nicht sehr viele Freunde. Von der Einrichtung, in der er gelebt hat, wissen wir, daß er mit zwei Typen herumhing. Die Frau, die dieses Haus leitet, wußte nicht einmal ihre Namen, aber nach ihrer Beschreibung scheint es sich um Jugendliche mit sogenannter nationaler Gesinnung zu handeln.«

»Und ihr wart zufrieden und hattet keinen Bock auf weitere Ermittlungen.« Mørks fehlendes Interesse provozierte mich, obwohl ich die Einstellung der Polizei auch verstehen konnte. Elvis war bereits Geschichte. »Ich werde versuchen, selber mit seinen Freunden zu sprechen. Du hast doch nichts dagegen?«

»Das ist ein freies Land. Für die Polizei ist es ein Unfall.« Mørk musterte mich skeptisch. »Und da du wie üblich nichts Gescheiteres zu tun hast, kannst du ja mal einen genaueren Blick auf diese Sache werfen. Mir gefällt sie auch nicht. Aber du weißt ja, welche Prioritäten hier im Haus gelten.« Er schaute vielsagend zur Decke hoch. »Und sag Bescheid, wenn du etwas Interessantes finden solltest.«

Ich hatte eine gewisse Ahnung, woher Mørks plötzliches Wohlwollen stammte. Vor einigen Monaten hatte er einen scheußlichen Fall von Sexualverbrechen zu den Akten legen müssen. Wegen Mangels an Beweisen. Wegen dilettantischer Polizeiarbeit wäre eine passendere Bezeichnung.

Das kleine Mädchen, um das es gegangen war, hatte in der Pokerrunde ihres Vaters als Gewinn herhalten müssen. Einer der Verteidiger hatte mir erzählt, daß Wilhelm Mørk bei der Urteilsverkündung außer sich gewesen sei. Und einer der Vergewaltiger hatte behauptet, daß Mørk ausgesprochen phantasievolle Andeutungen über das gemacht habe, was sie erwartete, wenn sie wieder auf freiem Fuß wären. Ich wußte besser als alle anderen, daß Mørk normalerweise keine leeren Drohungen ausstieß.

Er schrieb mir Adresse und Telefonnummer des Pflegeheims auf. »Und laß dich ja nicht reinlegen. Diese Frau ist genau dein Typ. Die wird dich um den kleinen Finger wikkeln.«

Ich brauchte nicht zu fragen, was er damit meinte.

»Ein üppiger Künstlerinnentyp mit großen blauen Augen. Hübsch ist sie auch. Und im passenden Alter. Ein wenig älter als du.«

Er lächelte diabolisch und gab mir zu verstehen, daß die Audienz beendet war.

2

Ein paar Tage vergingen, an denen ich über diese Geschichte nachdachte und hoffte, meine Neugier werde sich legen und der Vernunft Platz machen.

Elvis war nur einer von vielen. Als Pflichtverteidiger hatte ich allzu oft mit diesen Kindern zu tun. Wenn der Justizapparat erst ins Bild kommt, ist die Sache schon gegessen. Ich konnte nur wenig ausrichten. Trotzdem hatte ich ein schlechtes Gewissen. Ich hätte mir die Zeit nehmen müssen, mit dem Jungen zu sprechen.

Am Samstagmorgen machte ich mich dann mit einer glücklichen Hulda auf den Weg zum Pflegeheim. Es lag in Søndre Nes, einige Kilometer außerhalb der Stadt. Eine alte Patriziervilla mit Garten und Blick auf den Oslofjord, von der Straße geschützt durch eine hohe Hecke. Zum Grundstück gehörte auch ein großes, guterhaltenes Nebengebäude. Die perfekte Kombination von ungestörter Idylle und Stadtnähe.

Wie in aller Welt konnte sich irgend jemand ein solches Grundstück leisten? Vielleicht sollte ich meine Untersuchungen mit der Frage beginnen, zum Henker Katja und David Stenersen zu dieser Herrlichkeit gekommen waren. Sie hatten das Anwesen nicht geerbt. Ich hatte meine Hausaufgaben gemacht und die nötigen Auskünfte über sie eingeholt.

Herr und Frau Stenersen kamen aus unterschiedlichen Verhältnissen. Aber professionelle Sozialarbeiter waren sie beide nicht. Sie betrieben Keramik, Graphik, Aquarellmalerei. Typische Quasikünstler. Ich hatte noch nie von ihnen gehört. Sie hatte Kunst studiert, er war Fotograf. Und sie betrieben in Oslo eine Galerie.

Meinen Informationen zufolge leiteten sie ein Pflegeheim für Jugendliche. Mit guten Ergebnissen, wie es hieß. Die Antwort des Jugendamtes auf Bed & Breakfast. Private Sozialarbeit würde sich als Wachstumsbereich bald mit Geldschieberei messen können. Es fiel mir schwer, diese Wirklichkeit mit meinem alten Wissen über Volkswirtschaft in Einklang zu bringen.

Es war ein glühendheißer Spätsommertag, wie es ihn manchmal gibt, wenn die Hitze sich hier an der Sonnenküste festgesetzt hat, die Badegäste abgereist sind und der Ferienstreß ein Ende hat. Hulda stöhnte vor Freude, als sie einen Gartenschlauch entdeckte, der sich über den Rasen wand. Durch einen Sprenger versorgte er die Blumenbeete vor dem Haus mit stetigem Geriesel.

Die Blumen waren jedoch sehr bald wasserlos, als das Tier in den Schlauch biß, um seinen Durst zu löschen. Die Lage wurde nicht besser dadurch, daß das Wasser jetzt an einer ganz anderen Stelle herauskam.

Wir waren unangemeldet in den Garten geschlendert, und ich konnte dieses zerstörerische Werk nicht verhindern.

Ehe ich mir noch genauer überlegen konnte, inwiefern dieser Zwischenfall die Kontaktanbahnung beeinflussen könnte, hörte ich von einer Gartenbank, die mit dem Rücken zu mir stand und Blick aufs Meer bot, ein Lachen. Das Lachen einer tiefen, aber weiblichen Stimme.

Ich verstand sofort, was Wilhelm Mørk mit seinen Andeutungen gemeint hatte. Noch klarer wurde es mir, als die Frau sich von der Bank erhob, das Wasser abdrehte, zu Hulda hinüberlief und ihr mit resolutem Griff den Schlauch aus dem Maul zog.

Ich war beeindruckt. Vor lauter Schreck legte Hulda sich brav hin.

Unbeirrt wandte die Dame sich nun mir zu. »Ich hoffe, Sie sind nicht genauso durstig wie Ihr Hund. Ich kann Eistee anbieten.«

Sie bot wirklich einen außergewöhnlichen Anblick. Blond und üppig, am ganzen Körper tiefgebräunt. Das heißt, mit Ausnahme der Stellen, die von knappen Jeansshorts bedeckt waren. Ich vermutete, daß sie unter den Shorts ebenso braun war.

Ich nahm die Sonnenbrille ab. In einer Hinsicht hatte Mørk sich geirrt. Sie konnte unmöglich älter sein als ich. Vielleicht war sie um die vierzig. Aber sie sah jünger aus.

»Ich bitte für Huldas M-m-mangel an Manieren um Verzeihung. Das scheint in der Familie zu liegen. Ich heiße Foyn. Svend Foyn.« Höflich streckte ich die Hand aus.

Sie ergriff sie mit warmem, persönlichem Händedruck. »Katja«, sagte sie einfach. »Setzen Sie sich.« Sie lächelte freundlich.

Es fiel mir schwer, ein passendes Ziel für meine Blicke zu finden. Ihr Aufzug lenkte mich ab. Es war fast eine Erleichterung, als sie dann ein T-Shirt überstreifte.

Ich wußte nicht so recht, wie ich zur Sache kommen sollte. Freundlicherweise half sie mir dabei. »Ich hoffe, Sie wollen mir nichts verkaufen. Denn dann hätten Sie einen schlechten Anfang gemacht.« Wieder lachte sie und streichelte Hulda, die sich jetzt völlig ergeben hatte und mäuschenstill neben ihrem Stuhl lag.

»Elvis«, sagte ich. »Ich komme wegen Elvis.«

Sofort verschwand das Lächeln. Sie musterte mich skeptisch und mußte sich offensichtlich Mühe geben, um ihren freundlichen Tonfall beizubehalten.

»Ach so. Der Anwalt, ja. Der Polizist, der hier war, hat uns erzählt, daß Elvis einen Zettel mit Ihrem Namen in der Tasche hatte. Aber das sagte uns gar nichts. Überhaupt nicht.«

Danach starrte sie ein Weilchen ins Leere. »Elvis hatte immer schon schlechte Gesellschaft. Wir haben getan, was wir konnten, damit er sich hier zu Hause fühlt.« Sie zeigte auf die Häuser und den Garten. »Bei uns wohnen noch drei andere Jugendliche. Mit denen läuft es gut. Aber Elvis, ich weiß auch nicht«, sie schüttelte den Kopf. »Wir haben nie richtig Zugang zu ihm gefunden. Er wich aus, hatte zu niemandem Vertrauen. Und in letzter Zeit hat er sich mit diesen Neonazis herumgetrieben.«

»Wie lange hat er bei Ihnen gewohnt?«

»Seit letztem Sommer. Vorher ist er wie ein Paket weitergereicht worden. Es braucht seine Zeit, Vertrauen aufzubauen. Und manchmal geht es nicht, so sehr man sich auch bemüht. Damit mußt du leben, wenn du dir diesen Beruf aussuchst.«

Ich wechselte das Thema. »Haben Sie irgendeine Vorstellung, warum er mit mir sprechen wollte?«

»Hat er Ihnen das nicht erzählt?« Sie musterte mich neugierig.

»Er war nur kurz bei mir und hat kein Wort gesagt.«

Sie zögerte ein wenig. »Wir haben uns das ja auch gefragt. Es kann mit seinen Freunden zusammenhängen. Haben Sie nicht vor ein paar Monaten einen Neonazi verteidigt?«

Das hatte ich mir auch schon überlegt. Ein Antirassist hatte behauptet, von einer Neonazibande zusammengeschlagen und mit dem Tod bedroht worden zu sein. Aussage stand gegen Aussage. Die Polizei hatte einen von der Bande festgenommen und wollte ihn trotz der allzu dünnen Beweislage in Untersuchungshaft stecken.

Ich hatte meine Pflicht getan und dem Burschen zu dem Recht verholfen, das im Prinzip auch Neonazis und andere Idioten haben. Ich hatte ihn ohne große Mühe aus der Klemme geholt, obwohl er sicher alles andere als unschuldig gewesen war. Das war alles. Die Zeitungen hatten natürlich aus der Sache eine große Nummer gemacht und den Banditen genau die Negativpropaganda geschenkt, auf die diese es abgesehen hatten. Auch mein Name war dabei gefallen. Als sei es ein Verbrechen, einen Jugendlichen mit kurzen Haaren zu verteidigen. Ich war alt genug, um mich an die Zeit zu erinnern, wo lange Haare als Problem gegolten hatten.

»Ich glaube nicht, daß da ein Zusammenhang besteht. Erzählen Sie mir lieber von seinen Freunden.«

Sie hatte sich mit langen, schlanken Fingern eine Zigarette angezündet. »Elvis hat nie Freunde gehabt. Aber vor einem halben Jahr, so gegen Ostern, stellten wir fest, daß er neuerdings mit diesen verqueren Typen herumlungerte. Ich kannte keinen davon«, fügte sie mit plötzlicher Aggression hinzu. »Sie hängen um die Farmandstrede herum. Manchmal kam er erst spät nachts nach Hause. Das hier ist kein Gefängnis«, sagte sie, nun mit ruhiger Stimme. »Die Jugendlichen, die bei uns wohnen, genießen Freiheit in Eigenverantwortung.«

Frau Stenersen bedachte mich mit einem scharfen Blick und schien Widerspruch zu erwarten.

»Sicher ist Ihnen seine Kleidung aufgefallen. Wir haben versucht, ihm diese Ideen auszureden. Als uns das nicht gelungen ist, konnten wir nicht mehr viel tun. Wir glauben nicht an Zwang. Und hinter seiner harten Maske war Elvis ein verängstigter kleiner Junge.«

»Wie in aller Welt ist er dann unter den Zug geraten?«

Sie biß sich nervös auf ihre rote Unterlippe. »Ich kann es einfach nicht begreifen.«

»Es kann doch ein Unglück gewesen sein«, schlug ich vor.

Sie schüttelte skeptisch den Kopf. »Das kommt mir einfach unwahrscheinlich vor. Elvis litt unter Höhenangst. Hat immer einen Bogen um gefährliche Stellen gemacht.«

»Haben Sie ihm in den letzten Tagen irgend etwas angemerkt?«

»Elvis war still und verschlossen, er hat sich uns nie anvertraut, ich glaube, auch sonst niemandem. Vielleicht haben ihn die Nazis zu einer Dummheit angestiftet.«

»Die Polizei sagt, daß er an dem Abend allein war«, warf ich ein.

»Das haben sie gesagt«, nickte sie zögernd. »Ich weiß nicht, was ich sagen soll. Wir müssen diese Geschichte hinter uns bringen, wir müssen auch an andere denken.« Sie schaute zum Haus hinüber. »Sonst ist es hier nicht so still. Aber David ist in Oslo, und die Kinder sind bei ihren Wochenendpaten.«

Etwas in ihrer Stimme kam mir vor wie eine schlecht verhohlene Einladung, aber ich hatte immer schon eine gutentwickelte Phantasie.

Ich erhob mich resolut. Hier kam ich ja doch nicht weiter.

Ehe ich losging, bat ich, die Toilette benutzen zu dürfen, und anschließend konnte ich mir das Haupthaus ansehen. Die Hausherrin führte mich herum.

Es war wirklich ein beeindruckendes Anwesen. Hier verfügte jemand über auserlesenen Geschmack und genug Geld. Teure, stilvolle Möbel, aufeinander abgestimmte Farben und Textilien, an den Wänden wertvolle Kunst. Sogar der Computer war ein Designermodell. So ein Gerät, wie man es in einer Werbeagentur erwartet. Ein Powermac mit riesigem Bildschirm und Multimediaausrüstung, Scanner und Laserdrucker. Hier lebten moderne Menschen.

Katja Stenersen war stolz auf ihr Haus. Und dazu hatte sie auch allen Grund. Sie hatte es selber eingerichtet.

Das Angebot, ein Glas Weißwein mit ihr zu trinken, war verlockend, aber ich lehnte höflich ab.

Auf dem Heimweg schaute ich in der Kanzlei vorbei und holte mir die Unterlagen über mein Gastspiel bei den Nationalisten der Stadt, wie sie sich gern nannten. Es fiel mir nicht schwer, mich an den Typen zu erinnern, den die Polizei so gern eingebuchtet hätte. Tragikomischerweise war er selber ein halber Ausländer. Mit kohlschwarzen Haaren, braunen Augen und südländischen Gesichtszügen war es bestimmt nicht so einfach, an die Überlegenheit der arischen Rasse zu glauben. Der Vater stammte aus Kolumbien, die Mutter war Norwegerin.

Ich blätterte im Ordner und versuchte, die Geschichte zu rekonstruieren. Gerade siebzehn war die Hauptperson, Frank Gonzalez, an dem düsteren Februarabend geworden, an dem er die Demütigung erlitt, vor dem monumentalen Stolz der Stadt, dem Einkaufszentrum Farmandstredet, von einem bedrohlichen Polizeihund zu Boden gelegt zu werden, während seine Gesinnungsgenossen feige in alle Himmelsrichtungen auseinanderstoben. In Antifakreisen hatte er den Spitznamen Speedy Gonzalez.

Ein wenig früher an diesem Abend sollte sich Frank ganz besonders aktiv am Überfall auf einen der führenden Antifaschisten der Gegend beteiligt haben, mit der Folge, daß das Opfer mit gebrochenem Nasenbein und ausgeschlagenen Zähnen auf der Unfallstation gelandet war.

Die Schlägerbande hatte Haßkappen getragen. Es half der

Polizei nicht, daß mehrere Zuschauer Frank an seiner ein wenig ausgefallenen birnenähnlichen Körperform erkannt haben wollten. Nachdem ich Druck gemacht hatte, mußten sie ihn laufen lassen.

Der junge Gonzalez schuldete mir also einen Gefallen, was er jedoch vermutlich anders sah, schließlich hatte er mir den Stinkefinger gezeigt, als er die Wache verließ.

Ich las weiter. Frank kam aus Stokke, wo seine Mutter und die beiden jüngeren Geschwister noch wohnten. Der Aufenthaltsort des Vaters war unbekannt. Wenn meine Erinnerung stimmte, dann hatte das Sozialamt Frank nach seinen vielen Konflikten mit Schule, Nachbarn, Familienmitgliedern und allen anderen, die das Pech hatten, mit diesem haßerfüllten Knaben in Kontakt zu geraten, eine kleine Wohnung in der Tønsberger Innenstadt besorgt.

Die Fürsorge hatte den jungen Frank Gonzalez genialerweise ganz allein mitten im Zentrum von Tønsberg ausgesetzt. Außerdem lieferte sie finanzielle Unterstützung, weshalb er seine gemeinnützigen Aktivitäten fortsetzen konnte.

In der Gemeinde Stokke hatte man sich eines dringlichen Problems durch Export entledigt. Ich fürchtete, dieses Problem würde der Gemeinde und uns anderen bald über den Kopf wachsen, wenn sie sich keine bessere Lösung einfallen ließen.

Frank fühle sich in der Stadt am wohlsten, hieß es. Das klang auch einleuchtend, denn seine Wohnung war zum Treffpunkt für Jugendliche mit Nazisympathien geworden.

Im Prinzip sollte er noch ins weiterführende Schulsystem eingegliedert sein. Daran jedoch hegte ich meine Zweifel. Diese Institution hatte Frank und seinen Gesinnungsgenossen nie etwas anderes zu bieten gehabt als regelmäßige Niederlagen und mißverstandene Toleranz.

Der Ordner befand sich im Archiv, das die Kanzleigemeinschaft in einem eigenen Zimmer ganz am Ende des Flurs eingerichtet hatte. Dort hatten wir auch meinen exzentrischen Vorgänger untergebracht, Christian Salvesen, einst Anwalt beim Obersten Gericht und einer der großen, jetzt abtrünnigen Söhne der Stadt. Er hatte ein kleines Büro, in dem er in ausgesprochen unregelmäßigen Abständen auftauchte, um in den alten Unterlagen seines Vaters und seines Großvaters zu wühlen, wenn er nicht damit beschäftigt war, seine Kontakte zu den loseren Vögeln der Stadt zu pflegen.

Ich wußte, wohin ich mich wenden konnte, wenn ich Informationen von der Sorte brauchte, für die das dominierende lokale Presseorgan sich nicht interessierte. In dessen Redaktion galt das Prinzip: Was ich nicht weiß, macht mich nicht heiß.

Der Anwalt beim Obersten Gericht konnte mich vielleicht über die Stellung der Neonazis im Bezirk auf den neuesten Stand bringen. Angeblich bestanden Verbindungen zwischen alten und neuen Szenen in dieser miesen Hinterhoflandschaft.

Aber da er nicht zu sehen war, beendete ich für diesen Tag meine Ermittlungen. Es war Samstag und Zeit für andere Unternehmungen.

3

Das Nachtleben der Kleinstadt reduzierte sich langsam wieder auf ein normaleres Niveau, schließlich ging der Sommer zur Neige und die meisten Menschen igelten sich ein. Ich hatte mich zu Hause mit ein paar Gläsern Bache Gabrielsen vorgewärmt. Es war unvorstellbar, daß der Mann, dem dieser ausgezeichnete Cognac seinen Namen verdankte, seine Wurzeln in Holmestrand hatte.

Es ging schon auf Mitternacht zu, als ich in Richtung Innenstadt schlenderte, um mir ein paar Bierchen zu gönnen.

Und da ich ohnehin fast an Franks Wohnung vorbeimußte, konnte ich auch gleich durch Haugar gehen. Alt-Tønsberg, enge Straßen, restaurierte Holzhäuser, ein Hauch von altmodischer Kleinstadtidylle.

Nach zehn Jahren mit engem Kontakt zu Sozialwesen und Justizapparat wußte ich so einiges über die Kehrseiten der Medaille.

Es gab keinen Zweifel, daß ich an der richtigen Adresse angelangt war. In der Wohnung von Speedy Gonzalez ging es hoch her. Die Musik, die aus einem offenen Fenster im zweiten Stock dröhnte, beglückte die Nachbarschaft mit teutonischer Unterhaltung. Deutsche Marschmusik, das hatten sie an einem warmen Samstagabend anzubieten. Sicher wollten sie damit Leute wie mich provozieren.

Als ich im Dunkeln vor dem Haus stand und mich fragte, ob ich es wagen sollte, hineinzugehen, sah ich, daß sich noch andere für Franks Samstagsfeiern interessierten.

Eine schweigsame Gruppe von acht oder zehn Jugendlichen kam die Straße hoch, alle mit tief über die Ohren gezogenen Mützen und Palästinensertüchern vor dem Gesicht. Mit den Schlägern, die sie halbherzig unter ihren Jacken zu verstecken versuchten, wollten sie bestimmt keine Bälle treffen.

Irgendwer warf etwas durch das offene Fenster der Wohnung, und drinnen war plötzlich alles still.

Dann brach die Hölle los. Schwere Stiefel donnerten die Treppe herunter, und vier Glatzen taumelten auf die Straße, schwenkten dabei Bierflaschen und versuchten, drohendes Gebrüll auszustoßen. Der Biermut hatte ihnen eine hoffnungslos unrealistische Einschätzung der Situation eingegeben. Doch weder Springerstiefel noch alte Kampflieder oder eine verschrobene Ideologie konnten ihnen jetzt helfen. Rasch hatte die Schlägerbande sie umringt.

Frank war der einzige, der ein wenig Widerstand leisten konnte, zwei von den anderen waren total verängstigte kleine Rotznasen, die ohne Gegenwehr versuchten, sich vor den Schlägen zu schützen, die auf sie einhagelten.

Der Vierte, ein ziemlich erwachsener Typ, ergriff die Gelegenheit beim Schopfe, an den Angreifern vorbeizuschlüpfen und mit schweren Schritten davonzulaufen. Ich hörte seine Stiefel auf dem Asphalt noch, als ich ihn schon längst aus den Augen verloren hatte.

Frank erhielt einen Schlag auf seinen kahlen Schädel und fiel zu Boden. Als er dort mit häßlichen Gurgellauten Blut spuckte, sah ich mich zum Eingreifen gezwungen, auch wenn er diesen Überfall sicher selber provoziert hatte. Was genug ist, ist genug. Wenn das hier noch lange so weiterging, konnte es ein Leben kosten.

Ich packte einen Schläger, den irgendjemand freundlicherweise beiseite gelegt hatte, und mit dieser Waffe in Händen machte ich mich über den Rücken eines der Angreifer her, der der Leiter der Aktion zu sein schien. Mit solidem Griff um beide Enden preßte ich ihm den Schläger an die Kehle. Er keuchte laut auf, zuerst vor Schreck und dann, um Luft zu bekommen.

»Jetzt r-r-reicht's«, teilte ich den anderen, die halbherzig den Kampf eingestellt hatten, um die weitere Entwicklung der Dinge abzuwarten, mit drohender Stimme mit. »Verpißt euch allesamt, dann vergesse ich, daß ich euch gesehen habe!« Ich war selbst von meinem Mut überrascht.

Ich riß meiner Geisel das Tuch vom Gesicht. Ich hatte es mit einem schmächtigen Jungen von sechzehn oder siebzehn Jahren zu tun, der durchaus kein so harter Brocken war, wie er in voller Kriegsmontur wirkte. Ich drückte noch etwas fester zu, dann ließ ich ihn los und stieß ihn der restlichen Bande in die Arme.

Die Luft war jetzt aus dem Ballon entwichen. Sie kamen mir ein wenig beschämt vor, als sie versuchten, sich mit einer gewissen Würde zurückzuziehen, während die Glatzen sich bemühten, Frank auf die Beine zu helfen.

Der wollte sich lieber auf dem Pflaster ausruhen. Nach seinem Gegurgel zu urteilen, weilte er noch unter den Lebenden. Frank war an diesem Abend nicht zum erstenmal ausgezählt worden.

Um uns herum herrschte jetzt Stille. Die verängstigten kleinen Rotznasen entpuppten sich bei näherem Hinsehen als Mädchen. Mit ihren geschorenen Köpfen sahen sie trotzdem wie Elvis-Klone aus. Die androgyne Mode schien sich in dieser Szene durchgesetzt zu haben.

Die beiden mühten sich weiterhin mit dem Versuch ab, Frank auf die Beine zu bringen. Er schwankte auf mich zu, aus einer breiten Wunde auf seinem Kopf strömte Blut über sein Gesicht. Sicherheitshalber wich ich zwei Meter zurück.

»Du Arsch!« murmelte er. »Das wirst du büßen!« Er zeigte mir einen blutigen Finger.

»Frank!« flüsterte eins von den Mädels mit dünner Stimme. »Der hat uns doch geholfen, der war nicht bei denen.« Sie zeigte auf mich.

Frank schüttelte seinen kahlen Schädel, wischte sich Blut aus den Augen und betrachtete mich skeptisch. Dann ging ihm endlich ein Licht auf, und eine Art Grinsen breitete sich über sein geschundenes Gesicht. »Ja, Scheiße, dassis ja mein Anwalt. Genau dann, wenn ichn brauch'. Das nenn' ich echt guten Serrviß!«

»Wir müssen miteinander reden, Frank«, sagte ich ruhig. »Gehen wir ins Haus. Sieht aus, als könntest du eine Wäsche gebrauchen.«

Er grunzte eine unverständliche Antwort. Die Mädchen halfen ihm die Treppe hoch. Kein Protest war zu hören, als ich die Nachhut bildete. In dieser Nacht war sicher nicht mit weiterem Besuch zu rechnen, deshalb sollten wir in Franks kleiner Höhle eigentlich in Sicherheit sein.

Bis zur nächsten Vergeltungsaktion, dachte ich düster. Diese Konfrontationen folgten in einer perversen Logik aufeinander.

Die Bezeichnung Höhle erwies sich als passend. Die Wände waren schwarz angestrichen und mit Naziplakaten, Dolchen, Medaillen, Uniformteilen und anderem Schrott dekoriert. Um es besonders gemütlich zu machen, wimmelte es auf dem Boden nur so von leeren Bierflaschen, Kartoffelchipstüten und anderem Müll. Die Reste einer Stereoanlage zierten den einzigen Tisch im Zimmer.

Ich ließ mich in einen Sessel sinken, während Frank den

Kopf über das Spülbecken hielt und sich das Blut aus der Visage wusch. Die Mädels ließen sich auf der Fensterbank nieder, hielten nervös Ausschau nach potentiellen Feinden und rauchten wie die Schlote. Schwarze Fingernägel, schwarzer Lippenstift, jede Menge Ringe und Gebammel.

Draußen jammerte kläglich eine Katze. Frank mochte Katzen, und Katzen mochten Frank. Er umgab sich mit einer ganzen Horde von Hinterhofteufeln. Wenn die Obrigkeit ihn einbuchten wollte, war seine größte Sorge, wer die Bestien füttern würde. Das Katzenfutter stahl er in der Farmandsstrede.

Die Stimmung im Zimmer war eher bedrückt. Da ich nichts Besseres zu tun hatte, blätterte ich in einem schwarzen Notizbuch, das im Sessel gelegen hatte. Franks Adreßbuch. Ich kannte noch andere, die es mehr als gern gelesen hätten. Ich fühlte mich versucht, es einfach in die Tasche zu stecken.

Ein Zettel fiel aus dem Notizbuch. Ein abgerissenes Stück Papier mit der Aufschrift SFINGER, geschrieben in unbeholfenen, kindlichen Buchstaben. Wollte der Katzenliebhaber Frank auf Hunde umsteigen?

»Wieso schnüffelsse hier rum, du Arsch?« Frank hatte sich abrupt umgedreht und schaute mich aus geschwollenen, schmalen Augen wütend an. »Ham dich nich gerufen, oder?« Er wandte sich an die beiden Teenies, und die nickten zustimmend.

»Ich wollte dich nur etwas fragen, Frank. Du hast doch Elvis Kristiansen gekannt, nicht wahr? Den, der vom Zug überfahren worden ist.«

Frank Gonzalez würde es nie zu einem guten Schauspieler bringen. Er fuhr zusammen und wich an die Wand zurück. Ich fand, er sah ängstlich aus.

»Hab' keine Scheißahnung.« Offensichtlich tat es verdammt weh, als er den Mund energisch zuklappte.

»Hör mal. Ich hab' es nicht auf dich abgesehen. Ich will nur wissen, was am Abend seines Todes passiert ist. Ist er gesprungen, oder war es ein Unfall? Vielleicht hat jemand ihm geholfen?« fügte ich eine Spur bedrohlich hinzu.

»Der war bloß ein kleiner Dreckskerl, der sich Kumpels kaufen wollte«, murmelte Frank abweisend. »Hab' dir nix zu sagen. Verpiß dich, sonst schmeißen wir dich raus.«

Diese Drohung war angesichts seines derzeitigen Zustands nicht sonderlich überzeugend. Die Mädels blickten Frank ängstlich an. Es war deutlich, wer hier das Kommando hatte. In diesen Kreisen war die Gleichberechtigung noch nicht angekommen.

Ich zuckte mit den Schultern, fischte eine Visitenkarte aus meiner Brieftasche und ließ sie auf den Tisch fallen. »Melde dich, wenn du gesprächiger wirst oder dein Gedächtnis wiederfindest.« Natürlich konnte ich mich nicht ganz beherrschen. »Falls davon in deiner Birne überhaupt noch was übrig ist.«

Das war sicher kein kluger Spruch. Aber der Fall Frank Gonzalez war ziemlich hoffnungslos. Vielleicht hätte ich die Antifa ihr Werk vollenden lassen sollen.

Der Abend war ruiniert. Insofern hatten Frank und ich eine Gemeinsamkeit. Ich stornierte meinen Kneipenbesuch und ging nach Hause.

Nach unruhigem Schlaf, in dem ich die Schlägerei immer wieder von neuem erlebte, saß ich am nächsten Tag vor einem späten Frühstück und philosophierte mit einer scheinbar treuen Hulda als interessierter Zuhörerin über das ganze Elend. Ich hatte das Viech allerdings im Verdacht, es auf meine Sonntagsportion Speck und Eier abgesehen zu haben.

Ich war fast schon entschlossen, Elvis Kristiansen und seinen dubiosen Bekanntenkreis abzuhaken, als ich auf der

Treppe Schritte hörte. Jemand hielt sich im Treppenhaus auf und war unterwegs nach oben.

Vor der Küchentür machten diese Schritte halt. Ich hatte sicher wie so oft das Abschließen vergessen, und nun machte jemand sich an der Tür zu schaffen. Sogar Hulda überließ ihren Freßnapf bis auf weiteres seinem Schicksal und ging diesem Geräusch drohend entgegen. Ihr tiefes Bellen brachte die Person, die hinter der Tür stand, auf Trab. Als ich die Tür öffnete, konnte ich nur noch registrieren, daß der Besucher verschwunden war.

Auf dem Weg zurück in die Wohnung entdeckte ich auf dem Fußboden einen Briefumschlag. Der Gast hatte vermutlich versucht, ihn durch den Türspalt zu schieben. Und dieses Geräusch hatte mich aufgeschreckt.

Der Briefumschlag mochte früher einmal weiß und glatt gewesen sein. Jetzt sah er aus, als habe er zusammengeknüllt in einer schmutzigen Tasche gesteckt. Zwei fette Fingerabdrücke verrieten, daß er von Menschenhand berührt worden war. Hier hatte jemand entweder kein Vertrauen zum Postwesen, wenig Zeit oder kein Geld gehabt.

SVEN FEUN

Der Adressat war zweifellos ich. Rechtschreibung und Schrift konnten andeuten, daß der Brief von einer Person mit eher peripherem Verhältnis zum norwegischen Schulsystem stammte.

Als ich ihn öffnete, fiel ein Zettelchen heraus, das offenbar aus einem Schreibheft gerissen worden war. Die Mitteilung war kurz und bündig:

ELVIS WAR NICH ALLEIN

Jemand meinte offenbar, diese Information sei wichtig für mich. Dieser Jemand hätte sich aber durchaus ein höheres Präzisionsniveau leisten können.

Die Auswahl an Jemanden war begrenzt. Nicht viele wußten von meinem Interesse an Elvis Kristiansens Sprung in die Ewigkeit.

Während ich versuchte, diese neue Wendung zu überdenken, hörte ich, wie die Haustür abermals geöffnet wurde. Jemand trottete unten durch den Flur. Für einen Sonntagmorgen war hier nun wirklich der Bär los.

Diesmal wollte ich dem Besuch zuvorkommen. Ich schlich zur Tür und riß sie abrupt auf. Der Mann, der gerade anklopfen wollte, wäre vor Schreck fast umgefallen. Ängstlich schluckte er zweimal.

»Sind Sie Svend Foyn?« stammelte er schließlich.

Ich sah keinen Grund, das abzustreiten.

Er war ein kleiner kugelrunder Mann von Mitte fünfzig und sah nicht im geringsten bedrohlich aus. Wenn er Staubsauger verkaufte, dann war er an die falsche Adresse geraten. Meine Toleranzschwelle für Staub liegt sehr hoch. Viel zu hoch, wie meine Exfrau immer wieder betont hat.

Ich sah ihn mir genauer an. Vor mir stand der Inhaber des Videohauses. Der Mann hielt in der einen Hand eine Videokassette, trat nervös von einem Fuß auf den anderen und schien seinen Besuch bei mir schon zu bereuen. Ich erkannte das Cover. *Pretty Woman.*

Er reichte mir die Kassette. »Die ist bei uns abgegeben worden.«

Ich war so schlau als wie zuvor.

»Von Frau Svendsen«, fügte er zur Erklärung hinzu. »Ihrer Sekretärin. Sie hat sie letzte Woche eines Abends in Ihrem Postfach gefunden und dachte, sie sei aus Versehen dort hineingeraten.«

Das Videohaus lag neben unserer Kanzlei. Elvis konnte die Kassette nach seinem Besuch bei mir in den Posteingang geworfen haben. Und es sah Frau Svendsen ähnlich, noch einmal dort hineinzuschauen, ehe sie Feierabend machte. Durch die ganze Aufregung im Zusammenhang mit dem Einbruch bei mir am nächsten Tag hatte sie wohl vergessen, das zu erwähnen.

»Aha«, sagte ich. »Was ist das Problem?«

»Es war nicht der richtige Film«, sagte er zögernd. »Die Kassette hat einige Tage bei uns rumgelegen, ehe wir das gemerkt haben. Das Band stimmt nicht mit dem Cover überein. Es ist eine private Aufnahme. Und wo ich schon hier vorbei mußte, wollte ich es persönlich abliefern.«

»Haben Sie vielen Dank für Ihre Mühe«, sagte ich. Der Mann schien nicht gehen zu wollen. Er war neugierig, sonst wäre er gar nicht erst gekommen.

»Dieser Neonazi hatte ihn ausgeliehen«, sagte er unaufgefordert. »Den richtigen Film, meine ich. Elvis Kristiansen, der Typ, der vom Zug überfahren worden ist. Er hat ihn nie zurückgebracht. Er ist mit auf der Aufnahme«, fügte er eifrig hinzu und zeigte auf das Band.

Er ging mir jetzt langsam auf die Nerven. Außerdem empfand ich ein seltsames Bedürfnis, Elvis in Schutz zu nehmen. »Sie haben nicht das Recht, sich private Aufnahmen anzusehen, die aus Versehen bei Ihnen abgeliefert worden sind«, sagte ich mit drohendem Unterton. »Das kann Sie leicht Ihre Konzession kosten«, bluffte ich dann.

Diese Vorstellung gefiel ihm offensichtlich kein bißchen.

»Ich nehme die Kassette in Verwahrung. Und Sie vergessen, daß Sie sie gesehen haben.«

Hulda mit ihrem feinen Gespür für Stimmungen drängte sich knurrend in die Türöffnung. Das entschied die Angelegenheit. Der Mann wich vorsichtig zurück und lief dann die

Treppe hinunter. Er würde mir wohl kaum je wieder einen Gefallen tun.

Hulda durfte sich an den Frühstücksresten laben, während ich das Videogerät einschaltete.

Der Dicke hatte recht gehabt. Elvis Kristiansen trat als Schauspieler auf. Er saß steif und ausdruckslos in einem schwarzen Ledersessel. Sein charakteristisches Fuchsgesicht war weiß und leer und ganz ohne Mimik. Die Aufnahme war klar und deutlich. Keine Bilder oder andere persönliche Gegenstände waren im Zimmer zu sehen, Fenster gab es auch nicht. Die Farben waren neutral, helle Wände und grauer Boden.

Die Kamera zeigte das Gesicht in Großaufnahme, so dicht, daß die Sommersprossen fast aus dem Fernsehschirm sprangen.

Elvis war als kleiner Herr ausstaffiert. Dunkler Anzug, weißes Hemd und Schlips. Seine roten Haarstoppeln standen zu Berge. Der Anzug war etwas zu groß. Seine ganze Gestalt sah unfreiwillig komisch aus.

Ich hielt das nicht für die Anfangsszene einer Komödie. Und es war auch keine Aufnahme von einem Geburtstagsfest.

Die Kamera surrte. Es war eine Tonaufnahme. Ich konnte Bewegungen und ein Kratzen hören. Elvis Kristiansen machte gar nichts. Er saß nur passiv da und schien sich aus der Welt abgemeldet zu haben.

Eine Hand tauchte vor der Kamera auf. Es war eine Männerhand mit schwarzen Haaren und Wurstfingern.

Plötzlich brach die Aufnahme ab. Weißes Rauschen füllte den Bildschirm. Ich spulte weiter und erhielt dasselbe Resultat. Das restliche Band war leer. Der Film hatte nur einige wenige Minuten gedauert.

Ich steckte mir eine Henry Clay an, normalerweise ein Genuß für Zigarrenliebhaber. Jetzt schmeckte sie nur nach schalem Rauch. Ich hatte ein schlechtes Gefühl im Bauch. Etwas an diesem Filmfragment gefiel mir einfach nicht.

Ich rief Wilhelm Mørk auf der Wache an. Er verbrachte dort viel Zeit, auch wenn er gar keinen Dienst hatte.

»Mørk? Ich bin mit Elvis Kristiansen noch nicht f-f-fertig. Ich sitze zu Hause mit einer Videoaufnahme, die du dir vielleicht ansehen solltest. Hast du jetzt Zeit?«

Er schwieg eine Weile. »Was für eine Aufnahme?«

»Scheinbar harmlos. Aber irgendwas stimmt da nicht. Ich würde sie dir gern zeigen.« Viele Jahre Polizeierfahrung hatten in Wilhelm Mørk eine besondere Fähigkeit entwickelt, Dinge zu registrieren, die andere übersehen würden.

»Na gut, ich schau' auf dem Heimweg mal vorbei.« Es war mir gelungen, seine Neugier zu erwecken.

Nach weniger als zehn Minuten stand er vor der Tür. »Dann zeig mal, was du hast.«

Wieder tauchte Elvis auf dem Bildschirm auf. Mørk konzentrierte sich auf den Film. »Ist das alles?«

»Das ist ja gerade das Problem.« Ich blickte ihn fragend an. »Hast du dieselben Assoziationen wie ich?« Ich wußte, daß Mørk einen fast krankhaften Haß auf Kinderquäler hatte.

Meine Theorie war, daß er auf diese Weise seine Untätigkeit von damals kompensieren wollte, als er seine Tochter verloren hatte, ein aufgewecktes Kind, das die Mutter mit nach Nordnorwegen genommen hatte. Er hatte es nie geschafft, ein Vater für die Kleine zu sein. Erst als es zu spät war, hatte er erfahren, daß die Tochter über lange Zeiträume hinweg aufs Gröbste vernachlässigt worden war. Die Mutter hatte ihr Leben nicht im Griff gehabt. Ich war einer der wenigen, die wußten, was an dem Abend passiert war, an dem eine Clique von Jugendlichen unter Rauschgifteinfluß während einer wahnwitzigen Verfolgungsjagd durch einen Streifenwagen gegen einen Hochspannungsmast geknallt war.

Er zog eine Packung starker Zigaretten hervor. Seine braunen Augen funkelten. »Ich glaube, du bist da auf einer Spur.« Er musterte mich forschend. »Weißt du etwas, das ich wissen sollte?«

Ich schüttelte den Kopf. »Pure Vermutung. Sag mal, habt ihr im Moment irgendwelche Sittlichkeitsdelikte?«

»Nicht, daß ich wüßte. Aber deshalb kann ja trotzdem da draußen irgendwas laufen.« Er zeigte auf das Fenster hinter mir. »Diese Schweinerei gibt es doch überall.«

»Ich würde mich gern mit jemandem unterhalten, der sich in der lokalen Szene auskennt«, dachte ich laut. Diese Bruderschaft inseriert schließlich nicht im *Tønsbergs Blad*. »Kennst du jemanden?«

»Es gibt eine Sozialarbeiterin, die sich auf diesen Dreck spezialisiert hat. Hardcore-Porno, pädophile Szene, Leute mit ausgefallenen Lüsten. Sie arbeitet hier am Sozialamt. Wende dich doch mal an sie.« Mørk klang jetzt fast freundlich. Diese Frau mußte etwas ganz Besonderes sein.

»Sie heißt Lunde, Eva Lunde. Ruf sie an, und grüß von mir. Wir haben sie schon zweimal als Sachverständige hinzugezogen.« Dann sprang er auf. »Und vergiß nicht, mich zu informieren, wenn etwas Interessantes auftaucht.«

Das werde ich mir vorher genau überlegen, gelobte ich mir. Aber durch Schaden klug geworden, hielt ich den Schnabel. Meine Diskussionen mit Wilhelm Mørk waren schon im voraus verloren.

Ich konnte mich einfach nicht beruhigen. Das scheinbar harmlose Video hatte mich zutiefst verstört. Das todtraurige Bild von Elvis Kristiansen, das da über den Bildschirm geflimmert war, wollte mir nicht aus dem Kopf. Hier war etwas faul, so faul, daß die Reste des jugendlichen Hauptdarstellers sich jetzt in einem Plastiksack im Leichenkeller des Zentralkrankenhauses befanden.

4

Am nächsten Morgen rief ich von der Kanzlei aus als erstes Mørks Kontaktfrau im Sozialamt an.

Ich wartete gespannt, als ich durchgestellt wurde. »Eva Lunde? Hier ist Svend Foyn, R-r-rechtsanwalt Svend Foyn.« Mit einem Namen wie meinem muß man in einer Stadt, in der mein großer Namensvetter einst das Kommando hatte, einfach stottern. Ich habe in meiner Kindheit alles über Schikanen gelernt.

»Wie kann ich behilflich sein?« Ihr Stimme klang abweisend und gefiel mir sofort.

»Kommissar Mørk hat Sie mir als eine Art Expertin empfohlen«, sagte ich zögernd.

»Ja?« fragte sie mit professionellem Interesse.

»Haben Sie Erfahrung mit Kinderpornos?«

Schweigen. Sie kam mir nicht unbedingt enthusiastisch vor.

»Ich habe einiges an Material gesammelt, aber Expertin auf diesem Gebiet bin ich nicht. Worum geht es konkret?«

»Sie wissen vielleicht, daß hier in Tønsberg vor ein paar Tagen ein Junge vom Zug überfahren worden ist, Elvis Kristiansen. Er war der Behörde, bei der Sie arbeiten, nicht unbekannt.«

Sie schwieg noch immer.

»Die Polizei vermutet Selbstmord«, erzählte ich. »Aber ich weiß nicht ... ein fünfzehnjähriger Selbstmörder?«

»Davon gibt es mehr, als Sie ahnen«, erwiderte sie überraschend kalt. »Ich kenne den Fall, auf den Sie anspielen. Ich hatte selber nichts mit dem Jungen zu tun, aber hier im Büro wird natürlich darüber geredet. Wir haben viele vergleichbare Geschichten. Elvis Kristiansen hatte keine Chance.«

Junge Damen wie sie sollten sich nicht so zynisch ausdrükken. Das sollte alternden Anwälten mit schlechten Erfahrungen vorbehalten sein. Ich fragte mich, wie alt sie wohl sein mochte.

»Wären Sie vielleicht bereit, sich ein Video anzusehen, das mir zufällig in die Hände gefallen ist, ein Filmfragment, in dem der Junge die Hauptrolle spielt?«

Jetzt war ihre Neugier geweckt, und wir verabredeten uns für denselben Nachmittag. Ich hatte in meinem Büro Fernseher und Videorecorder, was meine hart arbeitenden Kanzleikollegen mit Skepsis erfüllte. Ihnen war aufgefallen, daß ich die Geräte zu Beginn der Fußballweltmeisterschaft angeschafft hatte.

Da ich meine ersten Berufserfahrungen bei der Osloer Polizei gesammelt hatte, wußte ich, wie eine Sozialarbeiterin aussieht. Aber dieses Wissen war nicht mehr aktuell.

Sie war gertenschlank, fast mager, und dunkel wie eine Südeuropäerin. Frau Lunde hätte jederzeit ein italienisches Modehaus vertreten können. Schwarze Jeans und schwarzes T-Shirt unter einer feschen Lederjacke, rote Zehennägel, die aus ihren Sandalen hervorlugten, um an diesem Augustnachmittag Luft zu schnappen.

Sie ließ sich in meinem Mandantensessel nieder und betrachtete mein Chaos. »Was interessiert Sie an diesem Fall?« Tatkräftig war sie außerdem.

»Es ist möglich, daß der Junge mir mit diesem Filmfragment etwas erzählen wollte. Leider habe ich ihn laufenlassen, ohne den Versuch zu machen, etwas aus ihm herauszuholen, und das macht mir zu schaffen. Und an dieser Stelle k-kkommen Sie ins Spiel.«

»Dann sehen wir uns den Film doch an.« Sie schaute auf die Uhr. »Ich habe nicht viel Zeit, der Kindergarten schließt um halb fünf.« Also hatte sie ein Kind.

Sie mußte um die dreißig sein. Ein glatter Goldring an einer gepflegten, schlanken linken Hand ließ mich überlegen, mit wem sie wohl verheiratet sein mochte. Aber wer weiß, Frauen tragen ja auch manchmal einen Ring, um sich zudringliche Mannsbilder vom Leib zu halten.

Ich fand es merkwürdig, daß ich ihr noch nie begegnet war. Die Stadt ist schließlich nicht so groß. Aber vieles deutete darauf hin, daß wir nicht dieselben Kneipen frequentierten.

Wir hatten eine halbe Stunde. Und das sollte reichen, der Film dauerte ja schließlich nur drei Minuten. Ich hatte ihn mir noch einmal angesehen und die Zeit gestoppt. War der Rest gelöscht worden, oder bestand der Film ganz einfach nur aus einer surrealistischen Sesselszene?

Wieder flimmerten die Bilder von Elvis über den Bildschirm. Wieder war ich betroffen von der Leere in seinem Gesicht. Er hätte bei diesen Aufnahmen durchaus bereits tot sein können.

Eva Lunde sah sich alles ganz genau an. Ich mußte den Film zweimal zurückspulen, ehe sie zufrieden war.

»Also, sagt Ihnen das etwas?« fragte ich gespannt.

Sie blickte mich mit ernster Miene an. »Darf ich rauchen?« Sie hatte jetzt kleine rote Flecken auf ihren blassen Wangen. Das stand ihr gut. Wie sie so in meinem Besuchersessel saß, sah sie sehr jung aus. Und nicht mehr so souverän wie vorher.

»Sicher.« Ich gab ihr Feuer und mir ein Zigarillo.

»Ich habe das Gefühl, das schon einmal gesehen zu haben, aber ich bin mir nicht sicher.«

Sie wußte etwas, aber ich wollte sie nicht drängen. Noch nicht. Diese scheinbar harmlose Filmszene hatte die ansonsten so beherrschte Frau Lunde offensichtlich erschüttert.

»Kann ich den Film für ein paar Tage ausleihen?«

»Sicher. Aber passen Sie gut auf ihn auf. Ich habe keine Kopie.«

Eva Lunde schien allerlei durch den Kopf zu gehen, als sie hastig aufbrach, um rechtzeitig im Kindergarten zu sein. Sie versprach, mich anzurufen.

An diesem Abend saß ich noch lange im Büro und versuchte erfolglos, allerlei wegzuarbeiten. Eine Woche später wollte ich vierzehn Tage späten Sommerurlaub antreten, ohne Verpflichtungen und andere Pläne als einen Besuch in einer Großstadt, um im Gewimmel unterzutauchen. Norwegische Kleinstädte sollten in begrenzter Dosis genossen werden. Aus einer gewissen Distanz heraus schmecken sie am besten.

Es vergingen zwei inhaltslose Tage, bis Eva Lunde am späten Nachmittag dann anrief. Sie hatte Neuigkeiten, wollte am Telefon aber nichts Näheres sagen. »Ich möchte Ihnen etwas zeigen. Können wir uns heute abend so gegen acht in meinem Büro treffen?«

Dieses Angebot konnte ich nun wirklich nicht ablehnen.

Sie erwartete mich am Eingang und führte mich durch die undurchdringlichen Gitter des Sozialamtes. Zu viele Klienten hatten aufgehört, dankbar zu sein.

Wir setzten uns in ein Konferenzzimmer mit Videoanlage und Großbildschirm. Eva Lunde verhielt sich professionell. Sie behandelte mich wie einen zufälligen beruflichen Kontakt, und das gefiel mir gar nicht.

»Ich habe Ihren Film mit Produktionen verglichen, die in

bestimmten pädophilen Szenen im Umlauf sind.« Sie nahm eine Videokassette aus der Schreibtischschublade. »Fragen Sie nicht, woher ich die hier habe.« Womit sie meine Frage mitten im Keim erstickt hatte.

Sie schob die Kassette ein. Wir setzten uns auf ein Sofa vor dem großen Bildschirm an der Wand.

Der Film zeigte als erstes eine kleine, schwarzgekleidete Gestalt von hinten, die mit steifen Schritten über einen grauen Fußboden ging. Der Junge war mit Anzug und Schlips und schwarzen, glänzenden Schuhen ausstaffiert. Seine roten Haarstoppeln leuchteten in die Kamera. Er sah aus wie ein kleiner Konfirmand auf dem Weg zum Abendmahl.

Die Kamera ging höher und zeigte ein aufgeschlagenes Bett mit rosa Zierkissen. Mitten auf dem Bett thronte ein Teddybär.

Der Junge drehte sich zur Kamera um. Er trug eine schmale schwarze Maske über den Augen, aber er war mir doch vertraut. Elvis Kristiansen würde ich nicht so leicht vergessen können.

Die Szene hätte aus dem Film *Cabaret* sein können.

Die Kamera fing das ganze Zimmer ein, dann trat von links her ein weiterer Darsteller auf. Ein älterer Mann, der mindestens dreißig Kilo mehr wog als ich. Trotz Alter und Fett wirkte er jedoch tatkräftig und energisch. Er trug einen eleganten Seidenschlafrock. Nackte weiße Beine in schwarzen Socken und Schuhen lugten darunter hervor.

Der Mann ging mit schweren, langsamen Schritten durch das Zimmer und setzte sich auf die Bettkante. Auch er trug eine schwarze Maske, doch seine verdeckte das gesamte Gesicht. Ich konnte seinen blanken Schädel mit dem grauen Haarkranz sehen, als er sich vorbeugte und die Hände nach dem Jungen ausstreckte, der wie angewachsen vor dem Bett stand.

nem riesigen Dings und stöhnte dabei laut und unbeherrscht.

Das Knarren des Bettes konnte das jämmerliche Wimmern des Jungen, der unter dem Fleischberg fast verschwand, nicht übertönen.

Ich konnte es nicht mehr ertragen und starrte den Teppich an, in der Hoffnung, der Alptraum werde bald ein Ende haben.

Endlich war es still.

Ich schaute wieder auf. Elvis saß im Ledersessel, tadellos gekleidet in seinem schwarzen Anzug.

Der Film war zu Ende.

Eva Lunde sprang auf, hielt das Videogerät an und kehrte mir den Rücken zu, während sie sich eine Zigarette anzündete. Sie sah hilflos aus. Ich konnte sehen, daß ihre Hände zitterten.

Ich war handlungsunfähig, wußte nicht, was ich sagen sollte.

Eine schwere Stille senkte sich über uns.

Die dann von Eva Lunde gebrochen wurde. »Na, was meinen Sie?«

»Woher h-h-haben Sie diesen Film?« Zusätzlich zu meinem Stottern hatte ich nun auch noch Probleme mit meiner Stimme.

»Wie ich schon betont habe«, sie hatte die Beherrschung wiedergefunden, »darf ich meine Quellen nicht verraten. Ich stehe unter Schweigepflicht.«

Davon war ich nicht so ganz überzeugt. Die Schweigepflicht kann aufgehoben werden, wenn die Lage das erfordert. Eva Lunde war Sozialarbeiterin, kein katholischer Priester.

»Der Film, den Sie von Elvis Kristiansen bekommen haben, ist der einzige Film dieser Serie, in dem jemand ohne

Maske auftritt. Falls das unter der Maske wirklich Elvis war«, fügte sie nicht ganz überzeugend hinzu.

»Lassen Sie uns erst mal eins klären«, sagte ich. »Sie haben also nicht gewußt, daß der Junge etwas mit Pornofilmen zu tun hatte?«

Sie schüttelte energisch den Kopf. »Das war mir neu«, sagte sie tonlos. »Ich habe das Zimmer aus dem Film, den Sie mir gezeigt haben, wiedererkannt. Ich bin in einem ganz anderen Zusammenhang an diese Filme gekommen und hatte keine Ahnung von ihrem Lokalbezug. Normalerweise kommen solche Streifen aus dem Ausland.«

»Aber jetzt wissen wir mehr. Was werden Sie jetzt unternehmen?«

Sie bedachte mich mit einem harten Blick. »Vielleicht sollte ich das lieber Sie fragen. Sie sind hier schließlich der Jurist. Und außerdem hat Elvis *Sie* um Hilfe gebeten.«

Sie hatte recht, und das machte mir zu schaffen. Produktion und Besitz dieser Schweinerei waren verboten, das war schon klar. Rein juristisch gesehen hatte ich nur eine Aufgabe: die Polizei zu informieren. Und ich war durch keinerlei Schweigepflicht gebunden.

Doch wenn Eva Lunde weiter schwieg, hatten wir nichts in der Hand. Und selbst wenn sie das Video vorlegte, würde sich nicht mit Sicherheit beweisen lassen, daß es sich beim Hauptdarsteller wirklich um Elvis Kristiansen gehandelt hatte.

»Dieser Film kann ein wichtiges Beweisstück darstellen«, sagte ich vorsichtig. »Soll ich ihn in unseren Safe legen?«

Das lehnte sie entschieden ab. »Ich kann ihn nicht aus der Hand geben. Bis auf weiteres muß das hier unter uns bleiben. Ich muß Sie bitten, nichts zu unternehmen, ohne sich vorher mit mir zu besprechen.«

Verdammt, dachte ich. Ich blickte bei dieser Eva Lunde

nicht durch. Aber ein paar Tage konnte ich wohl meinen eigenen Ermittlungen widmen, ehe ich meinen ersehnten Urlaub antrat. Auf Wilhelm Mørk konnte ich sicher zählen. Pädophile überschritten seine Toleranzgrenze wirklich um einiges.

»Na gut«, ich gab erst einmal nach. »Kön-n-nen Sie mir die Unterl-l-lagen über Elvis besorgen?«

»Vielleicht. Mal sehen, was sich machen läßt. Können Sie morgen nachmittag mal reinschauen?«

»Abgemacht.« Ich fühlte mich nicht wohl, brauchte frische Luft und wollte unbedingt so schnell wie möglich der bedrückenden Atmosphäre des Sozialamtes entkommen.

Auf dem Heimweg überlegte ich mir, daß das Pflegeheim von diesen Filmarbeiten durchaus etwas gewußt haben konnte. Doch mein Telefongespräch mit Katja Stenersen machte mich nicht viel klüger.

Sie schien ehrlich schockiert zu sein. »Wir haben uns ja gedacht, daß etwas nicht stimmte. Die Probleme fingen erst richtig an, als er an diese Neonazis geraten war. Glauben Sie, daß die dahinterstecken?« Meine Antwort wartete sie nicht ab. »Das tun sie bestimmt. Elvis hatte doch sonst keine Bekannten.«

»Vielleicht. Sind Sie ganz sicher, daß Sie nichts gehört oder gesehen haben, was eine Spur sein könnte, Anrufe, Adressen, was auch immer?«

Sie überlegte. »Ich werde mit David darüber sprechen, wenn er morgen aus Oslo zurückkommt, aber ich habe keine Ahnung, was das sein könnte. Man denkt doch nicht gerade an solche Dinge, wenn man es mit einem Jungen wie Elvis zu tun hat.«

In dieser Nacht schlief ich sehr schlecht. Gegen halb drei erwachte ich schweißgebadet und wälzte mich im Bett von einer Seite auf die andere, bis dann das Tageslicht weitere

Einschlafversuche unmöglich machte. Ich würde lange brauchen, um mich von diesen Bildern zu befreien, die noch immer gestochen scharf vor meinem inneren Auge herumtanzten.

Am nächsten Tag bat ich den Anwalt beim Obersten Gericht, der in seiner Kammer ganz hinten im Gang bei der Arbeit war, zu einem späten Mittagessen. Er hatte wieder einmal bei seinen alten Bekannten von der Wache herumgeschnüffelt. Nicht alle hatten seinen alten Status in der Stadt vergessen. Noch immer gab es Vertreter der Obrigkeit, die Christian Salvesen mit Respekt begegneten.

Der Alte war in seinem Element, als er nun die Möglichkeit hatte, mit seinen Lokalkenntnissen zu brillieren. Die Tatsache, daß er Phantasie und Wirklichkeit vermischte, machte seine Erzählungen durchaus nicht weniger interessant.

»Letzte Nacht ist hier in der Stadt allerlei passiert, Foyn. Aber da lagst du sicher zu Hause im Bett, nehme ich an?« Er grinste neckisch und wußte, daß ich nun angebissen hatte. Ich war einfach wild nach lokalen Neuigkeiten.

»Du vielleicht nicht?« gab ich zurück. Als er schwieg, gab ich mich geschlagen. »Na los, komm schon. Ich weiß doch, daß du darauf brennst, ein bißchen Klatsch zu verbreiten. Was ist also passiert?«

»Ja, nun hör zu, Foyn. Während du an der Matratze gehorcht hast, hat sich im Central ein wahres Drama abgespielt.« Mit großer Geste zeigte er in Richtung des Hotels, das einen Block weiter lag.

Und dann legte er los, als stünde er wieder im Gerichtssaal. Salvesen war angeblich ein begnadeter Rhetoriker gewesen, ehe er sich in ständig schnellerem Tempo seine Gehirnzellen abgefackelt hatte. Aber noch immer konnte er seine Geschichten mit Einfühlungsvermögen und Phantasie erzählen.

Es stellte sich heraus, daß sich, während ich zu Hause im Bett lag, ein Mann namens Horst Wagner in einem spartanisch eingerichteten Zimmer im Central Hotel aufgehalten hatte, weniger als fünfhundert Meter von mir entfernt. Dort hatte er die allerletzten Verfügungen seines fünfundsiebzigjährigen Lebens getroffen.

Er hatte einen eleganten dunklen Anzug, ein frischgebügeltes weißes Hemd und einen diskreten Schlips getragen. Seine schwarzen Schuhe waren blankgewienert gewesen, seinen weißen und noch immer kräftigen Schopf hatte er ordentlich nach hinten gekämmt.

»Was glaubst du, was man so denkt, Foyn, wenn man da auf einem nackten Hotelbett sitzt, allein in einer fremden Stadt, und wenn man bald den Sprung ins Unbekannte tun will?«

Das Zimmer war perfekt aufgeräumt gewesen, abgesehen von den Vorhängen, die er abgenommen und ordentlich zusammengefaltet auf die Kommode gelegt hatte. Der kleine Koffer hatte neben dem Bett gestanden, das gemacht war, bereit für den nächsten Gast. Auf dem Nachttisch lag sein Paß, zusammen mit dem Rückflugticket nach Berlin mit Lufthansa. Vor die Tür hatte er das Schild mit der Aufschrift BITTE NICHT STÖREN gehängt.

Das einzige, was nicht mit dem Bild eines ordnungsliebenden Mannes, der bald sein Hotelzimmer verlassen wird, übereinstimmte, war die Vorhangschnur. Sie war drei Meter lang und an einem Ende auf professionelle Weise zu einer Schlinge geknüpft.

Horst Wagner hatte den einzigen Stuhl des Zimmers unter einen kräftigen Deckenbalken gestellt, der quer unter einer Ecke verlief. Danach war er auf den Stuhl gestiegen, hatte sich die Schlinge um den Hals gelegt und das andere Ende mit Seemannsknoten am Balken befestigt.

Er war ein alter Mann, aber noch gut in Form gewesen.

Vielleicht hatte er für einen Moment aus dem Fenster geschaut, auf die dunkle Stadt, ehe er vom Stuhl gesprungen war. Die Vorhangschnur hatte sich um seinen Hals zusammengezogen, und sicher hatte er instinktiv mit den Beinen gestrampelt, so daß der Stuhl umfiel. Die Fallhöhe hatte nicht ausgereicht, um ihm das Genick zu brechen, weshalb er erstickte.

Sein Gesicht war rot angelaufen, und er hatte nach Luft geschnappt. Sein Körper war heftig hin und her gependelt. Der Knoten um den Balken hatte sich gestrafft, so daß Wagners Schuhe fast den Boden berührten. Er hatte sich noch mehrere Minuten lang ans Leben geklammert.

Dann hatte sein Körper sich nicht mehr bewegt. Horst Wagners Augen waren hervorgequollen, und er hatte das Bewußtsein verloren. Zwei Minuten später war alles vorüber. Sein Gesicht war blau und verquollen, Blase und Gedärm hatten sich entleert und einen intensiven Gestank im Zimmer verbreitet. Horst Wagner war tot.

Die Darstellung des ehemaligen Anwalts beim Obersten Gericht war dermaßen dramatisch, daß ich die ganze Szene vor mir sah. »Warum hat er das getan?« fragte ich. »Hat er irgendeine Nachricht hinterlassen?«

»Nichts. Er war gestern auf direktem Weg aus Berlin gekommen, hatte niemandem gesagt, was er hier in Tønsberg vorhatte, geschweige denn, warum er ausgerechnet hier Selbstmord begehen wollte. Seltsam, nicht wahr?«

Ich nickte. Das war wirklich merkwürdig.

»Nichts im Leben ist Zufall. Vergiß das nicht, Foyn.« Er musterte mich mit unergründlichem Blick. »Aber das ist noch nicht alles. Heute morgen um halb sieben ging auf der Wache ein Anruf ein. Ein früher Morgenwanderer hatte bei der Kanalbroa eine Leiche in der See treiben sehen.«

Die Streife, die dann losgeschickt wurde, hatte schnell feststellen können, daß es sich um einen älteren Mann handelte, der keine sichtbaren physischen Verletzungen aufzuweisen schien. Er konnte noch nicht viele Stunden im Wasser gelegen haben und trug einen eleganten Freizeitanzug.

»Sagt der Name Henrik Hermansen dir etwas?«

»Ein wenig«, sagte ich. »Geschäftsmann, oder?«

»Stimmt. Seltsamerweise ist auch er fünfundsiebzig Jahre alt geworden.«

Salvesen schien diesen Tod nicht weiter zu betrauern.

»Hermansen war hier in der Gegend so bekannt, daß die zuständigen Leute beim Tønsbergs Blad jetzt schon Stoff für den angemessenen Nachruf sammeln, nehme ich an. Der wird sicher schön ausfallen«, fügte er sarkastisch hinzu.

Hermansen war zwar alt, aber immer noch aktiv gewesen. Angeblich verfügte er über die Macht in den Firmen, bei denen er Teilhaber war, obwohl er keine offizielle Position bekleidet hatte. Er war eine echte graue Eminenz gewesen.

»Der Nachruf wird Hermansens Erfolge im Leben betonen«, spöttelte Salvesen in pastoralem Singsang. »Zuerst Unternehmer, später erfolgreicher Geschäftsmann.« Er legte eine vielsagende Pause ein. »Es wird jedoch auch behauptet, einzelne seiner Projekte seien durchaus ein wenig dubios gewesen. Doch eine solche Sichtweise ist jetzt nicht angebracht. Die Zeitung wird sich auf sein soziales Engagement und seine mit großer Diskretion überwiesenen generösen Spenden an Hilfsmaßnahmen für Kinder und Jugendliche konzentrieren. Nur wenige können behaupten, Henrik Hermansen wirklich gekannt zu haben.«

Das klang einleuchtend. Mäzene pflegen in Nachrufen hoch gelobt zu werden.

»Die Leiche wies keine Verletzungen auf. Das heißt, keine bedeutenden. Ein kleiner Bluterguß unter dem Auge, das war alles. Die Polizei nimmt an, daß er über Bord gefallen ist, als er die Vertäuungen seines Bootes lösen wollte. Er hatte weniger als zwölf Stunden im Wasser gelegen.«

Der Polizist, der das Boot untersuchte, hatte keinerlei Hinweise auf Gewaltanwendung gefunden.

Hermansens ältester Sohn, der in Brasilien lebte und zufällig zu Besuch war, hatte bestätigen können, daß sein Vater am frühen Nachmittag seine prachtvolle Villa am Presterødåsen verlassen hatte, um sich zu seinem Landsitz auf Sandøya am Rand des Schärengürtels um die Insel Tjøme zu begeben. Dort hatte er übernachten und dann am folgenden Nachmittag nach Hause zurückkommen wollen. Deshalb war er im Laufe der Nacht auch nicht vermißt gemeldet worden.

Christian Salvesen blickte mich fragend an. »Sagt dir das alles irgend etwas, Foyn?«

»Tja.« Ich fürchtete, daß ich ihn da enttäuschen mußte. Ich konnte keine Konspirationstheorie anbieten. Der alte Salvesen liebte Mysterien und heckte unermüdlich immer neue phantasievolle Theorien aus. »Es ist natürlich ein bißchen auffällig, daß die beiden gleichaltrig waren. Ansonsten klingt das alles nicht so richtig aufregend.«

»Die Meinungen über Henrik Hermansen waren ziemlich geteilt«, erklärte Salvesen, ohne sich um mein mangelndes Interesse zu kümmern. »Aber bestimmt hat niemand damit gerechnet, daß der Mann seine Tage wie irgendein Wrack im Hafen von Tønsberg beenden würde.«

»Da hast du sicher recht«, sagte ich. »Sieh dich vor, damit du nicht dasselbe Schicksal erleidest.« Er blickte mich voller Resignation an, als er zur Tür ging, um seine tägliche Wanderschaft in den staatlichen Alkoholladen anzutreten.

Ich konnte nicht das ganz große Engagement aufbringen.

Wer sich ein Dreivierteljahrhundert auf den Beinen gehalten hat, kann eigentlich nicht mehr viel verlangen.

In diesem Moment hatte ich wirklich andere Sorgen als tote Greise. Meine Verabredung mit dem Sozialamt wollte ich jedenfalls einhalten.

5

Eva Lunde hatte mich nicht vergessen. Sie führte mich in ein freies Büro und reichte mir mit kurzem Lächeln einen bibeldicken Ordner, dann war sie verschwunden. »Sie kennen die Regeln. Behalten Sie das hier für sich.«

In aller Eile überflog ich das Elend.

Elvis Kristiansen hatte im Laufe seines kurzen Lebens alles Fachwissen mobilisiert, das das Sozialwesen überhaupt nur aufbringen konnte, zumeist aus keinem anderen Grund als dem, daß er zur falschen Zeit am falschen Ort und mit absolut falschen Eltern geboren worden war.

Elvis' Vater war schon lange vor der Geburt des Jungen zum Alkoholiker geworden. Er hatte große Teile seines bisher knapp fünfzigjährigen Lebens auf Staatskosten und in Vollpension verbracht. Schließlich war er auf stärkeren Stoff als Alkohol umgestiegen. Elvis' Mutter war einige Jahre, nachdem Elvis zusammen mit einem Zwillingsbruder das Licht der Welt erblickt hatte, von der Bildfläche verschwunden. Eine etwas ältere Halbschwester wurde auch noch erwähnt.

Elvis' Bruder hatte Glück gehabt und war adoptiert worden. Die Halbschwester schien entlang der Achse Tønsberg-Oslo-Kopenhagen hin und her zu pendeln. Der gesamte Fürsorgeapparat hatte sich um Elvis gekümmert, auf dem Papier zumindest. Vorübergehende Pflegeheime,

Sonderschulen, Waisenhäuser, immer neue Sachbearbeiter und immer neue Stationen, bis er am Ende in dem Haus gelandet war, das für ihn zur Endstation werden sollte. Und das eine lukrative Abmachung mit dem Sozialamt getroffen hatte.

Ich hatte schon haufenweise Geschichten dieser Art gelesen. Aber sie deprimierten mich noch immer. Diese hier war auch nicht origineller als ein Einführungskurs zum Thema Milieuschäden im ersten Semester eines Soziologiestudiums.

Das Sozialamt konnte berichten, daß mit Elvis in letzter Zeit alles so einigermaßen gut gegangen war. Abgesehen davon, daß er in der Schule nicht mitkam, keine Freunde und keinen Kontakt zu seiner Familie hatte und als selbstverständliches Mobbingopfer galt, war es ihm gutgegangen, wurde behauptet.

Soviel ich sehen konnte, hatte Elvis die ganz großen Konflikte mit der Obrigkeit vermieden. Der übliche Kram war aufgezählt, ein bißchen Ladendiebstahl, das eine oder andere geknackte Auto, schließlich ein paar Rauschgiftsachen, aber alles nur Kleinigkeiten.

Als Hauptproblem hatte seine Lernunwilligkeit gegolten. Er hatte ein großes Geschick darin entwickelt, immer wieder aus den entsprechenden Institutionen die Flucht zu ergreifen.

Vielleicht fühlte er sich in der Schule ganz einfach nicht wohl.

Es gab keinerlei Hinweise auf irgendeine Verbindung zur Sexbranche. Und wenn ich mir Elvis Kristiansen jetzt vor mein inneres Auge rief, dann konnte auch ich ihn nicht spontan mit solchen Unternehmungen in Verbindung bringen.

Eva Lunde war wieder in die Rolle der neutralen Sachbearbeiterin geschlüpft. »Haben Sie etwas gefunden?« Sie musterte mich skeptisch, als ich wieder in ihrem Büro auftauchte. »Sie haben ja nicht lange gebraucht.«

Ich zuckte mit den Schultern. »Nur das, was ich erwartet hatte. Nichts, was das erklären könnte, was wir im Film gesehen haben.« Sie hatte schließlich den Schlüssel zu allem, nicht ich.

»Bitte setzen Sie sich einen Moment.« Sie zog ein Exemplar der Zeitung *Aftenposten* aus ihrer Schultertasche, datiert einen Tag nach Elvis' Zusammenstoß mit dem Intercity. Die Zeitung war auf der dritten Seite aufgeschlagen, wo sich ein dicker roter Kreis um einen Artikel zog.

»Was sagen Sie nun dazu?« Sie musterte mich sehr gespannt.

15jähriger von U-Bahn überfahren

Unmittelbar nach 22.30 gestern abend wurde im Bahnhof Tøyen ein Fünfzehnjähriger von der U-Bahn überfahren. Es gibt viele Zeugen für dieses Unglück, aber keiner kann erklären, was wirklich passiert ist. Unter den anderen Fahrgästen, die auf die Bahn warteten, brach Panik aus, als der Junge plötzlich auf die Schienen stürzte. Die Polizei geht von einem Unfall aus, will aber ein Verbrechen nicht ganz ausschließen. Der Zugführer sagt aus, es sei sehr schnell geschehen, und er habe nicht mehr anhalten können.

Der Artikel versetzte mir einen Schock. Der Zeitpunkt war wirklich auffällig. Dieser Junge war in dem Moment in Fetzen gerissen worden, in dem Elvis seinen großen Sprung hinunter auf die Bahngleise bei Tønsberg tat.

»Das muß ein Zufall sein, aber ich werde mich genauer erkundigen«, sagte ich nachdenklich. »Vielleicht kann Wilhelm Mørk uns helfen.«

»Ich finde das unheimlich.«

Plötzlich sah sie jung und verletzlich aus, und ich empfand ein heftiges Bedürfnis, sie zu beschützen.

»Was werden Sie wegen des Films unternehmen?« fragte sie dann.

Ich sah sie lange an. »Im Grunde hängt das von Ihnen ab. Wenn Sie nicht mehr zu erzählen haben, hat es keinen Sinn, die Polizei einzuschalten.«

»Ich kann das nicht, das hab' ich doch gesagt!« Sie schrie es beinahe heraus. »Versuchen Sie doch, mich zu verstehen. Ich kann meine Quellen nicht bloßlegen. Würden Sie das bitte akzeptieren?« Ihre Stimme zitterte.

»Ist ja gut«, sagte ich ruhiger, als ich mich fühlte. »Überlegen Sie es sich noch einmal, und rufen Sie mich an, wenn Sie Ihre Meinung ändern.«

Während der nächsten Tage war ich in der Kanzlei beschäftigt. Eva Lunde schwieg, und ich wußte, daß ich etwas unternehmen mußte. Der nächstliegende Schritt war, daß ich mich bei einer meiner Kontaktpersonen im Sozialamt diskret über Frau Lunde erkundigte.

Sie galt wirklich als Expertin für Sittlichkeitssachen. Man hielt sie für fachlich durch und durch seriös. Außerdem war sie derzeit zu haben. Sie lebte seit einem Jahr von ihrem Mann getrennt.

Mir blieben noch zwei Tage bis zu meinem aufgeschobenen Urlaub.

Am Montagmorgen wanderte ich zu Wilhelm Mørks Büro. Er hatte sich in Unterlagen vergraben, schickte mich aber nicht wieder weg.

Im Gegenteil, er entwickelte genügend Interesse, um einen Stuhl für mich freizuräumen. Mørk war offensichtlich neugierig.

»Du hattest recht.« Ich kam sofort zur Sache. »Elvis hatte

verdammt gute Gründe, um sich ein anderes Leben zu wünschen. Er war in die Pornobranche geraten, Abteilung kleine Knaben und große Männer. Frag mich nicht, wie, aber ich habe die Fortsetzung unseres Filmfragmentes gesehen. Und was da zu sehen war, würde dir überhaupt nicht gefallen.«

Wilhelm Mørk richtete sich in seinem Bürostuhl auf. Ich fürchtete mich immer ein wenig, wenn er seinen strengen Blick aufsetzte.

»Mehr kann ich im Moment nicht erzählen, aber ich arbeite an der Sache«, fügte ich rasch hinzu, um mich vor zudringlicheren Fragen zu schützen.

Ich fühlte mich bis auf weiteres verpflichtet, Eva Lunde nicht in diesen Fall hineinzuziehen.

»Sieh dir das mal an.« Ich hatte den Ausschnitt aus *Aftenposten* über das U-Bahnunglück in Oslo mitgenommen. »Kannst du mal feststellen, was da passiert ist? Beide Opfer waren fünfzehn, beide Unfälle sind sich zum Verwechseln ähnlich, und sie sind gleichzeitig passiert. Es ist fast zu auffällig, um ein purer Zufall sein zu können. Was sagst du dazu?«

Er las den Artikel und runzelte die Stirn. »Rein statistisch gesehen ist das wirklich seltsam. Aber was in aller Welt sollte die Verbindung zwischen beiden Unfällen sein? Falls es Unfälle waren. Du bist da wohl etwas anderer Meinung, nehme ich an?«

Das war eine korrekte Beobachtung. »Erkundige dich doch mal danach«, sagte ich. »Hinterher können wir dann über Wahrscheinlichkeitsrechnung diskutieren.«

»Ich habe eigentlich keine Zeit«, grunzte Mørk. »Ich versuche herauszufinden, warum ein fünfundsiebzig Jahre alter Deutscher sich ausgerechnet Tønsberg aussucht, um dort Selbstmord zu begehen.«

Mit dem alten Anwalt Salvesen war diesmal die Phantasie also doch nicht allzu sehr durchgegangen.

Die Polizei hatte außerdem ein weiteres Problem, was den Mann aus Berlin anging. Im Laufe seines eintägigen Aufenthalts in Tønsberg hatte er die Sparkasse aufgesucht und fünfundzwanzigtausend Kronen von seinem Konto bei einer Berliner Bank abgehoben. Dieses Geld war spurlos verschwunden.

»Sag mir was Neues«, bat ich müde. Meine eigenen Sorgen reichten mir wirklich aus. »Ich schau übermorgen mal wieder rein. Du kannst sicher etwas in Erfahrung bringen, wenn du dir die Zeit für ein paar Telefonate nimmst.«

Mørk besaß viele Verbindungen. Manche waren von der Sorte, über die ich lieber nicht zuviel erfahren wollte.

6

Als ich wieder auf der Straße stand, zählte ich an meinen Knöpfen ab, was ich tun sollte. Ich mußte etwas Konkreteres unternehmen, etwas, das die Frage beantworten konnte, welche Ereignisse Elvis in die Ewigkeit geschickt hatten. Ich fand es zu unsicher, von Wilhelm Mørk abhängig zu sein.

Die neue Polizeizentrale war nicht besonders schön, so wie sie eingeklemmt zwischen alten, ehrwürdigen Stadthäusern vor mir lag. Die große Koalition von Konservativen und Sozialdemokraten hatte das Kino der Stadt abreißen lassen, um Platz für diesen scheußlichen Koloß zu schaffen. Meiner Ansicht nach war das, was in diesem Gebäude vor sich ging, dessen Geschichte und Aussehen absolut angemessen.

Ich drehte mich um und ging wieder hinein. Diesmal wollte ich Rønningen aufsuchen, genauer gesagt, Frau Polizeirätin Anne Rønningen. Meine Überlegungen würden ja doch auf ihrem Tisch landen, ehe irgendwelche Ermittlungen in die Wege geleitet werden konnten. Die Tatsache, daß ich für sie wie ein Haar in der Suppe war, konnte ich ja doch nicht ändern.

Ein glücklicher Zufall wollte es, daß mir zwischen zwei Besprechungen eine Audienz gewährt wurde.

»Du hast fünf Minuten. Mehr kann ich mir nicht abknapsen.« Sie schaute demonstrativ auf die Wanduhr, als ich ihr Zimmer betrat.

Ich erzählte meine Geschichte kurz und präzise und ohne Dramatik. Die Sache hier mußte sitzen.

»Möglicherweise läßt es sich nicht direkt beweisen, daß in beiden Filmstücken derselbe Junge zu sehen ist, aber die Wahrscheinlichkeit ist sehr groß«, endete ich und versuchte damit, an ihre berufliche Neugier zu appellieren. »Der gleiche Anzug, die gleichen roten Haare, die gleiche Größe. Alles weist daraufhin, daß Elvis Kristiansen in beiden Filmen aufgetreten ist.«

»Kannst du mir diesen Pornofilm besorgen?« Sie sah mich an, als hätte ich selber an diesen Aufnahmen teilgenommen.

Ich fühlte mich unter ihrem kritischen Blick nicht wohl in meiner Haut. Nachtragende Menschen sind nicht mein Fall.

Unglücklicherweise hatte ich das zwei Jahre zuvor nicht bedacht, als ich nach einem feuchtfröhlichen Abend beinahe mit der nämlichen Polizeirätin im Bett gelandet wäre.

Es machte die Sache auch nicht besser, daß nicht sie es gewesen war, die dabei die Notbremse gezogen hatte. Ich hatte mich für umsichtig gehalten, als ich die Eifersucht ihres Ehemanns zusammen mit meinem eigenen angekratzten Ruf bei den Anklagebehörden bedacht und mich im letzten Moment zurückgezogen hatte.

Es empfiehlt sich einfach nicht, Damen auf solche Art abzuweisen.

»Die Schweigepflicht hindert mich daran, meine Quelle offenzulegen«, sagte ich mit eindringlicher Stimme. »Aber ich habe ihn gesehen. Und ich kann dir sagen, es ist starker Tobak.«

Ihre Reaktion verriet mir, daß der Tobak nicht stark genug war.

»Tut mir leid. Ich glaube nicht, daß das reicht, um weitere Untersuchungen über den Tod dieses Jungen anzustellen, als bereits gemacht worden sind. Aber ich werde mir die Sache noch einmal genauer ansehen und mit dem zuständigen Ermittler sprechen.«

Das klang nicht besonders überzeugend.

Sie erhob sich abrupt. Die Audienz war vorüber.

Aber niemand konnte behaupten, ich hätte es nicht versucht.

Ich machte einen Bogen um die Kanzlei und ließ mich in Gesellschaft von kaffeeschlürfenden Damen und alternden Männern mit müden Gesichtern und viel zuviel Zeit im Torgkafé nieder, wo ich meine bisherigen Erkenntnisse Revue passieren ließ. Das dauerte nicht lange. In dieser Geschichte gab es viele Fragen und wenige Antworten.

Der Brief, den diese unbekannte Person bei mir abgeliefert hatte, war ein loser Faden, der mir vielleicht einen Schritt weiter helfen könnte.

Ich versuchte mir die beiden jungen Nazissen in Erinnerung zu rufen. Ich ging davon aus, daß eine von beiden mir etwas zu erzählen hatte. Da wir einen gemeinsamen Bekannten hatten, konnte es nicht so schwer sein, sie aufzuspüren, aber eine innere Stimme sagte mir, daß es unklug sein würde, mein Interesse an Frank Gonzalez' Assistentinnen öffentlich bekanntzugeben.

Vor dem Fenster rannte soeben der für die Streetworker zuständige Beamte zusammen mit allerlei Fußvolk aus dem Sozialwesen über den Platz. Derzeit lief ein auf angehende Nazis ausgerichtetes Projekt, das ihnen Aktivitäten wie Fußball, Slalomski und andere gesunde Sportarten anbot. Golf stand noch nicht auf dem Programm. Entwickelt worden war das Projekt offenbar von den Streetworkern.

Ich erhob mich und ging hinterher. Die Büros dieser Leute lagen nur wenige Minuten entfernt.

Eine zuvorkommende Projektleiterin öffnete mir. Eine junge Sozialarbeiterin, die das Wohlwollen in Person war, bis ich meinen Wunsch vorgebracht hatte. Es half rein gar nichts, daß ich meinen Charme voll aufdrehte.

»Sie müssen doch einsehen, daß ich nicht aller Welt Informationen über unsere Leute geben kann.«

»Hören Sie«, sagte ich eindringlich. »Ich will doch nur wissen, wo ich zwei Personen finde, die Sie sicher gut kennen, das ist alles. Und das wird mir auch auf andere Weise gelingen, nur dauert es dann eben länger. Haben Sie übrigens Elvis Kristiansen gekannt?« fügte ich abrupt hinzu.

Das tat seine Wirkung. Sie nickte zaghaft. »Wir hatten ein wenig mit ihm zu tun, ja. Warum fragen Sie?«

»Dann wissen Sie auch, was mit dem Jungen passiert ist. Und mit Ihrer Hilfe kann ich vielleicht feststellen, warum er auf diese Weise sterben mußte.«

»Aber war das denn kein Zugunglück?« Sie sah mich erschrocken an.

»Das ist noch sehr die Frage«, sagte ich langsam. »Elvis war in Dinge verwickelt, von denen Sie sicher gar nichts wissen wollen. Mehr kann ich nicht sagen. Bitte geben Sie mir jetzt, was ich brauche.« Mein energischer Anwaltston tat normalerweise seine Wirkung.

Die professionelle Ethik der Sozialhochschule verlor den Kampf gegen das persönliche Engagement der Kleinen. »Das ist sicher in Ordnung«, sagte sie zögernd. »Aber Sie müssen mir versprechen, diese Auskünfte nicht zu mißbrauchen. Wir sind vom Vertrauen der Jugendlichen abhängig.« Sie versuchte, mich mit strengem Blick zu mustern. »Wen suchen Sie denn?«

Ich erzählte ihr die Geschichte von Frank Gonzalez und

seinen Mädels. So viele Mädchen konnte es in dieser Szene doch unmöglich geben.

»Ich glaube, ich weiß, wen Sie meinen.« Sie zog einen abgegriffenen Ordner aus dem Aktenschrank.

»Zwei Mädchen sind viel mit Frank zusammen, sie lungern in seiner Wohnung herum, sind von der Schule abgegangen und ein bißchen kleinkriminell, nichts Ernstes, soviel wir wissen. Aber ihre nationalistischen Ideen machen uns Sorgen.«

Sie blätterte in den Papieren. »In Wirklichkeit sind sie ziemlich harmlos, auch wenn sie nicht so aussehen. Sie kommen aus Stokke, genau wie Frank. Aber leider waren sie in letzter Zeit einige Male bei den schwedischen Nazis.« Sie blickte mich bekümmert an.

»Müßten diese Kinder nicht eigentlich in der Schule sein, oder kümmert sich niemand darum?« Solche Geschichten provozierten mich immer wieder.

Sie zuckte mit den Schultern, und plötzlich sah ich direkt vor mir, wie sie im Laufe von zehn Jahren an der Front langsam aber sicher ihre Illusionen verlieren würde.

»Die Ältere von beiden, Alice, ist schon achtzehn und damit volljährig, auch wenn sie aussieht wie fünfzehn. Und da können wir nicht viel machen. Ihre Freundin Désirée ist erst siebzehn und geistig gesehen höchstens zehn. Das macht die Sache nicht leichter. Weder sie noch ihre Familie wollen Hilfe von uns. Und von anderen auch nicht.«

»Für mich sehen sie beide aus wie kleine Mädchen. Sind Sie sicher, daß wir hier über dieselben Leute reden?«

Sie nickte voller Überzeugung. »Gute Mobbingopfer, wissen Sie. Sie waren immer schon hilflos, haben während ihrer ganzen Kindheit Prügel eingesteckt. Als Franks Freundinnen haben sie eine erschreckende Bedeutung gewonnen. Sie werden bemerkt. Die Leute weichen ihnen aus. Früher haben sie

nur Dreck abgekriegt. Die Schule war eine kleine Hölle.«
Ihre Ausdrucksweise verriet ihr Engagement.

»Wo kann ich sie finden? Ich habe eigentlich keine Lust, mich wieder bei Frank aufzudrängen. Er hat zu schlechte Manieren.«

Sie schaute in ihren Unterlagen nach. »Sie haben eine Art Treffpunkt im Sentrum Kafé, lungern da ziemlich oft rum. Montags sitzen sie da immer. Dann ist so wenig los, daß der Inhaber niemanden hinauswirft. Sehen Sie doch heute abend mal dort nach.«

Ich erhob mich ganz schnell, um zu verhindern, daß ihr professionelles Gewissen ihr akute Qualen bereitete. In ihrer Branche mußten sie die Schweigepflicht genau nehmen.

Ein Abend im Sentrum. Der Abend war gerettet.

Den restlichen Tag verbrachte ich mit Nichtstun.

Als es auf neun Uhr zuging, war ich einsatzbereit. Es war wärmer geworden, die Reste des Sommers hatten sich in eine abendstille Kleinstadt eingeschlichen, und diese Kleinstadt kam mir so friedlich vor, daß ich mit dem Gedanken spielte, das ganze Projekt aufzugeben. Vielleicht lag ja mit meiner Phantasie etwas im argen.

Das Sentrum Kafé war für Überwachungsaktivitäten nicht gerade geeignet. Es lag im ersten Stock eines alten Mietshauses. Zugang hatte man über eine steile, schmale Treppe, die am Tresen endete. Und da dieser unbestreitbar den Mittelpunkt des Lokals ausmachte, war es kaum möglich, sich unbemerkt einzuschleichen.

Es war nicht ganz auszuschließen, daß einige Gäste noch klar aus den Augen schauen konnten, und ich wollte von so wenigen wie nur möglich gesehen werden. Es bestand allerlei Grund zu der Annahme, daß Franks Damen gegenüber einem fremden Element wie mir nicht sonderlich gesprächig sein würden, schon gar nicht, wenn Frank oder einer seiner Kameraden sich in der Nähe aufhielten.

Während ich noch unentschlossen an der Straßenecke vor dem Eingang stand, mit Hulda als Alibi, passierte im Lokal plötzlich so allerlei. Jemand fluchte und schrie wie am Spieß, dann waren zwei dumpfe Schläge zu hören, gefolgt von einem heiseren Stöhnen. Ehe ich die Eingangstür öffnen konnte, hatte ein Fußtritt das bereits erledigt.

Der Typ, der aus dem Haus getaumelt kam, hatte ein solches Tempo, daß er zuerst mit dem Kopf gegen die Tür eines dort abgestellten Autos knallte, ehe er zu Boden ging und fluchend liegenblieb. Der Türsteher kam hinterher und reicherte die Szene mit einigen leidenschaftlichen Worten an. Diesen Worten entnahm ich die Information, daß der Bursche, der derweil die Schäfchenwolken am Horizont von Vestfold betrachtete, in der nächsten Zukunft nicht mit einem Ehrenplatz am Tresen des Sentrum rechnen könnte.

Huldas Bernhardinerinstinkte erwachten, und sie leckte voller Hingabe das Gesicht des Opfers. Vielleicht war sie auf das Blut scharf. Hunde sind ja im Grunde wilde Tiere. Der Typ jedenfalls wollte nun unbedingt wieder auf die Beine kommen, was ihm mit meiner Hilfe und einiger Mühe dann auch gelang.

Und dabei sah ich, daß ich die Freude hatte, einen alten Bekannten aus den Mühlen der Justiz wiederzutreffen. Als Pflichtverteidiger gewinnt man ganz besondere Freunde. Und dieser hier konnte sich jetzt als nützlich erweisen.

Vor mir klammerte sich einer der notorischen Einbrecher der Stadt an einen Laternenpfahl. Irgendein boshafter Teufel hatte offenbar einen Sinn für Ironie gehabt und diesem armen Wicht den Spitznamen »Sprinter« angehängt. Der Mann wurde nämlich immer auf frischer Tat ertappt. Deshalb war es eine unmögliche Aufgabe, auf die Unschuld des

Sprinters zu plädieren. Ich setzte eher auf Verhandlungen über das Strafmaß, abhängig von Jahreszeit und Wetterverhältnissen. Im Winter befand er sich nicht gern auf freiem Fuß. Zweimal war es mir gelungen, deshalb brachte der Sprinter mir normalerweise zumindest keine Feindseligkeit entgegen.

»Hast du gedacht, an den Zapfhähnen ist Selbstbedienung, oder wirst du auf deine alten Tage streitsüchtig?« Der Sprinter war meines Wissens noch nie handgreiflich geworden.

Er schnaubte. »Ja, Scheiße, ich hatte bloß zehn Kronen zu wenig, und trotzdem hat der Arsch mich rausgeschmissen!«

Ein Hunderter kam aus meiner Brieftasche zum Vorschein, die ausnahmsweise einmal gutgefüllt war, alles im Hinblick auf den Urlaub.

»Hier hast du einen kleinen Zuschuß«, sagte ich freundlich. »Geh jetzt nach oben, bitte um Entschuldigung und bezahl für die Getränke, und dann kannst du mir einen Gefallen tun.«

In diesem Loch von Kneipe konnten sie es sich nicht leisten, nachtragend zu sein.

»Kennst du einen Nazi, der Frank Gonzalez heißt? Der ist oft da oben. So eine große, fette Glatze.«

Der Sprinter nickte. »Darauf kannsse Gift nehm', ja. Harter Kerl, der Frank. Was willsse denn von dem?«

»Nichts«, antwortete ich. »Das ist es ja gerade. Ich will ihm lieber nicht begegnen. Sieh mal nach, ob er im Lokal ist. Und halt Ausschau nach seinem Harem. Nach zwei Mädels mit Glatzen und klirrenden Ketten. Die kannst du gar nicht verwechseln.«

Das ließ er sich nicht zweimal sagen, humpelte die Treppe hoch und war verschwunden. Schlimmstenfalls würde er erst wieder auftauchen, wenn das Geld vertrunken war. Aber ich ging davon aus, daß er mit den Zahlungen so weit zurücklag, daß das nicht lange dauern würde.

Damit lag ich richtig. Bald war er wieder da, diesmal durfte er auf eigenen Beinen die Treppe hinuntergehen.

»Frank is nich da, aber seine Weiber saufen mit ein paar alten Idioten!« Er schien moralisch entrüstet zu sein. Ich hätte gern gewußt, wo er die Altersgrenze zog. Er selber war hoch in den Fünfzigern.

»Vielen Dank. Und jetzt scher dich nach Hause, bevor du dir noch mehr Ärger einhandelst.«

Hulda wurde unter knurrenden Protesten am Laternenpfahl geparkt, und ich stieg zielstrebig die Treppe hoch.

Ich hatte keine klaren Vorstellungen von meinem weiteren Vorgehen. Das dunkle Lokal kam mir undurchdringlich vor, dicke Rauchschwaden lagen über den Tischen. Die Mädels hingen zusammen mit zwei älteren Schweinen, die emsig mit ihren Schweinepfoten an ihnen herumtatschten, an einem der Ecktische herum.

Alice und Désirée hatten sich mit knallschwarzem Lippenstift und dicker Schminke aufgebrezelt. Mit ihren schwarzen Lederjacken, ihren Nieten und Ketten sahen sie aus wie kleine haarlose KISS-Kopien. Aber waren die nicht ein Phänomen der siebziger Jahre, oder lag ich hier völlig daneben?

Beide waren ziemlich voll und merkten nicht, daß ich mich am Nachbartisch niederließ. Der Kellner musterte mich argwöhnisch, als ich nur ein kleines Glas Bier statt des üblichen Halben bestellte. Seine Laune hob sich, als ich großzügig Trinkgeld gab.

Von einer Altersgrenze für Alkoholkonsum hatten sie hier offenbar noch nichts gehört, denn den Mädels wurde noch eine Runde Bier serviert. Ich mußte zuschlagen, solange sie noch kommunikationsfähig waren.

Als die beiden Schweine zum Klo watschelten, ergriff ich die Gelegenheit beim Schopfe und wechselte ganz schnell an den Tisch der jungen Damen über.

»Danke für den Brief, Alice«, sagte ich freundlich. »Aber ich bin ein bißchen schwer von Begriff. Mit wem war Elvis zusammen?«

Ich hatte mich an die Ältere gewandt. Sie blickte mich mit tranigem Blick an und gab sich alle Mühe, mich unterzubringen. Als ihr das gelungen war, reagierte sie sehr heftig.

Sie ließ ihr Bierglas auf den Boden fallen, und ihr kindliches Gesicht wurde womöglich noch weißer.

Ihre Freundin war noch betrunkener. Sie erkannte mich offenbar nicht und glotzte uns nur dämlich an.

»Hast du mir was zu sagen?« fragte ich mit eindringlicher Stimme. »Es bleibt unter uns, das garantiere ich dir. Was hat Elvis denn eigentlich gemacht? Pornofilme, nicht wahr?«

Jetzt hatte auch die Freundin begriffen, was Sache war. Sie starrte mich entsetzt an.

»Ihr wißt etwas über Elvis' Tod, wovon die Polizei keine Ahnung hat. Er ist nicht vor den Zug gefallen, oder?«

Sie schwiegen noch immer, aber die, die Alice hieß, nickte unmerklich.

»Und auch nicht gesprungen, nicht wahr? Er ist gestoßen worden.«

Ich konnte den beiden ansehen, daß ich mich der Wahrheit näherte.

»Mord heißt das auf Norwegisch«, sagte ich dann. »Wißt ihr, wer das war? Sonst macht ihr euch am Ende mitschuldig«, drohte ich.

Alice riß sich zusammen, steckte sich eine neue Zigarette an und zischte fast lautlos: »Verpiß dich, hier können wir doch nicht reden. Nachher hört uns noch wer!«

Ich schaute mich um. Das Grunzen hinter mir verriet mir, daß die Schweine ihren Platz im Koben zurückforderten.

Es wäre nicht klug gewesen, hier und jetzt Ärger zu

machen, deshalb zog ich mich zurück und versuchte dabei, zu Alice durchzudringen.

»Du weißt ja, wo ich wohne, also kannst du dich bei mir melden. Du darfst keine Zeit vergeuden. Ich kann euch vielleicht helfen.« Diese Mädels saßen auf wichtigen und vielleicht gefährlichen Informationen.

Auf der Treppe lief ich keinem anderen als Speedy Gonzalez in die Arme. Ich konnte nicht mehr ausweichen, denn er erkannte mich sofort und preßte mich an die Wand. »Was haste hier zu suchen, du Scheißanwalt? Schnüffelsse wieder rum oder was?«

»Keine Panik«, sagte ich. »Wird ja in dieser Drecksstadt noch erlaubt sein, ein Bier zu trinken. Oder hast du darauf vielleicht das Monopol, Frank?«

In seinem Gesicht stand das blanke Mißtrauen. Frank Gonzalez war alles andere als ein Idiot, auch wenn viele ihn dafür hielten. Und er wußte genau, daß das Sentrum nicht zu meinen Lieblingskneipen gehörte. Ich gab mich nicht der Illusion hin, daß der Kellner dichthielt. Sicher würde er Frank die Geschichte meines Annäherungsversuchs bei den Mädels gleich aufs Butterbrot schmieren.

Das gefiel mir nicht gerade. Aber jetzt wollte ich der Konfrontation ausweichen. Ich schob Frank freundlich, aber bestimmt zur Seite und lief durch die Tür zu einer ungeduldigen Hulda.

Jetzt brauchte ich wirklich eine friedliche Stunde mit meinen Schachfiguren und Bache Gabrielsen.

In meiner Wohnung kam ich dann endlich zur Ruhe. Ich saß noch lange in Gesellschaft von Willie Nelson und dem Exilrussen Rachmaninow auf. Willie und Sergej Wasiliewitsch hatten beide ihre Dosis von der Bosheit der Welt abbekommen. Sie konnten mir vielleicht einen guten Rat geben.

7

Ich hatte vergessen, daß ich eigentlich Urlaub hatte, und deshalb riß mich am nächsten Morgen der Wecker viel zu früh aus dem Schlaf.

Nach einem schnellen Frühstück zog ich mit Hulda los. Ich wußte aus Erfahrung, daß Damen umgänglicher werden, wenn nicht ich sie becirce, sondern Hulda.

Eva Lunde mußte einsehen, daß sie wichtige Informationen, die vielleicht klarstellen konnten, was mit Elvis passiert war, nicht zurückhalten durfte. Dieser Fall war zu ernst für neugierige Amateure. Es war an der Zeit, ihn professionellen Kräften zu übertragen. Aber ich wollte mich nicht noch einmal von Frau Polizeirätin abkanzeln lassen, so lange ich dann nicht mit gewichtigen Argumenten auf den Tisch hauen konnte.

Es mußte Risse in Eva Lundes Rüstung geben, auch wenn die vielleicht klein und gut versteckt waren. Niemand konnte so verdammt perfekt sein.

Wieso kam eine junge Frau wie sie überhaupt an so seltsame Interessen, auch wenn sie zu ihrem Fachgebiet gehörten? Porno, Pädophilie und Schlimmeres. Ich begriff es einfach nicht. Aber ich begriff sehr vieles nicht. Vielleicht war ich nur ein alternder Zyniker, gezeichnet von zu vielen Jahren im Dienste Frau Justitias.

Es fiel mir immer schwerer, die Grenze zu finden, die gute Taten von bösen und Richtig von Falsch trennt. Und je länger ich danach Ausschau hielt, um so unbegreiflicher wurde die Wirklichkeit.

Auf jeden Fall wollte ich Eva Lunde wiedersehen, und dazu brauchte ich einen Anlaß. Das hier war doch sicher ein guter.

Das alles erzählte ich Hulda, als wir uns auf die Schranken des Sozialamtes zubewegten.

Nach weniger als einer Viertelstunde Warten wurde die Audienz bewilligt. Die Frau an der Rezeption hatte inzwischen vergeblich mit Sprache, Tonfall und Blick versucht, mir klarzumachen, daß Hunde hier keinen Zutritt hatten.

Eva Lunde lächelte, als ich mit dem Hund im Schlepptau ihr Büro betrat. »Nicht schlecht. Wie haben Sie das geschafft?«

»Ich habe erklärt, daß das ein Blindenhund in der Ausbildung ist, der überall Zutritt hat. Und die Frau hatte offenbar Respekt vor Anwälten. Sie auch?«

Sie wurde ernst. »Ich gehe davon aus, daß Sie nicht hergekommen sind, um mich in der Hinsicht auf die Probe zu stellen. Was kann ich also für Sie tun?«

Wieder war sie professionell und effektiv. Ihre kohlschwarzen Haare hingen als langer Zopf über ihren Rücken, was sehr gut zu ihrem grünen Hosenanzug und den offenen Sandalen paßte. Rote Zehennägel, die unter dem Schreibtisch verlockend wippten, lenkten meine Aufmerksamkeit ab.

Mit großer Anstrengung ließ ich meinen Blick aufwärts wandern. »W-w-was glauben Sie wohl?« fragte ich sarkastischer als geplant. »Sie sitzen auf einer Zeitbombe. Sie wissen genau, wovon ich hier rede. Was haben Sie also vor?« Mit etwas sanfterer Stimme fügte ich hinzu: »Versuchen Sie, Vertrauen zu mir zu haben. Es ist doch möglich, daß zwei Köpfe besser denken als einer. Auch wenn der eine Kopf mir gehört«, sagte ich noch, in der Hoffnung, sie damit aufzuheitern.

»Ich weiß natürlich, worauf Sie hinauswollen.« Wieder hatte sie die fast unsichtbaren roten Flecken auf der Wange. »Es ist nur so, daß ich nichts über die Herkunft dieses Films weiß. Ich habe keine Ahnung, wer ihn hergestellt hat. Ich habe zufällig bei einem Kontaktmann mehrere von diesen Filmen gefunden. Er kann uns aber nichts sagen.« Sie wich meinem Blick aus. »Ich habe keinen Grund, seine Identität preiszugeben.«

Das klang nicht ganz überzeugend. Aber mir blieb nichts anderes übrig, als ihr zu glauben. Bis auf weiteres.

Und wir waren keinen Schritt weiter gekommen. Das einzige, was ich jetzt wußte, war, daß es sich um einen Mann handelte.

»Ich habe es bei der Polizei versucht«, sagte ich mit eindringlicher Stimme. »Sie brauchen den Film und mehr Informationen, um tätig werden zu können. So lange sie nur das haben, was sie für Spekulationen meinerseits halten, wird gar nichts passieren.«

»Tut mir leid, Svend. Es wäre vielleicht besser gewesen, Ihnen diesen Film gar nicht erst zu zeigen.«

Es gefiel mir, wie sie meinen Namen aussprach.

»Vergessen Sie es!« sagte ich tröstend und beschloß, mit meiner Geschichte über die beiden kleinen Nazissen noch zu warten.

Hier war nämlich behutsames Vorgehen angesagt. Eva Lunde fühlte sich mit ihren Geheimnissen nicht so ganz behaglich.

»Wie wäre es heute abend mit Esseng-g-gehen?« Diese Frage kam unerwartet, auch für mich.

Drückende Stille folgte. Nur Huldas Schnaufen sorgte dafür, daß die Stimmung nicht direkt peinlich wurde.

Eva Lunde blickte mich aufrichtig überrascht an. Sie schien die Möglichkeit, ich könne ihrer Person auch ein nicht rein berufliches Interesse entgegenbringen, bisher nicht in Betracht gezogen zu haben.

Und wieder überraschte sie mich. »Was schlagen Sie denn vor? Irgendein Lokal in der Stadt?«

Ich zuckte mit den Schultern. »So genau habe ich mir das noch nicht überlegt. Aber ich kann tatsächlich selber kochen.«

»Ich zweifle gar nicht an Ihren Fähigkeiten.« Sie bedachte mich mit einem raschen Lächeln, und ich fragte mich, wie ich das deuten sollte. »Ich habe einen besseren Vorschlag. Wir essen bei mir, dann können wir zusammen kochen.«

Genau da verlor ich dann die Situation aus dem Griff. Meine letzten Reste von Urteilskraft verflogen ganz einfach. Ich hatte das unwirkliche Gefühl, daß etwas Wichtiges geschah, etwas, das nicht mehr aufzuhalten war. Die Kontrolle rutschte mir durch die Finger, und ich konnte nichts dagegen tun.

Es war nicht nur so, daß diese Frau aussah wie die schlanke Ausgabe einer griechischen Madonna. Der dunkle, ein wenig ernste Blick ihrer braunen Augen hatte etwas Außergewöhnliches. Etwas Geheimnisvolles, fast Tragisches, das ich nur zu gern genauer untersucht hätte.

»Sagen wir gegen acht?« Jetzt war sie wieder geschäftsmäßig.

»Gut«, sagte ich unerwartet ruhig. »Ich überlasse Sie solange Ihren Klienten. Bis nachher.« Nach einem letzten Blick auf die roten Zehennägel zerrte ich eine keuchende Bernhardinerhündin hinaus in die Freiheit, vorbei an depressiven Klienten, säuerlichen Sicherheitswachen und lebensmüden Bürokraten.

Plötzlich war das Leben verheißungsvoll. Abgesehen von der Tatsache, daß ich vergessen hatte, mich nach ihrer Adresse zu erkundigen.

Eva Lunde hatte meine Gedanken gelesen und holte mich auf der Treppe ein. Eine schlanke, braune Hand klebte mit leichtem Druck einen gelben Zettel auf meinen Handrücken. Blåveisstien 10.

Ich ging nach Hause, um weiterhin rein gar nichts zu tun. Aber schon nach zehn Minuten wurde der Friede gestört. Ich hatte Wilhelm Mørk an der Strippe.

»Du hast Urlaub, wie ich höre. Also kriegst du jetzt Stoff zum Nachdenken. Der Müßiggang bekommt dir bekanntlich nicht. Kannst du dich an den Ausschnitt aus Aftenposten erinnern, den du mir letztens gezeigt hast? Über den Fünfzehnjährigen, der in Oslo von der U-Bahn überfahren wurde, an dem Abend, an dem Elvis Kristiansen ums Leben gekommen ist?«

»Raus damit«, sagte ich ungeduldig. »Was i-i-ist mit ihm?«

»Halt dich fest. Das wird dich noch beschäftigen. Der Junge hieß Aron. Er war auf den Tag genau so alt wie unser Elvis, und er wurde in Tønsberg geboren.«

Ein Gefühl des Unbehagens machte sich daran, meine gute Stimmung zu verdrängen. Hier lag etwas sehr im argen. »Etwa Elvis' Zwillingsbruder, der, der adoptiert worden war?« Im Ordner war mir sein Name nicht aufgefallen. Aber ich hatte die Unterlagen ja auch nur quergelesen.

»Genau. Der Junge hieß allerdings nicht mehr Aron Kristiansen. Er hatte schon längst einen neuen Nachnamen bekommen. Hagen, so heißen seine Adoptiveltern in Oslo. Aron Hagen hieß er jetzt. Und das wird auch auf seinem Grabstein stehen.«

»Das klingt doch einfach unglaublich. Bist du ganz sicher?«

»Es kann keinen Zweifel geben. Ich habe das fast durch Zufall herausgefunden. Eine innere Stimme sagte mir, ich solle untersuchen, was aus dem Zwillingsbruder geworden war. Ich kenne nämlich die Sachbearbeiterin gut, die die Adoption in die Wege geleitet hat.«

Das konnte ich mir vorstellen, ja. Wenn Wilhelm Mørk sich so ausdrückte, dann bedeutete das, daß er etwas über die betreffende Person wußte, etwas, das ihm Informationen einbrachte, so vertraulich oder ungesetzlich das auch sein mochte. Selbst solche Institutionen können undicht werden, wenn jemand den richtigen Menschen unter Druck setzt.

»Elvis und Aron«, sagte ich nachdenklich. »Hieß der echte Elvis nicht mit zweitem Vornamen Aron?«

»Stimmt. Ich bin mit dem King aufgewachsen. Der hatte übrigens auch einen Zwillingsbruder, hast du das gewußt?«

Das war mir neu. Aber ich hatte mich nie weiter für den König interessiert.

»Sein Zwillingsbruder ist bei der Geburt gestorben. Sie haben es gerade noch geschafft, ihn Jesse zu taufen, Jesse Garon. Sie waren eineiige Zwillinge.«

Ich schüttelte resigniert den Kopf. »Diese Eltern müssen doch an der puren Elvis-Fixierung gelitten haben.«

»Bestimmt«, sagte Mørk lakonisch. »Aber es gibt schlimmere Suchtarten.«

Bei genauerem Nachdenken mußte ich ihm zustimmen.

»Die Osloer Polizei weiß bisher noch gar nichts«, erzählte er mit ruhiger Stimme weiter. »Sie haben die Sache als Unfall eingestuft und abgehakt. Es gab keinen Grund zu der Annahme, daß möglicherweise eine kriminelle Handlung vorliegt. Und in Tønsberg gilt der Fall Elvis Kristiansen ebenfalls als abgeschlossen. Du hast auf deine Freundin, die Polizeirätin, offenbar nicht sonderlich überzeugend gewirkt.«

»Aber das hier muß doch zu neuen Ermittlungen führen«, sagte ich aufgebracht. »Es geht doch zu weit, diese Todesfälle dem Zufall zuzuschreiben. Zwei Brüder am selben Abend?«

»Vergiß nicht, daß diese beiden Vorfälle für sich gesehen nicht als Verbrechen betrachtet werden können. Niemand von den Umstehenden hat etwas bemerkt. Plötzlich ist der Junge vom Bahnsteig auf die Schienen gefallen. Auf dem Bahnsteig wimmelte es nur so von Leuten, die nach einem Betriebsfest noch irgendwo weiterfeiern wollten. Daß die meisten von ihnen alles andere als nüchtern waren, machte ihre Aussagen natürlich auch nicht präziser. Aron muß genau in dem Moment, als der Zug in die Station einfuhr, gesprungen oder gestürzt sein.«

»Hatten die Zwillinge Kontakt miteinander, seit Aron in Oslo gelandet war? Weißt du darüber etwas?« Mein Puls raste noch immer.

»Das habe ich noch nicht überprüfen können. Ich muß vorsichtig sein. Tatsache ist, daß außer uns noch niemand von diesem Zusammenhang weiß. Und es wäre mir lieb, wenn es vorläufig auch dabei bleibt. Du hast doch immer was für Rätsel übrig gehabt, oder?«

Sein flapsiger Ton paßte mir nicht, aber mir fiel kein vernichtender Kommentar ein. Mein Unbehagen war zu einem Gefühl der Furcht angewachsen, das mir jetzt wie ein Stein im Magen lag. Bei dieser Geschichte stimmte etwas auf ganz schlimme Weise nicht. Elvis' Anblick verfolgte mich, jetzt sogar in Stereo ...

Weil mir kein besserer Zeitvertreib einfiel, stellte ich den Mac auf die virtuelle Autobahn ein.

Das Stichwort *paedophilia* verschaffte mir Einblick in eine ganz besondere Welt. Neben Forschungsberichten und allgemeinen Artikeln über dieses Phänomen fand ich einen beunruhigend leichten Zugang zu einer ganz besonders interessanten Basis in den USA. Hier hatten Pädophile freien Auslauf, wenn auch unter der Bedingung, daß es sich um einen Treffpunkt für Nichtpraktizierende handelte. Das diente auf jeden Fall als offizielle Legitimation.

Doch den Beiträgen konnte ich entnehmen, daß das durchaus nicht für alle Beteiligten galt. Ich konnte ihnen auch entnehmen, daß es im Internet an Verstecken nicht fehlte. An Nischen, zu denen nur Auserwählte Zutritt hatten, mit Hilfe von geheimen Paßwörtern und verdeckten Zahlungscodes. Doch auch ohne diese Eintrittskarten konnte ich mir Bilder ansehen, von denen ich erschüttert war. Und ich war alles andere als ein Experte im Netsurfen.

Die Argumente der Pädophilen waren ein neues Erlebnis. Hier fand ich das gesamte Spektrum. Geschulte Theoretiker mit historischen und politischen Argumentationsweisen für die Berechtigung der Pädophilie, kranke Verrückte mit akutem Behandlungsbedarf, geile Böcke, die ihren Blick nicht von den kleinen Kindern der Nachbarn abwenden konnten. Ich fragte mich immer wieder, wo diese Leute sich eigentlich befanden. Wenn es sie im Net gab, dann mußten sie doch auch irgendwo in der Wirklichkeit existieren.

Als Anwalt hatte ich zweimal mit Menschen dieser Veranlagung zu tun gehabt. Sie waren nicht besonders stolz auf ihre Interessen gewesen. Im Net hatten sie ihre Fürsprecher, Menschen, die bereitwillig ihre eigentümlichen Gelüste bloßlegten. Nicht alle waren anonym.

Es gab also diese Welt. Eine diffuse Welt ohne klare Kennzeichen oder geographische Grenzen. Eine Welt, in der Kinder als Ware galten. In der sie geschlagen, gebrandmarkt, vergewaltigt und ab und zu sogar ganz geschäftsmäßig ermordet wurden.

Nicht, daß ich das alles nicht gewußt hätte. Ganz so naiv war ich nicht. Aber wie die meisten anderen Menschen war ich davon ausgegangen, daß es sich um ein fernes Phänomen handelte, um etwas, das mich nicht persönlich betraf, auch wenn wir sogar hier in der Kleinstadt den einen oder anderen Perversen hatten.

Diese Reise durch den Cyberspace war kein guter Auftakt für das geplante Abendessen, und ich versuchte, durch eine vorsichtige Joggingrunde die Signale des globalen Netzes aus meinem Gedankensystem zu vertreiben.

Beim Yachthafen wurde ich von der festen Clique der Tagediebe angehalten. »Svend Foyn, der König des Gerichtssaals!« Salvesen, ehemals Anwalt beim Obersten Gericht, war der selbstverständliche Mittelpunkt dieser Versammlung. »Setz dich doch mal zur Elite!«

Da meine Kondition sich als erbärmlich herausgestellt hatte, nahm ich die Einladung zu einer Tasse Kaffee, was ein Euphemismus für sechzigprozentigen Fusel mit Kaffeefarbe war, dankend an. Höflich reichte ich dann die Tasse weiter.

»Ich höre, daß du mal wieder herumschnüffelst, Foyn? Hast du nichts dazugelernt, als du das letzte Mal Detektiv gespielt hast?«

Salvesens Falkenblick entging wirklich nichts. Es sollte mich nicht wundern, wenn seine Kontaktleute bei der Polizei ihn bereits über mein Interesse an Elvis informiert hatten.

Vielleicht sollte ich den Sinn des Alten für Mysterien ja positiv sehen. »Weißt du etwas über Elvis Kristiansen, Salvesen? Den Jungen, der vom Zug überfahren worden ist?«

»Kann schon sein«, sagte er geheimnisvoll. »Laß mir Zeit, dann schau' ich im Archiv nach.«

Er leerte den Rest der Schnapsflasche, ohne den etwas zeitraubenden Umweg über die Kaffeetasse zu nehmen, und hörte sich an, als sei sein Terminkalender auf lange Sicht ausgebucht.

Ich unterdrückte ein Lächeln und stand auf. Das Archiv, wie Salvesen es nannte, war einfach nur ein chaotisches Kabuff, vollgestopft mit Dokumenten, alten Zeitungen, Briefen und Unterlagen von Fällen, die sich im Laufe der Anwaltsarbeit mehrerer Generationen dort angesammelt hatten. Außer diesem exzentrischen Sonderling hatte kein Mensch Überblick über dieses Wirrwarr.

Ich humpelte weiter, nach Hause zu meiner Dusche. Der Badezimmerspiegel bestätigte eine Tatsache, die mir ohnehin schmerzlich bewußt war. Das Alter hatte angefangen, seine Spuren zu hinterlassen. Ich war zu alt für dieses Spiel. Wann hatten sich eigentlich die ersten Fältchen, die ersten grauen Haare, die ersten Anzeichen des großes Abstiegs eingestellt?

Ich zog mich mit Sorgfalt für diesen Abend an, suchte ein elegantes italienisches Hemd hervor, dazu meine exklusive schwarze Ziegenlederjacke und frischgewaschene Jeans, und ich fühlte mich doch wieder ziemlich gut, als ich langsam in Richtung Nøtterøy durch die Stadt fuhr. Die vielen diskreten Pferdestärken des Jaguar gaben mir ein schönes Gefühl von Kraft und Freiheit.

Der Blåveistien war genauso idyllisch, wie sein Name »Leberblümchenweg« es schon andeutete. Eine neue Luxusvilla in einem friedlichen Waldgebiet bei Nesbrygga auf Nøtterøy. Hinter den Bäumen lag gleich das Meer. Ein großes, ungestörtes Grundstück. Keine Spur von Campinghütten. Alles so, wie es sein sollte.

Eva Lundes Exmann mußte also Geld haben. Sozialarbeiterinnen können von diesem Wohnstandard sonst nur träumen. Aber das Geld konnte auch von der sizilianischen Mafia stammen, was wußte denn ich. Bei Eva Lundes Aussehen hätte mich das nicht überrascht.

Ich stellte den Jaguar vor der Doppelgarage ab und nahm die Blumen und den guten St. Emilion, den ich für eine besondere Gelegenheit aufbewahrt hatte, vom Beifahrersitz. Eine noch angemessenere Gelegenheit würde sich wohl kaum jemals bieten.

Sie war einfach eine Sensation, wie sie da in der Tür stand. Ein schwarzes Seidenhemd, das locker über schmalen Hüften hing, schwarze Leggings, elegante Ledersandalen. Sie sah um einiges jünger aus als dreiunddreißig.

Instinktiv zog ich den Bauch ein.

Ihre langen dunklen Haare hingen ihr jetzt offen über den Rücken. Selbst auf der Modemesse in Mailand hätte sie Aufsehen erregt. Mein natürlicher kritischer Verstand war völlig außer Funktion gesetzt.

Sie bedachte mich mit einem freundlichen Lächeln. »Komm rein. Möchtest du ein Glas Weißwein, oder mußt du noch fahren? Tolles Auto hast du da übrigens.« Sie zeigte auf meinen ehrwürdigen Jaguar. Der tat eben immer seine Wirkung und beeindruckte Menschen mit Sinn für Ästhetik.

»Ich nehme gern einen Wein. Der Wagen kann hier stehenbleiben, ich fahre mit dem Taxi nach Hause. Ich wohne mitten in der Stadt.«

»Ich weiß. Ich habe Kolleginnen, die dich kennen.«

Das sagte sie mit ganz neutraler Stimme, aber ich mochte trotzdem nicht daran erinnert werden. Ich wußte genau, auf wen sie da anspielte. Und ich hatte allen Grund zu der Annahme, daß die betreffende Person sich nicht nur positiv über mich äußern würde.

Eva hatte meine Gedanken gelesen. »Keine Angst, sie hat keine Geheimnisse verraten.«

Ich hoffte, daß nicht alle meine Gedanken gleichermaßen durchschaubar waren. Für mich war sie jetzt nur noch Eva, nicht mehr die professionelle Sozialarbeiterin Eva Lunde.

Ein gutes Zeichen. Bei unserem Ausgangspunkt hätte sich dieses Treffen sonst zu einer eher peinlichen Vorstellung entwickeln können.

Ich musterte meine Umgebung, während Eva sich an den Salat machte. Das Essen war fertig. Manche Frauen wollen einfach nicht einsehen, daß auch Männer kochen können.

Vielleicht hatte sie schlechte Erfahrungen gemacht.

Das Haus und die Einrichtung wirkten wie aus einem Lifestylemagazin. Stilsicher, elegant und ein wenig unpersönlich. Ich überflog das Bücherregal und fand meine Erwartungen bestätigt. Buchklubbücher, Kunstbände, Gesellschaftskritik und Kultur. Ein feminines Repertoire.

Hatte der Herr des Hauses seine Bücher mitgenommen, oder war er an Literatur nicht interessiert? Ich tippte auf letzteres. Auf einen gutaussehenden, maskulinen Typen von Mitte dreißig. Einen erfolgreichen Mann. Familienbilder an der Wand, Vater, Mutter und Kind beim Skilaufen, auf dem Segelboot, im sonnigen Süden. Diese Bilder erzählten die Geschichte eines Idylls. Aber trotzdem war etwas schiefgegangen.

»Und die Schlußfolgerung lautet?«

Ich fuhr zusammen, und fast wäre mir das Bild eines kleinen Wonneproppens, sicher der Sohn, aus der Hand gefallen. Eva war plötzlich auf mich zugekommen und stand nun gefährlich nahe neben mir.

»Die Erm-m-mittlungen haben gerade erst angefangen«, sagte ich. »Ich sage dir Bescheid, wenn ich mehr weiß. Wie alt ist er?«

»Nils wird nächsten Monat fünf. In dieser Woche ist er bei seinem Vater in Oslo.«

Wir verzehrten ein hervorragendes Nudelgericht und tranken guten Wein, ziemlich viel Wein im Laufe des Abends. Ich langte vielleicht herzlicher zu, als gut für mich war.

Eva Lunde faszinierte mich. Nicht nur durch ihr Aussehen. Was mich vor allem interessierte, waren ihre plötzlichen Stimmungsumschwünge. Im einen Moment war sie südländisch, warm und offen, um sich dann plötzlich auf eine knappe Höflichkeit zurückzuziehen, die mich gehörig auf Distanz hielt. Eine anstrengende Frau.

»Woher kommst du eigentlich?« fragte ich neugierig. »Ich tippe auf südeuropäische Wurzeln. Richtig?« Ich sah sie durch den milden Nebel meiner Cubana an.

»Fast richtig. Die Familie meines Vaters stammt aus Italien. Meine Mutter ist waschechte Norwegerin, obwohl sie südländisch aussieht. Sie ist auf Nøtterøy geboren.« Eva zeigte auf den dichten Wald. »Deshalb wohne ich ja hier. Dieses Grundstück hat schon meinen Großeltern gehört. Mein Vater hatte die amerikanische Staatsangehörigkeit angenommen. Ich bin in New York geboren und aufgewachsen. Wir haben dort gewohnt, bis ich zehn Jahre alt war, dann sind wir nach Norwegen übergesiedelt.«

Ich stellte keine weiteren Fragen. Bang & Olufsen produzierten lässige Sumpfmusik mit Tony Joe White, der Augustabend auf der Terrasse war dunkel und schön, und das galt auch für die Frau, die neben mir saß.

»Ich habe mich über diesen Artikel in Aftenposten informiert«, rutschte es mir heraus. »Es ist schlimmer, als wir gedacht hatten.«

»Wie meinst du das?« Eva umklammerte ihr Weinglas und blickte mich ängstlich an.

»Der Junge, der in Oslo ums Leben gekommen ist, war Elvis Kristiansens Zwillingsbruder.«

Eva Lunde krümmte sich auf dem Sofa zusammen. Sie hatte ihre frische braune Farbe verloren. »Bist du sicher?«

Ich nickte düster. »Zwischen diesen Todesfällen muß es eine Verbindung geben.« Ich sah sie mit eindringlichem Blick an. »Du kannst mir nicht vielleicht eine Erklärung liefern?«

»Svend, du mußt mir glauben. Ich weiß nichts, jedenfalls nichts, was für andere von Interesse sein könnte.« Sie wickelte sich in ihre Jacke und war plötzlich wieder klein und verletzlich.

»Können wir nicht ins Haus gehen, ich friere.« Sie zog sich zurück.

Wir siedelten ins Warme über. Die Spätsommernacht hatte kühlere und feuchte Luft gebracht. Die Stimmung hatte sich verändert, und ich Idiot war daran schuld.

Ich beschloß, bald nach Hause zu gehen. Ein ruhiger Spaziergang war genau das, was ich jetzt brauchte.

Auf dem Weg zur Toilette fiel mein Blick auf einen Zeitungsausschnitt, der an der Pinnwand über dem Schreibtisch hing. Es war eine Todesanzeige, die mitteilte, daß ein Mann namens Frank Johnson, geboren am 1. Januar 1935, am 5. August dieses Jahres verstorben war. Ich las mit wachsendem Interesse weiter. Unter den Namen der Trauernden fand ich auch Eva. Die übrige Verwandtschaft wohnte in New York und in Oslo.

Das war vielleicht eine Erklärung für ihren labilen Gemütszustand.

Ich nahm den Ausschnitt mit zurück zum Sofa, wo Eva jetzt melancholisch aus den dunklen Fenstern starrte und dabei nervös an ihrer Zigarette zog.

»War das dein Vater?« Ich nahm sie behutsam in den Arm und spürte durch die dünne Jacke ihre warme Haut.

Die Wirkung haute mich um. Sie brach in Tränen aus. Ihre Schultern zitterten, jegliche Selbstbeherrschung war verschwunden. Sie lehnte sich an mich, und ich mußte sie einfach mit allem zu trösten versuchen, was ich anbieten konnte. Aber das war nicht genug.

»Möchtest du darüber reden?«

Sie schniefte und setzte sich auf. Die Tränen hatte schmale schwarze Streifen auf ihre Wangen gemalt. »Da gibt es nicht viel zu sagen«, sagte sie tonlos. »Er ist ganz plötzlich gestorben. Mein Vater war ein sehr ungewöhnlicher Mann. Ich habe ihn wohl für unsterblich gehalten.«

»Habt ihr sehr aneinander gehangen?«

Sie hatte mir schon erzählt, daß sie ein Einzelkind war und in Norwegen außer ihren Eltern keine nähere Verwandtschaft besaß. Warum hatte sie dabei nicht auch erwähnt, daß ihr Vater erst vor wenigen Wochen gestorben war?

Sie schüttelte so heftig den Kopf, daß ihre Haare ihr Gesicht verbargen. »Wir haben uns nicht oft gesehen, seit ich von zu Hause ausgezogen bin, nicht einmal zu der Zeit, als ich in Oslo gewohnt habe. Als Erwachsene habe ich den Nachnamen meiner Mutter angenommen.« Sie verstummte, und ich wußte nicht, was ich sagen sollte. Bei Eva Lunde gab es so viele Tabuthemen.

Ich schaute auf die Uhr. Es war schon spät.

Eva hatte anscheinend ihre Selbstbeherrschung zurückgewonnen. Sie stand auf und räumte die leeren Weingläser ab. »Wie wäre es mit einem Schluck Cognac?«

Das klang verlockend.

Der Cognac erfüllte eigentlich nicht meine Ansprüche, aber ich hielt weise den Schnabel und trank schweigend. Ich war bereit zur Rückkehr in meine eigene spartanisch eingerichtete Wohnung und zu einer unkomplizierten Bernhardinerhündin, die keine anderen Ansprüche ans Leben stellte als regelmäßige Fütterung und ebenso regelmäßigen Gassigang.

Als ich aufstand, um meine Lederjacke zu holen, lag sie

plötzlich in meinen Armen. »Geh nicht, Svend!« Ich spürte ihren schmächtigen, aber höchst weiblichen Körper an meinem.

Es war nicht besonders schwer, mich zu überreden.

Es wurde eine lange Nacht. Ich schlief nicht eine Minute. Eva war anspruchsvoll und unberechenbar, und ich war verloren. Ich wußte nicht, was ich von ihr halten sollte. Sie hatte ihre Welt umzäunt, und wenn ich zu dicht an diesen Zaun herantrat, wich sie sofort zurück. Vielleicht hatte der Exmann diese Kreise auch nicht stören dürfen, vielleicht gab es jemanden, der ihr Vertrauen hatte, ich wußte es nicht. Das einzige, was ich mit brennender Gewißheit erkannte, war, daß Eva Lunde mir tief unter die Haut ging.

Das war nicht gerade die Entwicklung, die mir vorgeschwebt hatte, als ich vor weniger als vierundzwanzig Stunden ganz spontan ein gemeinsames Essen vorgeschlagen hatte.

8

Am nächsten Morgen fuhr ich nach einem kurzen Frühstück nach Hause. Ich war erschöpft und nicht wenig verwirrt, während Eva mir provozierend munter und ausgeruht erschien. Sie hatte ihre Selbstbeherrschung wiedergefunden. Aber ich wußte jetzt, daß das nur so aussah.

Aus einem stillschweigenden Übereinkommen heraus hatten wir keine neue Verabredung getroffen. Doch nach einem rastlosen Morgenmarsch mit einer zutiefst beleidigten Hulda, die die Nacht allein hatte verbringen müssen, juckte mein Mobiltelefon mich in meiner Tasche. Schon nach zwei Stunden hatte ich Sehnsucht nach Eva. Das verhieß nichts Gutes.

Ich konnte mich beherrschen und ging in die Kanzlei, um den nächsten Zug in meiner ganz privaten Ermittlungsarbeit zu planen. Da ich in der Frage nach der Herkunft des Films nicht weiterkam, wollte ich mir Elvis' Pflegeheim genauer unter die Lupe nehmen.

Nach einem Dutzend Telefonaten war ich ebenso schlau als wie zuvor. Ich fand ganz einfach nichts. Die einzig negativen Signale, die ich hatte auffangen können, hingen mit der ungewöhnlichen Fähigkeit der Stenersens zusammen, die Handlungsunfähigkeit des Jugendamtes auszunutzen und sich gute Geschäfte zu sichern.

Jeder Hans und Franz konnte mit einer einfachen Genehmigung ein Jugendheim aufmachen, bei dem es so gut wie keine amtliche Kontrolle gab und das sichere und üppige Einnahmen brachte. Das war nicht verboten, es war vielleicht nicht einmal unmoralisch. Außerdem waren die Stenersens für ihre guten Erziehungserfolge bekannt.

Daß sie sich für Trabrennpferde interessierten und den Gerüchten nach ihren eigenen Rennstall aufbauen wollten, war auch kein Verbrechen. Sunny Girl hatte ihnen im letzten Jahr eine nette Summe eingebracht, die anderen Gäule waren meiner Quelle zufolge dagegen reif für den Schlachthof. Aber schlimmer als Börsengeschäfte war das ja auch nicht. Bald würde wohl das gesamte Jugendamt mit Aktien spekulieren.

Ich riß mich aus meinen Grübeleien und rief Wilhelm Mørk an. »Weißt du inzwischen, ob unsere Zwillinge Kontakt miteinander hatten?« Ich wußte, daß Mørk es nicht leiden konnte, wenn man um den heißen Brei herum redete.

Er war überraschend mitteilsam. »Sie haben sich gekannt, ja. Arons neue Familie wußte ja, daß er einen Zwillingsbruder hatte. Und zu Arons zwölftem Geburtstag haben sie ihm die ganze Geschichte erzählt. Die Folge war vor ungefähr drei Jahren ein Treffen der Brüder. Doch Herr Hagen entschied, daß es bei dem einen Mal bleiben sollte. Er behauptet, diese Begegnung habe Aron nicht gut getan, weshalb der weitere Kontakt unterbunden wurde. Die übrige Familie hat Aron nie wiedergesehen, wenn wir seinem Adoptivvater glauben wollen. Manche Menschen spielen eben gern den lieben Gott.«

»Hatte Aron dieselben Schwierigkeiten wie sein Bruder?«

»Ich habe schon den Eindruck. Aber mit der Polizei hatte er sich noch keinen Ärger aufgehalst, er hatte nur Probleme mit der Schule. Seine Adoptivmutter sagt, er sei dort schikaniert worden. Und am Ende hat er die Schule mehr oder weniger geschmissen.«

»Woher weißt du das alles, hast du mit ihnen gesprochen?«

»Sagen wir, jemand hat das erledigt. Mehr brauchst du nicht zu wissen. Nenn es meinetwegen Berufsgeheimnis.«

Mir gefiel sein Ton überhaupt nicht, aber ich hielt klugerweise den Schnabel.

»Diese Adoptiveltern haben keine Ahnung davon, was mit Bruder Elvis passiert ist«, dozierte Mørk weiter. »In ihren Augen ist Aron ein kleiner Eigenbrötler, der einem tragischen Unfall zum Opfer gefallen ist. Das glauben sie. Und vielleicht haben sie ja recht.«

Er unterbrach sich, und ich hatte das Gefühl, seinen scharfen Blick zu spüren. »Was ist mit dir, bist du schon weitergekommen?«

»Ich bin ziemlich sicher, daß Frank Gonzalez und seine beiden kleinen Nazissen mehr wissen, als sie verraten haben«, sagte ich reserviert. »Ich werde mal sehen, was ich herausfinden kann.«

Nach meinem Gespräch mit Mørk saß ich noch lange in meinem Bürosessel, hatte die Füße auf den Schreibtisch gelegt und machte mir so meine Gedanken. Ich hatte das unbehagliche Gefühl, daß mein friedliches Anwaltdasein bedroht war. Ich war dabei, in etwas Unbekanntes und Gefährliches hineingezogen zu werden, das mich vielleicht teuer zu stehen kommen würde. Eva Lundes Eindringen in mein Leben machte die Lage auch nicht einfacher.

Ein wilder Lärm draußen auf dem Flur störte meinen Frieden. Ich hörte Frau Svendsens energische Stimme, die irgend jemandem klarmachen wollte, daß ich eigentlich gar nicht hier war, sondern in Urlaub.

»Ist mir scheißegal!« Eine brüchige Mädchenstimme wollte sich nicht geschlagen geben. »Ich hab' ihn doch vor weniger als einer halben Stunde hier reingehen sehen.«

Sie würde nicht lockerlassen. Um den Konflikt nicht noch weiter zu schüren, erhob ich mich aus meiner Ruhestellung und öffnete die Tür. »Ist schon gut«, sagte ich freundlich zu Frau Svendsen. »Ein paar Minuten kann ich mich wohl freimachen.«

Ich betrachtete meine Besucherin neugierig. Sie war wirklich eine Type für sich. Eine junge Frau von unbestimmbarem Alter, ich tippte auf vielleicht fünfundzwanzig. Groß und üppig, mit feuerrotem Krauskopf und jeder Menge Sommersprossen. Ihrem Jeanshemd fiel es schwer, ihre Brüste zu bändigen. Sie sah aus wie eine Mischung aus Pippi Langstrumpf und einer etwas mitgenommenen Dolly Parton.

Sie ignorierte meinen Versuch, höflich zu sein, ließ sich in den Besuchersessel fallen und zündete sich mit nikotingelben Fingern eine Zigarette an, während sie mich forschend anstarrte.

Irgendwie kam sie mir bekannt vor, aber ich war mir zugleich ziemlich sicher, sie noch nie gesehen zu haben. Ich habe ein gutes Gedächtnis für Gesichter, und ihres hätte ich garantiert nicht vergessen.

»So siehst du also aus.«

Ich faßte ihren Kommentar als Hinweis auf, daß ich nun genügend bewertet und eingeschätzt worden war.

»Das ist wohl nicht zu leugnen«, sagte ich und versuchte, mich geschäftsmäßig anzuhören. »Womit kann ich dienen? Vielleicht könnten Sie sich erst mal vorstellen«, fügte ich vorsichtig hinzu. Ich hatte den Verdacht, daß sie nicht ganz nüchtern war.

Sie achtete nicht auf diesen Kommentar, sondern machte sich am Schloß einer schwarzen Lacktasche zu schaffen. Aus der Tasche zog sie dann einen dicken gelben Briefumschlag heraus und ließ ihn vor mir auf den Tisch fallen. Der Briefumschlag war nicht zugeklebt. Bündel von Hundertern verteilten sich auf meinem Schreibtisch. Ein ungewöhnlicher Anblick für mein Büro.

»Das sind zwanzigtausend. Kannste nachzählen.«

Ich versuchte, die Geldscheine zu ignorieren, und starrte meine Besucherin fragend an. Und plötzlich wußte ich, wo ich ein ähnliches Gesicht gesehen hatte. Bei Elvis.

»Ich heiße Lisa Marie«, sagte sie plötzlich.

Ich musterte die farbenfrohe Gestalt nachdenklich. »Lisa Marie Kristiansen. Elvis' Schwester, nicht wahr?« Sie konnte ja auch nicht anders heißen als Lisa Marie. Wie die Tochter des King.

»So wahr du Svend Foyn heißt, ja.«

Wir wußten also schon allerlei übereinander. Die Frage war nur, was wir mit diesem Wissen anfangen sollten.

Ich überließ ihr die Initiative.

»Ich will, daß du rausfindest, wer meinen Bruder umgebracht hat. Und die Kohle hier muß reichen, mehr hab' ich nich.«

»Warum kommst du zu mir? Das hier ist keine Detektei. Du solltest zur Polizei gehen, wenn du sicher bist, daß er ermordet worden ist. Sie halten es für Selbstmord. Oder für einen Unfall.« Ich blickte sie forschend an. »Weißt du etwas, das die Polizei nicht weiß?«

Verächtlich blies sie mir Rauch ins Gesicht. »Die Bullerei scheißt doch auf Leute wie mich und Elvis. Denen sind wir schnurz. Ich weiß, daß du vor seinem Tod mit ihm geredet hast. Das wissen alle. Sonst weiß ich nichts. Bloß daß er nie im Leben aus Versehen auf diese Eisenbahnschienen gefallen ist. Elvis hatte Angst vor allem, was gefährlich sein kann.«

Natürlich hätte ich das Angebot ablehnen müssen. Aber es

war verlockend, nicht nur wegen des Geldes. Schon rein formell gesehen würde ich meine Position verbessern, wenn ich in diesem Fall eine Mandantin aufweisen konnte.

Ich blätterte den Geldstapel durch. »Woher kommt dieses Geld? Wenn du nicht garantieren kannst, daß es sauber ist, kann ich es nicht annehmen.«

»Scheiß drauf. Für die Kronen hat sich jemand ehrlich abgerackert. Du brauchst nich eine Sekunde lang Schiß zu haben. Aber du willst dir wohl deine feinen Anwaltspfoten nich dreckig machen.«

Das saß. »Ich sag' dir, was wir machen«, erwiderte ich. »Du bekommst eine Quittung für diesen Betrag, und ich lagere das Geld hier im Safe. Du unterschreibst mir eine Vollmacht, daß ich in Verbindung mit dem Tod deines Bruders deine Interessen vertrete. Unter der Bedingung, daß du mir alles erzählst, was du weißt, und mir nichts verschweigst.«

Sie lächelte zufrieden und nickte. »Abgemacht.«

»Über das Honorar sprechen wir später«, sagte ich müde. Meine Mandantenliste hatte das unersättliche Verlangen meiner Kollegen nach einem Zustrom von Kapital noch nie befriedigen können. Und dieses eher unsichere Depositum würde die Lage auch nicht besser machen.

Wir erledigten den Papierkram. Ich bemerkte, daß sie sehr schnell schaltete.

»Erzähl mir von Elvis«, sagte ich und bot ihr eins meiner guten Zigarillos an. Sie griff zu. Ich mochte sie bereits.

»Was willst du wissen?«

»Alles«, sagte ich, »alles, was von Bedeutung sein kann. Aber wir können ja mit dir anfangen.«

Ich musterte sie forschend.

»Nimmst du Drogen?« fragte ich ganz offen. Besser, das sofort zu klären. Junkies haben arge Mühe damit, sich ihren Stoff zu besorgen. Deshalb ist die Zusammenarbeit mit ihnen so schwer, sie haben nie Zeit. Rauschgiftbeschaffung ist ein Fulltimejob.

»Ich bin seit fast einem Jahr clean«, sagte sie schlicht. »Von ein paar kleinen Ausrutschern mal abgesehen«, fügte sie hinzu. Ich hätte gern gewußt, ob jetzt gerade einer hinter ihr lag. »Ich bin geheilt«, fügte sie als Erklärung hinzu. »Jesus hat mir geholfen. Sonst wäre ich mittlerweile verreckt.«

»Schade, daß er Elvis nicht auch noch an den Haken gekriegt hat«, sagte ich spöttisch und bereute das sogleich. Das war zu billig gewesen. »Und was machst du sonst so?«

»Ich geh' zur Schule, mach' nächstes Jahr den Hauptschulabschluß. Und den Führerschein hab' ich auch gemacht. Ich fahr' jetzt einen alten Käfer. Aus meinem alten Leben ist mir nur noch das Rauchen geblieben.« Sie grinste und zeigte dabei schöne weiße Zähne.

Ihr Lächeln gefiel mir. Aber meine Intuition sagte mir, daß sie keine pflegeleichte Mandantin sein würde.

»Wärst du jetzt bereit, mir zu erzählen, woher du das Geld hast?«

»Nix!« Sie schlug mit der Hand auf den Schreibtisch. Ihre Hand war schöngeformt und überraschend klein, die Nägel waren abgeknabbert. »Das geht dich einen Scheißdreck an, solange es ehrlich verdient ist. Fragst du die anderen, die zu dir kommen, woher sie die Kohle haben, die du dann abgreifst?«

Ich gab auf. »Elvis war dein Halbbruder, nicht wahr?«

»Yepp. Aber ich bin viel älter als er. Ich war fast seine Mutter, wenn du kapierst, was ich meine. Seine Alte hat den Löffel abgegeben, genau wie meine. Ich hab mich um Elvis und seinen Zwillingsbruder gekümmert. Aber wir haben nie zusammengewohnt. Wir waren meistens in Pflegeheimen, mal hier, mal da. Sind immer weitergereicht worden. Mein Alter hat nix auf die Reihe gekriegt, so war das.«

»Wann hast du Elvis zuletzt gesehen?«

»Kurz vor seinem Tod. Ist mir in der Stadt total zufällig übern Weg gelaufen. Da lungerte er mit dieser Nazibande rum. Ich hab' ihm immer wieder gesagt, auf die soll er scheißen, aber er hat nicht mehr auf mich gehört.« Sie schniefte plötzlich.

»Er hat nicht gesagt, daß irgendwas nicht stimmte. Er schien bloß die totalen Depri zu haben. Und ich konnte ihm doch auch nicht helfen.« Sie blickte mich traurig an. »Verstehst du, in Elvis hat nix Böses gesteckt, der war so verdammt lieb, obwohl immer alle auf ihm rumgetrampelt haben.«

Nun liefen die Tränen. Und zeichneten schwarze Streifen auf ihre Wangen. Vor weniger als vierundzwanzig Stunden hatte ich das auf einem anderen Frauengesicht gesehen. Und auch diesmal freute ich mich nicht über diesen Anblick.

»Ich wußte, daß Elvis in irgendeinen Scheiß geraten war«, sagte sie nach einer Trockenpause. »Er hatte plötzlich total dicke Knete. Und vorher war er immer sowas von abgebrannt gewesen. Jetzt wollte er mir sogar was abgeben.«

Ich blickte Lisa Marie Kristiansen lange an. Die Frage, die ich ihr jetzt stellen mußte, würde ihr nicht gefallen. »Ich habe Grund zu der Annahme, daß er mit der Produktion von Sexfilmen zu tun hatte. Fiese Sachen, kleine Jungs und alte Schweine. Weißt du etwas darüber?«

Sie ließ ihre Kippe auf den Boden fallen, und die Kippe hatte bereits eine solide Brandspur hinterlassen, als ich mich zusammenriß und sie aufhob. Lisa Maries Miene war Antwort genug. Sie war weiß vor Wut. »Scheiße, Scheiße! Nicht Elvis, der war doch bloß ein Rotzbengel.«

»Ich fürchte, es stimmt«, sagte ich und versuchte, sie zu beruhigen. »Ich habe selber einen Film gesehen, in dem er höchstwahrscheinlich mitgespielt hat. Ich weiß nicht, ob es noch andere gibt. Denk mal genau nach. Bist du sicher, daß du niemanden kennst, mit dem Elvis zu tun hatte, jemanden, der möglicherweise mit Porno zu tun hat?«

»Das ist doch bei den meisten Männern möglich.« Ihre grünen Augen blitzten. »Aber Elvis hat solche Typen nicht gekannt.«

Ich fürchtete, daß sie sich in dieser Hinsicht irrte.

»Als ich ihn zuletzt gesehen hab, hat er mir eine schöne Uhr geschenkt.« Sie zeigte mir ihre Uhr, die locker um einen sommersprossigen Arm hing.

Es war eine Herrenuhr, ein zeitloses Designermodell, das von Exklusivität nur so strotzte. Zu Lisa Maries Arm paßte sie allerdings schlecht. Und an Elvis' dünnem Handgelenk wäre sie erst recht fehl am Platze gewesen. Die Marke interessierte mich. Es war nichts Geringeres als eine Rolex. Manche Menschen blätterten etliche Tausender hin, um mit diesem Statussymbol protzen zu können. Sogar meine Kollegen mußten sich mächtig anstrengen, um sich so ein Teil leisten zu können.

Das hier war einwandfrei nicht Elvis Kristiansens Stil.

»Laß die Uhr ein paar Tage hier«, sagte ich. »Ich geb' dir so lange meine.«

Es war eine Timex, aber ich glaubte nicht, daß Lisa Marie einen großen Unterschied feststellen würde. »Ich werde mal sehen, was ich herausfinden kann. Aber wenn du etwas erfährst, was ich wissen sollte, dann mußt du mich sofort anrufen.«

Ich gab ihr meine Visitenkarte. »Und mach' ja keine Dummheiten!« rief ich hinter ihr her, als sie auf ganz leicht wackeligen Beinen durch die Tür segelte.

Ich schloß mein Büro ab und lenkte meine Schritte zum Straßencafé im Hafen. In der Stadt war es auffällig ruhig, selbst für diese Mittagszeit. Hausfrauen beim Einkaufen,

Rentner, die friedlich durch die sauberen Straßen wanderten, ein paar schuleschwänzende Jugendliche, örtliche Kaufleute, die sich im Glanz ihrer wohlgefüllten Läden sonnten. Selbstzufriedene Menschen mit viel Zeit und noch besserem Gewissen. Das gute Leben. Außer mir schien in dieser Oase kein Mensch Probleme zu haben.

Ich hatte mich dazu durchgerungen, meinen Anruf bei Eva Lunde noch aufzuschieben. Ich wollte und wollte doch nicht. Das Problem war, daß ich nicht wußte, was ich sagen sollte. Daß ihr Bollwerk in der vergangenen Nacht Risse geworfen hatte, war sicher ein Unfall gewesen. Außerdem konnte sie mich ja anrufen.

Nach einem großen Glas Bier beschloß ich, mich lieber um die Sache mit der Uhr zu kümmern. Uhren dieser Güteklasse wurden beim Verkauf doch auf den Kunden registriert. Im Prinzip sollte sich der Besitzer also ausfindig machen lassen, wenn die Uhr auf legale Weise erworben worden war. Was ich allerdings kaum glaubte. Doch vielleicht ließ sich der ursprüngliche Besitzer finden, dem aller Wahrscheinlichkeit nach sein Statussymbol gestohlen worden war.

Der Uhrmacher kriegte große Augen, als ich die Rolex vom Handgelenk löste. Es war derselbe Kleinstadtsnob, der sich einmal geweigert hatte, meine Timex zu reparieren.

»Fragen Sie mich nicht, woher ich die habe«, sagte ich ganz schnell. »Ich möchte nur wissen, was sie wert ist und ob der Besitzer sich ausfindig machen läßt.«

Er sah sich die Uhr genau an, legte sie unters Mikroskop, öffnete sie und untersuchte alle Einzelheiten, dann drehte er sich zufrieden wieder zu mir um. »Ich fürchte, hier ist jemand betrogen worden.« Er ging offenbar davon aus, daß ich dieser Betrogene war, und hielt mir die Uhr nun dicht unter die Nase. »Das ist eine Kopie, Foyn. Stammt vermutlich aus Taiwan. Und es ist eine verflixt gute Kopie. Ich habe noch nie eine von dieser Qualität gesehen, aber ich habe gehört, daß es welche gibt. Im Fernen Osten werden in Hinterhofläden schlechtere Kopien verkauft. Das gefällt den Herstellern der Originalware nicht, aber sie haben dieses Unwesen nicht unterbinden können. Das hier ist eine Fälschung von hoher Qualität, hergestellt für den westeuropäischen Markt.«

Das erklärte einiges, aber noch längst nicht alles. Ich konnte diese Uhr noch immer nicht mit Elvis zusammenbringen. Woher mochte er diesen Klon gehabt haben? Soviel ich wußte, pflegten weder er noch seine Nazikumpels ihre Ferien im Fernen Osten zu verbringen. Ihre Ausflüge beschränkten sich doch auf gelegentliche Sauftouren zu schwedischen Gesinnungsbrüdern. Die Fähre Sandefjord-Strömstad war für sie exotisch genug.

»Wer verkauft solche Uhren?«

Er schnaubte. »Die werden überall angeboten, in Kiosken, kleinen Läden, privat, am Arbeitsplatz. Diese Raubkopien werden uns noch den Markt ruinieren. Natürlich ist das alles verboten. Aber dahinter stecken internationale Gangster, und gegen die können wir kaum etwas ausrichten.«

9

Eva Lunde rief nicht an. Ich hatte keine Energie und keine Ideen mehr, als ich in meinem Büro saß und ziellos in alten Unterlagen blätterte. Das Problem war, daß ich nicht wußte, wonach ich überhaupt suchte.

Ich kam zu dem Schluß, daß ich es noch einmal mit dem Pflegeheim versuchen mußte. Und diesmal wollte ich lieber keinen halbnackten Damen mit feuchtem Blick begegnen. Ich strebte eine Unterredung mit dem Herrn des Hauses an.

Es war schon reichlich nach neun Uhr, als ich vor der Residenz der Stenersens hielt. Hinter den Fenstern des Hauptgebäudes brannte Licht, und durch das offene Fenster des Wintergartens hörte ich gedämpfte Musik. Das Nebenhaus war dunkel und still. Ein nagelneuer grüner Jeep stand hinter einem eher neutralen Volvo-Kombi, ebenfalls neueren Modells, auf der Auffahrt.

Die Aussicht war umwerfend. Der Sonnenuntergang hatte die spiegelglatte See rot gefärbt. Leichter Abendnebel war dabei, die Konturen der Landschaft und der Inseln am Horizont zu verwischen. Aus der Ferne hörte ich die Freizeitboote auf dem Fjord, die mir sagten, daß noch immer Sommer war. Nur ich störte das Idyll, als ich hart an die Haustür klopfte.

Der Mann, der öffnete und mich fragend anblickte, war sympathisch. Dunkelbraun und gutaussehend, vermutlich Mitte Vierzig, er sah jedoch jünger aus. Seine schwarzen Haare zeigten keinerlei graue Einsprengsel und fielen in genau angemessen langen Locken in seinen Nacken. Modischer Dreitagebart. Die Jeans saßen perfekt auf den schmalen Hüften, ein weißes T-Shirt betonte seinen kräftigen Brustkasten.

Er lächelte freundlich. Das einzige, was ihm fehlte, waren einige Zentimeter an Größe. Elegante Stiefel mit hohen Absätzen machten das Manko jedenfalls teilweise wett. Vor mir stand der Traum aller Schwiegermütter.

»Mein N-n-name ist Svend Foyn. Rechtsanwalt Svend Foyn.« In Gedanken verfluchte ich Psychologen im Allgemeinen und Logopäden im besonderen.

»Ja bitte?« fragte er höflich.

»Es geht um Elvis«, sagte ich mit harter Stimme. »Elvis Kristiansen. Der hier gewohnt hat.« Ich zeigte auf das Nebengebäude. Meine Mutter hat immer schon gesagt, mein übertriebener Gebrauch von Ironie würde noch mein Ende sein.

Endlich ging dem Traummann ein Licht auf. »Tut mir leid«, sagte er, weiterhin die Freundlichkeit in Person. »Ich habe natürlich von Ihnen gehört. Katja hat von Ihrem Besuch erzählt. Kommen Sie rein. Ich bin David Stenersen.« Er schüttelte mir mit festem Händedruck die Hand.

Katja Stenersen bot auch angezogen einen schönen Anblick. Sie erhob sich vom Sofa und lächelte kurz. Ihr Schlafzimmerblick war jetzt sichtlicher Nervosität gewichen.

Ihr Ehemann übernahm das Kommando. »Ich glaube leider nicht, daß wir Ihnen helfen können.« Er hatte eine ruhige und geduldige Stimme, die sich anhörte, als wolle er einem kleinen Kind etwas erklären. »Wir sind alles durchgegangen, was Elvis während der vergangenen Monate unternommen hat, aber wir haben keine Spur von dem gefunden, was Sie Katja gegenüber am Telefon erwähnten.«

Offenbar mochte er dieses Thema nicht besonders.

»Ich kann mir kaum vorstellen, daß Elvis in so etwas verwickelt sein könnte«, sagte er nun. »Und diese Theorie ist ja offenbar auch ziemlich vage?« Seine Argumente klangen überzeugend. »Wir glauben, daß Sie Elvis mit jemand anderem verwechselt haben.«

Katja Stenersen schaltete sich in hektischem Tonfall ein. »Haben Sie die Polizei informiert? Es wäre doch deren Aufgabe, sich hier Klarheit zu verschaffen.«

»Die Polizei braucht Beweise, und solange die nicht vorliegen, ist ihr Interesse minimal. Ich bin sicher, daß Elvis sexuellen Übergriffen ausgesetzt gewesen ist. Und Sie als seine Pflegeeltern tragen die Verantwortung dafür, was mit dem Jungen passiert ist.« Dieses Haus provozierte mich, deshalb redete ich im selben großkotzigen Tonfall weiter. »Sie sind Fotograf, habe ich gehört. Vielleicht produzieren Sie auch Videos? Denn mit den Pferden scheint es ja nicht so gut zu laufen. Und dann sind sie ja doch ein recht kostspieliges Hobby.«

»Also beleidigen lassen müssen wir uns nun wirklich nicht.«

David Stenersen starrte mich wütend an. Seine Stimme hatte einen Unterton, der mir verriet, daß er es ernst meinte. Dieser Mann war kalt wie ein Fisch.

Etwas freundlicher redete er weiter. »Ich verstehe ja Ihre Empörung. Uns geht das auch nicht anders. Aber ich glaube, Sie sollten jetzt gehen. Kommen Sie lieber ein andermal wieder. Und sagen Sie vorher Bescheid.« Er zeigte eine bemerkenswerte Gemütsruhe.

Als er mir betont freundlich zum Abschied die Hand reichte, fiel mein Blick auf seine Armbanduhr. Es war ein exklusives Teil, es sah aus wie das, das Elvis' Schwester am Handgelenk getragen hatte. Eine Rolex. Oder noch eine Kopie.

»Elegante Uhr haben Sie da.« Ich zeigte auf die Uhr. »Rolex, nicht wahr? Sieht aus wie die von Elvis. Vielleicht hatten Sie denselben Lieferanten?«

Ich ahnte hinter der polierten Fassade einen Funken Unsicherheit. Sein Wohlwollen war dabei, sich in Luft aufzulösen.

»Das reicht. Ich glaube, mehr haben wir uns nicht zu sagen.« Meine Frage hatte ihm ungewöhnlich wenig zugesagt.

Ich blickte auf den Mann hinunter und bedankte mich innerlich für das Wachstumsgen meiner Eltern. Wer einsdreiundneunzig groß ist, muß nur selten nach oben blicken.

Ich hatte Grund zu der Annahme, daß das hier mein letzter Besuch in diesem Haus sein würde, deshalb nutzte ich die Gelegenheit, um mich umzusehen. Ehrlich gesagt war es mir schnurz, ob ich die Herrschaften damit provozierte.

In der Computerecke brummte der große Mac vor sich hin. Der Bildschirmschoner versprühte den üblichen Sternenregen. Da ich nicht weit entfernt stand, konnte ich an einem der Briefbögen, die auf dem Schreibtisch herumlagen, ein gelbes Zettelchen sehen. Darauf stand in eleganter Damenschrift *Andromeda*.

Ein riesiger Fernseher mit allen fürs Heimkino nötigen Schikanen erregte meine Aufmerksamkeit. In den Bücherregalen sah ich mehrere Meter Videokassetten.

»Sie sammeln Videos, wie ich sehe. Ist d-d-das da die Pornoabteilung?« Ich zeigte auf eine Ecke, wo zwei Cover mit leichtbekleideten Damen dekorativ plaziert waren.

Und damit war ich endgültig zu weit gegangen.

Ich registrierte noch, daß etwas passierte, aber es war schon zu spät, um mich zu verteidigen. Kampfsportexperten geben keine Vorwarnung.

Er hatte bereits zugelangt, und ehe ich begriff, was hier passierte, bohrte meine Nase sich auch schon in den teuren Teppich. Der gar nicht gut roch.

Zwei einfache Handgriffe von David Stenersen hatten mir alles genommen, was sich als Gleichgewicht bezeichnen ließ, und mich Hals über Kopf durchs Zimmer geschleudert.

Er hielt meinen rechten Arm hinter meinem Rücken in eisernem Zugriff und brauchte nicht einmal nach Luft zu schnappen, als er mir ruhig erklärte, warum ich ganz schnell verschwinden und mich in diesem Haus nie mehr blicken lassen sollte.

Er drehte meinen Arm noch einmal um, dann ließ er los und trat abwartend zwei Meter zurück. Vorsichtig kam ich auf die Beine.

Ich hatte soeben dadurch, daß ich David Stenersen unterschätzt hatte, einen schwerwiegenden Fehler begangen. Das würde ich mir für das nächste Mal merken.

Er zeigte mit drohender Geste auf die Haustür. »Verpiß dich, dann werden wir diesen Besuch vergessen.« Sein höflicher Tonfall war wie weggeblasen.

Mir fiel absolut keine ausreichend ätzende Schlußbemerkung ein. Außerdem fürchtete ich zu stottern, deshalb humpelte ich aus dem Zimmer und schaute dabei zu Katja hinüber, die aussah, als wäre sie am liebsten im Erdboden versunken. Ihr schönes Gesicht war jetzt nicht mehr so sonnenbraun.

»Gehen Sie, bitte«, flüsterte sie heiser.

Das war sicher ein guter Rat. In einem letzten Versuch, die Situation unter Kontrolle zu bringen, schaute ich mich um.

An dem eleganten Messingspiegel war ein Brief befestigt, der feierlich kundtat, daß Herr und Frau Stenersen bei irgendeinem Osloer Galeriebesitzer zu einem Festmahl geladen waren. Gesellschaftskleidung. Ich schärfte mir das Datum ein.

Ich wartete nervös auf einen neuen Angriff von seiten des Judophantoms, während ich versuchte, meine Gedanken zu sammeln, aber Stenersen war mit seiner Machtdemonstration dieses Abends offenbar zufrieden.

Jetzt konnte ich meinen Rückzug nicht mehr weiter hinauszögern.

Stenersen trat in die Haustür und schaute mir hinterher, bis ich mein Auto erreicht hatte. Dann hörte ich, wie die Tür ins Schloß geknallt wurde. Es war ein kleiner Trost, daß der Bursche überhaupt Anzeichen einer Reaktion gezeigt hatte.

Diese Lektion würde ich nicht vergessen.

Ich setzte mich ins sichere Gehäuse des Jaguar, suchte mir einen Kugelschreiber und notierte auf meinem Handrücken *Andromeda,* dann zündete ich mir ein beruhigendes Zigarillo an.

Ein typisches Paßwort. Es ist unglaublich, wie unvorsichtig manche Menschen mit solchen Schlüsseln um sich werfen. Normale Computerbenutzer denken gar nicht erst an die Möglichkeiten, die sich einem neugierigen Schnüffler eröffnen, wenn er mit Hilfe des Paßwortes Zugang zu einem anderen Apparat hat.

Es war zu spät, um noch etwas Vernünftiges zu unternehmen, und zu früh, um ins Bett zu gehen. Noch immer wurde Adrenalin durch meinen Körper gepumpt.

Ich mußte mich beruhigen, indem ich ziellos mit dem Jaguar meine Runden drehte. Ich fuhr nach Åsgårdstrand, trank in Munchs Kafé eine Tasse Kaffee und betrachtete die Segelboote im Yachthafen, dann nahm ich Kurs auf Tønsberg und Nøtterøys idyllische Vororte. Inzwischen hatte eine Art Plan Gestalt angenommen.

Wilhelm Mørk war noch nicht zu Bett gegangen, obwohl es schon halb eins war. Er war ein Nachtmensch und schien nicht im mindestens erstaunt zu sein, als er die Tür öffnete und mich mit seinem üblichen kritischen Blick musterte.

»Komm rein«, sagte er überraschend freundlich und räumte mir zwischen Bierflaschen, Papieren und Ordnern einen Platz frei.

Wir ließen uns in die tiefen Sessel fallen. Er steckte sich eine seiner stinkenden französischen Zigaretten an, ich griff zu einem Zigarillo.

»Was weißt du über den illegalen Import von kopierten Luxusuhren, Mørk? Rolex und so, Klone, die auf dem schwarzen Markt umgesetzt werden.«

»Warum willst du das wissen? Ich dachte, du ziehst Dutzendware vor?«

Damit hatte er beinahe recht. Abgesehen von Automobilstandards und Cocnacgewohnheiten hielt ich mich konsummäßig doch sehr zurück, wobei meine Exfrau mir eine gute Hilfe war.

Ich fischte die Rolexkopie aus der Tasche und legte sie vor uns auf den Tisch. »Diese Uhr hat Elvis Kristiansen gehört. Dann hat er sie seiner Schwester geschenkt. Was sagst du dazu?«

»Daß er im Grunde ein lieber Junge war, vielleicht.« Mørk nahm die Uhr und musterte sie mit wachsendem Interesse. »Gar nicht schlecht. Ich wäre darauf reingefallen. Nicht gerade Elvis' Stil, oder?«

»Vielleicht eher der von David Stenersen. Elvis' Pflegevater. Der protzt nämlich mit dieser Sorte Uhr.«

Wilhelm Mørk musterte mich gedankenvoll. Wieder hatte ich das unbehagliche Gefühl, daß er in mir lesen konnte wie in einem aufgeschlagenen Buch.

»Ich sehe schon, du hast dir einen neuen Feind zugelegt.

Noch einen«, fügte er hinzu. »Wenn du Hilfe willst, dann mußt du mir die ganze Geschichte erzählen.«

»Ich weiß nicht sehr viel«, sagte ich und versuchte, seine Ironie zu überhören. »Aber ich kann dir sagen, daß David Stenersen nicht gerade ein sanfter Pflegevater war.« Instinktiv rieb ich mir meinen schmerzenden Oberschenkel.

Mørk musterte mich interessiert.

»Das, was er und seine Frau da machen«, sagte ich nun und versuchte, Ruhe zu bewahren, »soll vor allem das Geld des Jugendamtes in ihre Taschen umleiten. Beide operieren mit Einkünften in Millionenhöhe. Steuerpflichtige Einkünfte, wohlgemerkt. Gott weiß, was sonst noch dazukommt. Elvis war ein Teil dieser Geschäftsidee.«

»Aber dann hätte es doch in ihrem Interesse gelegen, den Jungen zu behalten?«

»Sei dir da nicht zu sicher. Erinnerst du dich an die Filmaufnahme mit Elvis in der Hauptrolle? Kleine Jungs und große Männer. Vielleicht hat Elvis sich ein anderes Leben gewünscht, vielleicht hat er mich deshalb aufgesucht?«

»Ja Scheiße«, Mørk musterte mich mit aggressiver Miene. »Meinst du vielleicht, die Antwort liegt bei Stenersens?«

Ich zuckte mit den Schultern. »Die Pflegeeltern trugen jedenfalls die Verantwortung für den Jungen. Und dabei haben sie schließlich versagt.«

»Da befinden sie sich in guter Gesellschaft«, sagte Mørk düster. »Und was diese Uhren angeht«, er warf mir die Rolexkopie zu, »da tippe ich auf die osteuropäische Mafia. Auf Kroaten. Die haben mit mehr oder minder legalen Restaurants angefangen. Danach haben sie ihre Aktivitäten Schritt für Schritt ausgebaut. Jetzt bieten sie das komplette Sortiment, Drogen, Schmuck, Gold, Luxusnutten, Porno und Spielclubs, alles, was einen hohen Gewinn abwirft. Schwindel mit exklusiven Uhren steht auch auf ihrer Liste.«

»Wie kann ich mehr über diese Szene in Erfahrung bringen?«

»Da hast du was mißverstanden«, sagte Mørk sarkastisch. »Wenn ihnen das angebracht erscheint, dann sind *sie* diejenigen, die etwas über *dich* in Erfahrung bringen. Wir wollen hoffen, daß du nie in diese Lage gerätst. Das sind wirklich skrupellose Typen, deren Traditionen bis auf faschistische Gruppierungen im Zweiten Weltkrieg zurückgehen.« Er legte eine vielsagend Pause ein. »Offiziell sind sie Geschäftsleute. Angeblich halten mehrere ihrer wichtigsten Anführer sich in Oslo auf. Ihr Netzwerk erstreckt sich über weite Teile Europas. Sie stehen nicht im Telefonbuch. Ich an deiner Stelle würde mich da nicht aufdrängen. Sie neigen ein bißchen zur Empfindlichkeit.«

Ich wollte mir diesen Rat merken. Aber ich hatte noch eine Idee. »Du hast doch sicher Kontakte zu den Wachgesellschaften. Kannst du feststellen, ob die Stenersens mit einer Alarmzentrale verbunden sind?«

Mørk verzog nicht eine Miene. »Das läßt sich schon arrangieren, wenn du mir dafür erzählst, was du findest. Aber laß dich nicht erwischen. Auf der Wache würde niemand einen Finger rühren, um dich zu retten, im Gegenteil.«

»Kannst du das sofort erledigen?«

Es war inzwischen fast ein Uhr, aber Mørk machte nicht einmal ein erstauntes Gesicht. »Momentchen.« Er ging in ein anderes Zimmer und schloß sorgfältig die Tür hinter sich. Ebenso wie ich hatte auch er seine Berufsgeheimnisse. Er telefonierte, und ich betrachtete derweil seine Zimmereinrichtung. Alt und neu, teuer und billig. Komplex, wie der Besitzer.

Schon nach wenigen Minuten war er wieder da. »Alles klar. Der Chef hat versucht, sich bei der Wachgesellschaft einen Rabatt zu erquengeln, und war sauer, als das nicht geklappt hat. Familie Stenersen gibt nicht gern Geld aus.«

»Komisch«, sagte ich ruhig. »Ich hatte einen ganz anderen Eindruck. Ich habe das Gefühl, daß David Stenersen und ich nur wenig gemeinsam haben.«

Ich wußte nun, was ich wissen wollte, und eigentlich hätte ich die richtige Bettschwere haben sollen, aber ich mochte noch immer nicht nach Hause fahren und ließ den Jaguar deshalb leise nach Nøtterøy hinübersummen. Es war eine schöne Nacht, mit gerade soviel Herbst, daß die Dunkelheit die Landschaft versteckte. Ich war allein auf der Straße und wußte, wohin ich wollte. Ich wußte auch, daß das äußerst unklug war, daß ich auf Distanz bleiben und mich zieren müßte.

Doch es kam mir ganz natürlich vor, mitten in der Nacht vor dem Haus dieser undurchschaubaren Frau zu halten, die ich vor kurzem an einem frühen Morgen in einem ziemlich verwirrten Zustand verlassen hatte, und die jetzt dabei war, mein Dasein restlos aus dem Gleichgewicht zu bringen.

Das Haus war dunkel und abgeschlossen. Normale Menschen schliefen um diese Nachtzeit. Ich drückte zweimal kurz auf die Klingel.

Ich brauchte nicht lange zu warten. In der Diele wurde das Licht eingeschaltet. Jemand in diesem Haus hatte einen leichten Schlaf. Ich hoffte, es war Eva und nicht ein Mann, der den schwarzen Gürtel besaß.

Sie hatte sich einen weißen Pullover übergestreift. Ihre schwarzen Haare hingen ihr ins Gesicht. Ihr Pullover war zu kurz, um ihre langen braunen Beine, die mit nackten Füßen endeten, zu verbergen. Ich erkannte die feuerroten Zehennägel.

Das alles registrierte ich in der einen Sekunde, ehe die Tür geöffnet wurde und Eva mich überrascht anblickte, durch das Seitenfenster.

»Svend? Ist etwas passiert?«

»Das nicht«, sagte ich. »Nichts ist passiert, nichts von B-b-bedeutung. Abgesehen davon, daß du mir fehlst, daß ich nicht allein schlafen gehen möchte. Und daß ich b-b-blöd genug bin, um das laut zu sagen.«

»Komm rein«, sagte sie gleichmütig. Wieder klang sie wie eine professionelle Sozialarbeiterin. Vielleicht würde sie mir jetzt einen Beratungstermin anbieten. Wie stehst du eigentlich zu dir selber, Svend Foyn?

Wir gingen ins Wohnzimmer. Ich ließ mich willenlos aufs Sofa sinken.

»Möchtest du etwas trinken?« fragte sie.

»Nein danke«, sagte ich mit großer Kraftanstrengung. »Vergiß es. Das hier war keine g-g-gute Idee. Ich gehe gleich wieder.« Ich ließ mich auf dem Sofa zurücksinken und fühlte mich plötzlich unbeschreiblich müde.

Eva setzte sich dicht neben mich und sagte leise: »Du kannst nicht bleiben. Nils ist wieder da. Er ist erst fünf Jahre alt. Er braucht Zeit, um sich an fremde Männer zu gewöhnen. Und die brauche ich auch.« Wieder war da dieser bittere Unterton.

Ich konnte sie verstehen. Ich konnte auch verstehen, daß ich hier nichts verloren hatte. Was verband uns denn eigentlich miteinander? Einige dunkle Stunden unter der Bettdecke in einem Anfall von Schwäche. Kein besonders tolles Fundament. Ich war für dieses Spiel nicht geeignet.

Sie blickte mich fragend an. »Weißt du Neues über Elvis?«

Ich war nahe dran, ihr zu erzählen, wie David Stenersen mich ohne sichtbare Anstrengung gedemütigt hatte.

»Das Pflegeheim stinkt«, sagte ich statt dessen wütend. »Wie in Dreiteufelsnamen könnt ihr es hinnehmen, daß solche Leute sich an euch eine goldene Nase verdienen, während das Jugendamt sich keinen Deut um die Kinder schert?«

»Die Antwort kennst du doch. Diese ganzen Vorschriften über Genehmigung und Kontrollen sind nur ein Witz. Gemeinde, Bezirk und Staat und alle Bürokraten waschen ihre Hände in Unschuld und gehen davon aus, daß die Verantwortung anderswo liegt. Ich glaube, kaum jemand weiß überhaupt, von wie vielen Jugendlichen die Stenersens leben.«

Ich erwachte langsam wieder zum Leben. Evas Pullover war ihr gewagt weit die Oberschenkel hochgeglitten, und ich spürte ihren warmen Körper dicht an meinem. Plötzlich war ich nicht mehr so schläfrig.

»David Stenersen hat sich einen Dreck für Elvis interessiert«, sagte ich. »Er ist geldgeil, ausgebildeter Fotograf und außerdem ein ausgemachtes Arschloch. Wie gefällt dir diese Kombination?«

Dazu sagte sie nichts. Ich konnte sehen, wie sich die Muskeln in ihrem schönen Gesicht verspannten. Plötzlich sah sie um Jahre älter aus.

»Das ist nur eine Theorie«, fügte ich hinzu. »Beweisen kann ich nichts. Und jetzt gehe ich. Tut mir leid, daß ich dich geweckt habe.«

Ich griff nach meiner Jacke, die über dem Sofarücken hing, und sprang eilig auf, um mich nicht noch weiter zu blamieren. Unsere Gesichter kamen einander dabei gefährlich nahe.

»Komm her«, sagte sie plötzlich. Alle Vernunft verließ mich, als ich plötzlich ihre Hände auf meinem Nacken spürte. Sie zog mich wieder aufs Sofa. Wir klammerten uns aneinander und rollten dann auf den weichen Teppich hinunter. Ich landete oben und schob mit dem Fuß den Couchtisch beiseite. Eine Blumenvase kippte dabei um, und ganz weit hinten in meinem Bewußtsein registrierte ich Wasser, das rhythmisch auf meinen Rücken tropfte.

Danach blieben wir lange und eng aneinandergeschmiegt liegen. Der Teppich war feucht, und das juckte. Im Halbdunkel konnte ich nur Umrisse ihres Profils erahnen. Sie hatte mit einer aggressiven Intensität geliebt, die mir fast angst machte. Ob ich Eva Lunde wohl jemals richtig kennenlernen würde?

Plötzlich setzte sie sich auf. »Wir dürfen hier nicht einschlafen.«

Ich hätte überall schlafen können. Aber ich verstand diesen Wink. Es war halb vier. Ich zog mich an, wobei Eva mich schweigend betrachtete. Sie hielt ihren weißen Pullover vor dem Körper, als wollte sie etwas vor mir verbergen. Ziemlich spät, fand ich.

»Eva«, begann ich vorsichtig.

Sie fiel mir ins Wort. »Nicht jetzt.« Sie ließ den Pullover auf den Boden fallen und hauchte einen Kuß auf meine Wange. »Wir reden später darüber. Es war schön, daß du gekommen bist. Ich ruf' dich an.«

Als ich im Jaguar saß, steckte ich mir ein Zigarillo an und versuchte, die Ereignisse dieses Abends zu durchdenken. Ich kam zu keinem Ergebnis. Meine Erfahrungen waren immerhin ziemlich unterschiedlich gewesen.

In meiner Wohnung wollte ich mich unbemerkt ins Bett schleichen, wurde jedoch von einem vergrätzten Hund entdeckt, der augenblicklich Gassi gehen wollte. Ein quengelnder Anrufbeantworter blinkte unheilverkündend, doch ich mußte mich zuerst um die knurrende Hulda kümmern.

»Hier spricht Christian Salvesen, Anwalt beim Obersten Gericht«, sagte eine Stimme feierlich, als ich von einer kurzen Wanderung um den Block zurückkehrte. Die Telefonleitung knackte. Der Anruf schien aus einer Telefonzelle zu kommen. »Ich habe eine Mitteilung für Svend Foyn. Melde dich so bald wie möglich.«

Das war leichter gesagt als getan. Salvesen hatte kein Telefon, und seine Adresse war unbestimmt.

Aber wenn dieser Sonderling sich die Mühe gemacht hatte, bei mir anzurufen, dann mußte etwas Wichtiges anliegen. Das waren die letzten zusammenhängenden Gedanken, die ich noch zustande brachte, dann erlosch ich in meinem eigenen Bett, nachdem ich noch schnell meinen Organismus mit einigen Tropfen von Bache Gabrielsens allerbestem Cognac geschmiert hatte.

10

Ich wurde von einem klagenden Telefon aus dem Bett gerissen. Mir war, als hätte ich nur zehn Minuten geschlafen. Ich tastete nach dem Hörer und warf dabei das edle Cognacglas vom Nachttisch. Es kullerte über den Boden, um dann am Türrahmen zu zerschellen.

»Ja«, sagte ich schlaftrunken und gereizt. »Hier ist Svend Foyn.«

Am anderen Ende der Leitung herrschte zunächst Schweigen. Ich konnte nur pfeifenden Atem hören. »Hier spricht Frau Abrahamsen«, sagte dann endlich ein dünnes Stimmchen. Es schien aus dem Jenseits zu kommen. »Ester Abrahamsen«, erklärte die Stimme dann etwas energischer.

Ich war so klug wie zuvor. Meine Intuition riet mir zu Geduld. »Worum geht es?«

»Elvis«, sagte die Stimme tonlos. »Ich habe in der Zeitung gelesen, daß er vor seinem Unfall mit Ihnen gesprochen hat. Der arme Elvis«, seufzte sie tief.

Ich war sofort hellwach. Die Lokalzeitung hatte in einem Bericht über den Unfall meinen Namen erwähnt. Die verdammte Polizeiwache leckte wie ein Sieb.

»Können wir uns treffen?« fragte ich neugierig.

Sie hustete asthmatisch. »Ich wohne in Melsomvik. Fragen

Sie einfach nach Ester im kleinen Haus. Sie können kommen, wann Sie wollen. Ich bin immer zu Hause.«

Es war die pure Qual, mich aus dem Bett zu hieven. Erst jetzt merkte ich, daß mein Körper steif und wund war. Das Judophantom hatte mir einige saftige Blutergüsse verpaßt. Und mein Rücken juckte. Das zeigte immerhin, daß meine nächtlichen Erlebnisse kein Traum gewesen waren.

Ich brachte ein schnelles Frühstück hinter mich, mit Hulda als interessierter Zuschauerin. Sie verfügte über einen sicheren Instinkt für Ausflüge. »Schon gut«, sagte ich resigniert. »Dann kommst du eben mit.«

Melsomvik ist eine von Vestfolds Küstenperlen. Ein Südküstenidyll am Fjord zwischen Tønsberg und Sandefjord, mitten in der Agrargemeinde Stokke gelegen.

Es war kein Problem, Frau Abrahamsens Haus zu finden. Es war wirklich ein Miniaturhaus, strahlend weiß und gepflegt, mit einem blühenden Gärtchen an der schmalen Stichstraße, die zum Meer hinunter führte.

Die redselige Dame, die mir den Weg zeigte, hatte mir ganz offen ihre Meinung über Frau Abrahamsen gesagt. »Die war immer schon eigenartig. So eine Einzelgängerin. Wollte mit uns anderen nichts zu tun haben. Ist uns aber auch egal.«

Die Idylle beschränkte sich also auf die Oberfläche.

Frau Abrahamsen paßte zu ihrem Haus. Klein und schmächtig, aber in besserem Zustand, als ihre Stimme angedeutet hatte. Sie hatte ein überraschend junges Gesicht, fast ohne Runzeln und umkränzt von einer im Nacken zu einem Knoten aufgesteckten silbergrauen Haarpracht.

Sie sprach ein klares und deutliches Hochnorwegisch, als sie mich begrüßte und hereinbat. Sie hörte sich an, als käme sie aus dem feinsten Osloer Westend.

Ich war schon erwartet worden. Der Kaffee stand bereit.

Wir setzten uns in ein gepflegtes kleines Wohnzimmer, in dem jeder Gegenstand mindestens fünfzig Jahre alt zu sein schien. Die Zeit war wohl irgendwann in den siebziger Jahren stehengeblieben. Ich konnte meine Neugier kaum bezwingen, schwieg jedoch abwartend. Alles zu seiner Zeit.

Endlich kam sie zur Sache. »Sie möchten sicher wissen, woher ich Elvis gekannt habe? Ja, im Grunde habe ich ihn überhaupt nicht gekannt«, fügte sie hinzu, wie um sich zu entschuldigen.

Ich sah sicher aus wie das personifizierte Fragezeichen.

»Ich habe seinen Vater gekannt«, sagte sie nun. »Sie müssen wissen, Elvis' Großmutter war meine beste Freundin.« Sie zog ein kleines Taschentuch hervor und wischte sich eine einsame Träne von ihrer blassen Wange. »Verzeihen Sie«, schluchzte sie.

»Erzählen Sie mir doch einfach alles«, bat ich, »ich habe Zeit genug.«

»Alfild und ich sind zusammen hier in Melsomvik aufgewachsen.« Sie zeigte auf das Fenster hinter mir. »Alfild wohnte auf der anderen Straßenseite, gleich dahinten. Wir waren wie Zwillinge.«

Sie verlor den Faden, und ich mußte ihr weiterhelfen. »Was ist dann passiert?«

»Bei Kriegsausbruch waren wir beide sechzehn und besuchten die Realschule in Tønsberg. Wir hatten Stipendien bekommen.« Darauf war sie noch immer stolz. »Hier lag eine deutsche Abteilung«, fügte sie dann langsam hinzu. »Im Jahre dreiundvierzig lernten wir zwei von diesen Soldaten kennen. Ich weiß das noch, als wäre es erst gestern gewesen. Am Johannisabend war ein Fest im Hafen.« Plötzlich sah sie bitter aus. »Nicht alles war so, wie Sie gehört haben. Nicht alle Deutschen waren Verbrecher. Die, die uns begegnet sind, waren höflich und galant, sie waren kultivierte und gebildete

Menschen und kamen aus der Großstadt Berlin. Wir waren verliebt bis über beide Ohren.«

»Aber es war doch Krieg«, sagte ich. »Hat niemand Sie gewarnt?«

»Unseren Familien war das alles natürlich gar nicht recht, aber sie konnten nichts dagegen tun. Es war die erste große Liebe. Und es sollte auch die letzte sein«, fügte sie hinzu. »Es dauerte bis zum Herbst vierundvierzig. Dann wurden beide an die Front geschickt. Erst danach ging uns auf, was wir uns eingebrockt hatten.« Sie stieß ein pfeifendes Husten aus und mußte wieder eine Pause einlegen. »Jeden Morgen kamen sie zu unserem Haus, warfen Fenster ein und verwüsteten den Garten. Meine Eltern mußten Spießrutenlaufen, wenn sie im Dorf etwas zu erledigen hatten. Es war, als wären wir alle Aussätzige.«

»Sie?« fragte ich. »Wer war das?«

»Alle, die abwarteten und nichts anderes unternahmen, als sich eine Büroklammer ans Revers zu stecken. Nach Kriegsende spielten sie sich als Helden auf. Und sie kannten kein Erbarmen. Die wirklichen Widerstandshelden ließen uns in Ruhe. Sie hatten sicher Besseres zu tun, als solche wie uns zu schikanieren.« Sie seufzte. »Im April fünfundvierzig kam Alfilds Sohn zur Welt. Die Geburt fand zu Hause statt, und außer ihren Eltern half ihr niemand dabei. Nicht einmal die Hebamme war bereit zu kommen. Alle hier wußten, wer der Vater war.« Sie starrte eine Weile ins Leere, ehe sie weitersprechen konnte. »Sie nannte den Kleinen Fred. Allein dieser Name war schon eine Provokation.«

Ester Abrahamsen schämte sich nicht. Sie hatte nicht anders gehandelt als junge verliebte Menschen zu allen Zeiten. Sie hatte sich nur die falsche Zeit und den falschen Ort ausgesucht.

»Alfild und der Kleine wurden nach Deutschland geschickt. Ich glaube nicht, daß sie das selber wollte, aber sie war schrecklich unglücklich und wußte nicht, was sie tun sollte. Nach einem Jahr waren sie wieder da, krank und elend. Der arme Junge war total unterernährt.«

Ich betrachtete die kleine Dame. »Daß Sie mich angerufen haben, hat doch sicher seinen Grund, nicht wahr?« Ich glaubte, die Antwort zu kennen. »Wie hieß Alfilds Freund?«

Sie blickte mich überrascht an. »Horst. Horst Wagner. Als ich in der Zeitung gelesen habe, daß ein Deutscher namens Wagner in Tønsberg tot aufgefunden worden ist, wußte ich, daß er es sein mußte.«

Der Vorfall war in den Medien erwähnt worden. Und da die Polizei Zeugen gesucht hatte, die etwas über den Verbleib von Wagners Geld berichten konnten, war der vollständige Name genannt worden.

»Erzählen Sie mir von Horst und Alfild«, bat ich.

»Sie haben einander nie wiedergesehen. Er wurde nach den Kämpfen um Berlin vermißt gemeldet. Entweder war er tot oder in russische Kriegsgefangenschaft geraten. Niemand wußte Genaueres.«

»Haben Sie je wieder von Ihrem Freund gehört?«, fragte ich vorsichtig.

»Er ist in Berlin gefallen, am letzten Kriegstag. Seine Familie hat mir das geschrieben.«

»Und was ist nach dem Krieg aus Alfild und ihrem Sohn geworden?«

»Sie wurde mit allem nicht fertig. Mit der Isolation, der Kälte, der Verachtung. Wir konnten machen, was wir wollten. Unser Urteil lautete auf lebenslänglich.« Sie blickte mich verbittert an. »Sie sind noch ein junger Mann. Können Sie sich vorstellen, was es für ein Gefühl war, mit diesem Urteil leben zu müssen, wo wir doch glaubten, nichts verbrochen zu haben?«

Sie mußte wissen, daß ich das nicht konnte.

»Alfild fing an zu trinken. Schließlich heiratete sie einen Alkoholiker. Es war hoffnungslos. Beide haben sich zu Tode getrunken. Das ist jetzt viele Jahre her.

»Und Alfilds Sohn Fred ist also Elvis' Vater?«

Sie nickte verträumt. »Der arme Fred. Ich wollte ihn zu mir nehmen, aber das wurde nicht erlaubt. Und Verwandtschaft hatte er nicht. Alfilds Eltern sind beide sehr früh gestorben. Das Sozialamt hat den Jungen in der Gemeinde herumgereicht. Am Ende landete er in einem Heim auf Tjøme.«

»Wissen Sie, wo er jetzt ist?«

»Ich weiß nicht einmal, ob er noch lebt.« Sie seufzte leise. »Fred hat sein Leben wirklich nie in den Griff bekommen. Aber immerhin hatte er drei Kinder. Elvis ist das einzige von ihnen, das ich kennengelernt habe. Er war einmal hier, um sich nach seiner Familie zu erkundigen. Fred hatte ihm erzählt, daß ich Elvis' Großmutter kannte. Elvis ging es auch nicht gut, das konnte ich sehen.«

»Eins verstehe ich nicht«, sagte ich verwirrt. »Wieso ist Horst Wagner jetzt plötzlich in Tønsberg aufgetaucht, fünfzig Jahre nach Kriegsende? Sagten Sie nicht, er sei in Berlin gefallen?«

»Ich habe ihm nach Elvis' Tod ein Telegramm geschickt. Ich dachte, er hätte das Recht, davon zu erfahren.«

Ich blickte sie verständnislos an.

»Vor zwanzig Jahren kam ein Brief aus Berlin. Er stammte von Alfilds verschollenem Freund. Er hatte den Krieg überlebt und Alfild nie vergessen. Er hatte sich beim norwegischen Konsulat in Berlin erkundigt und in Erfahrung gebracht, daß Alfild tot war, deshalb schrieb er mir. Er wußte damals noch nicht, daß er in Norwegen einen Sohn hatte.«

»Warum hat er sich erst so spät gemeldet?«

»Das war nicht seine Schuld. Horst geriet in Berlin in russische Kriegsgefangenschaft und wurde nach Sibirien verschleppt. Dort verbrachte er viele Jahre in einem Gefangenenlager. Erst 1960 wurde er freigelassen und kam dann nach Ostberlin. Im Jahr darauf wurde die Mauer gebaut, und er war wieder eingesperrt.«

Horst Wagner hatte wirklich ein dramatisches Leben gehabt.

»Dann heiratete er und gründete eine Familie«, erzählte Frau Abrahamsen. »Er durfte ins Ausland weder reisen noch schreiben. Die Jahre vergingen. Nach fünfzehn Jahren konnte er zusammen mit seiner Frau und seinem Sohn nach Westberlin fliehen. Und dort hat er dann die ganze Zeit gewohnt.«

Ich schaute aus dem Fenster, auf die idyllische kleine Straße mit den schönen weißen Häusern, auf einen Ort, wo Friede und Harmonie herrschten. Aber hinter den Fassaden und in der Geschichte versteckten sich wahre Dramen. Elvis Kristiansen war ein Opfer der Vergangenheit. Ein Opfer in der dritten Generation.

Ester Abrahamsens dünne, aber klare Stimme holte mich zurück in die Wirklichkeit. »Wir haben uns Briefe geschrieben«, sagte sie. »Horst wollte seine Norwegischkenntnisse aufbessern. Ich erzählte von Fred. Ich schickte ihm auch ein Foto von Elvis, ein Foto, das ich bei seinem Besuch von ihm gemacht hatte. Horst hat nie Kontakt zu ihnen aufgenommen. Er dachte wohl, es sei zu spät. Ich glaube, er hatte ein schlechtes Gewissen, weil er seiner Familie in Norwegen nicht hatte helfen können. Und jetzt lebt auch er nicht mehr.« Sie schlug die Augen nieder. »Von uns vieren bin nur noch ich übrig.«

»Hat er sich von Tønsberg aus noch bei Ihnen gemeldet?«

»Nein, ich wußte von nichts.« Sie seufzte. »Warum hat er mich nicht angerufen?«

Auf diese Frage wußte ich keine Antwort.

Es war schon später Nachmittag, als ich Melsomviks Idylle verließ. Ich hatte Hulda aus dem Auto gelassen, und sie hatte ihr Revier schon markiert und neugierige Nachbarn verbellt, die über den Gartenzäunen hingen und meinen alten Jaguar angafften. Offenbar war Besuch bei Frau Abrahamsen nicht gerade etwas Alltägliches.

Ich hatte allerlei, worüber ich mir nun Gedanken machen konnte. Immerhin wußte ich jetzt, woher meine neue Mandantin Lisa Marie Kristiansen das Geld hatte. Ihr Großvater, Horst Wagner, hatte tief in die Tasche gegriffen.

Ich fuhr nach Hause und hoffte auf einen normalen Abend, falls es so etwas gab. Eigentlich sollte meine Tochter einige Stunden bei ihrem Vater verbringen. Und an mir sollte es diesmal nicht liegen. Ich mußte nur schnell noch Wilhelm Mørk anrufen.

Er saß natürlich auf der Wache. »Ich habe da eine Frage. Dieser Deutsche im Hotel Central, von dem du erzählt hast, wißt ihr schon mehr über den?«

»Wir wissen nicht, warum er das gemacht hat oder wie er in Tønsberg gelandet ist, wenn du das meinen solltest. Sein Tod ist keine Folge irgendeines Verbrechens. Er hat Selbstmord begangen. Sein Leichnam ist zu seiner Familie nach Deutschland überführt worden. Wir haben sein Geld nicht gefunden, und ich glaube auch nicht, daß wir es noch finden.«

Das wollen wir doch hoffen, dachte ich.

»Und damit ist der Fall von unserer Seite abgeschlossen.«

»Das denkst du vielleicht«, sagte ich sarkastisch. »Horst Wagner war Elvis' Kristiansens biologischer Großvater. Was sagst du dazu?«

Mørk schwieg lange. »Bist du sicher?«

»So sicher, wie das überhaupt nur möglich ist.« Ich faßte kurz mein Gespräch mit Ester Abrahamsen zusammen.

»Und ich habe mir noch etwas anderes überlegt. Was ist mit dem Typen, der zeitgleich mit Wagners Selbstmord ertrunken ist?«

»Du meinst Henrik Hermansen.« Mørk zögerte kurz mit seiner Antwort. »Der hatte einen kleinen Bluterguß auf der Stirn, den wir nicht so ganz erklären können. Aber alles deutet auf einen Unfall hin.«

Es wurde nicht der friedliche Vater-und-Tochter-Abend, den ich geplant hatte. Ich hatte alles bereit, die Cola stand auf dem Tisch, die Pizza brauchte nur noch in den Backofen geschoben zu werden, das Video steckte schon im Gerät.

Als das Telefon bimmelte, spielte ich mit dem Gedanken, den Anrufbeantworter einzuschalten, überlegte es mir dann aber anders.

Ein Münzfernsprecher klickte. »Svend Foyn! Ich muß mit dir reden und das verdammt schnell.« Die Stimme klang hysterisch.

»Immer mit der Ruhe«, sagte ich. »Fang mal mit dem Anfang an. Wer bist du, und warum willst du mit mir sprechen?«

»Ich bin es, Frank, hörssas nich, du Arsch! Die sind hinter mir her. Du mußt sofort herkommen. Ich brauch' Hilfe!«

Ich dachte ganz schnell nach. Ich hielt das hier nicht für einen Bluff. Frank Gonzalez würde ohne einen verdammt guten Grund niemals anrufen.

»Wo steckst...« Das Gespräch wurde unterbrochen. Mist. Wo konnte er sein? Frank hatte bestimmt kein Telefon. Doch eine Telefonzelle stand nur wenige Minuten von seiner Wohnung entfernt. Vielleicht hatte er von dort aus angerufen.

Ich hatte mir vor kurzem erst einen modernen Apparat angeschafft, der die Nummern der eingehenden Anrufe registriert. Ein Anruf beim Fernmeldeamt bestätigte mich in meiner Annahme.

»Ich muß ganz schnell was erledigen, Mari. Bin bald wieder da. Kannst du dich schon mal um die Pizza kümmern? Hulda bleibt hier und paßt auf dich auf.«

Mari gefiel mein Vorschlag überhaupt nicht. Ich erlitt einen akuten Anfall von schlechtem Vatergewissen und hätte die ganze Expedition fast abgeblasen. Aber Elvis Kristiansens ausdrucksloses Gesicht jagte mich erbarmungslos in den Regen hinaus.

Es war jetzt draußen herbstlich dunkel, und es schüttete wie aus Kannen. Ich hatte nur meine Lederjacke übergestreift und wußte schon nach zwei Minuten, daß ich bald triefnaß sein würde, obwohl Franks Wohnung doch nur zehn Minuten entfernt war.

Ich hätte den Jaguar nehmen sollen. Oder noch besser, zu Hause bleiben und die Polizei anrufen. Speedy Gonzalez bedeutete Zoff. Er hatte mir bisher wirklich nur Scherereien gemacht.

Die Musik war schon einen Block im voraus zu hören. Noch immer deutsche Marschmusik. Vielleicht hatte er nur diese eine Scheibe.

Die Fenster von Franks kleiner Wohnung standen sperrangelweit auf. Entweder liebte er frische Luft mit ungewöhnlicher Leidenschaft, oder er wollte sich bei den Nachbarn noch unbeliebter machen. Ich bezweifelte aber, daß das möglich sein könnte.

Am anderen Ende der Straße startete ein dunkler Wagen mit Gebrüll und rutschte auf den glatten Pflastersteinen in entgegengesetzter Richtung davon.

Kein Mensch war zu sehen. Wenn es in dieser Gegend Leben gab, dann hatten die Einwohner sich zweifellos für diesen Abend hinter ihren Vorhängen verschanzt.

Ich blieb vor dem Durchgang zum Hinterhof stehen und schaute mich um. Vor dem Haus gab es einen kleinen Gartenflecken, auf dem allerlei Unrat herumlag. Zwischen Fahrradwracks und Zaunresten bewegte sich etwas. Vorsichtig öffnete ich das Tor. In der Dunkelheit konnte ich kaum etwas sehen.

Jemand stöhnte leise. Über dem Geländer hing in verzerrter Haltung eine riesige schwarze Gestalt. Es war Frank Gonzalez, der ja normalerweise schon leicht zu erkennen war. Jetzt verfügte er über ein neues Kennzeichen. Aus seinem Unterleib ragte eine Metallspitze hervor. Blut strömte stoßweise über seine Beine. Es war ein Wunder, daß er noch lebte.

»*Foyn*«, flüsterte er. Blut floß aus seinem Mund, und er hustete leise, als ich versuchte, es wegzuwischen. Er atmete kurz und stoßweise. Er konnte jeden Moment das Bewußtsein verlieren, und ich wußte einfach nicht, wie ich seine Blutungen stoppen sollte.

Gott sei Dank hatte ich das Mobiltelefon in der Tasche und konnte den Notruf erreichen. Frank war unglaublicherweise noch immer bei so was wie Bewußtsein und versuchte zu sprechen. Ich beugte mich über ihn und packte eine Hand, die blind in der Luft herumtastete. Die Hand war eiskalt.

»Der Krankenwagen ist schon unterwegs, Frank. Halt noch einen Moment durch.«

»*Ich hab so Schiß!*«

Er fuchtelte mit der Hand durch die Luft und traf mich mit seinem Totenkopfring im Gesicht. Ich konnte kaum verstehen, was er sagte. Die Wörter strömten unzusammenhängend aus ihm heraus.

»*... wollte doch nich ...*«

Wieder schüttelte ihn ein heftiges Husten, und ich mußte mich dicht über sein blutiges Gesicht beugen, um zu hören, was er zu sagen versuchte.

»... wollte ihm bloß Angst einjagen. Und dann isser gesprungen.«

»Redest du hier von Elvis?«

Frank gab keine Antwort. Sein Gesicht war so weiß, daß es den Müll anleuchtete.

»Dein Büro. Der Film.«

Er spuckte Blut und keuchte verzweifelt. In der Ferne hörte ich den Krankenwagen.

»... anne ... staff ...«

Es war unmöglich zu verstehen, was er mir da sagen wollte. »Was meinst du?« fragte ich verwirrt, aber er hörte mich nicht.

»Mittoch ... Mädels ... ste Woche ...« Und damit war Schluß.

Frank kämpfte vergeblich gegen die Ohnmacht. Seine Hand wurde schlaff, als die Sanitäter mit der Trage auftauchten und mich beiseite schoben.

»O Scheiße, was ist das denn für eine Schweinerei?« Der junge Arzt wurde fast so weiß wie der arme Frank, als der Scheinwerfer eingeschaltet wurde.

Sie versuchten es mit Infusion und Herzmassage, aber es war zu spät. Ehe sie die Geländerpfosten absägen und ihn herunterheben konnten, war Frank Gonzalez tot.

Ich war naß und blutverschmiert, ich fror und klapperte mit den Zähnen. Die Kälte stieg von innen her in mir auf. Für diesen Abend war keine Pizzagemütlichkeit mehr angesagt.

Mir blieb nichts anderes übrig, als mit zur Wache zu kommen und meine Aussage zu machen. Ausgerechnet meine alte Freundin Anne Rønningen hatte gerade Dienst. Normalerweise macht eine Polizeijuristin sich nicht die Mühe, mit einem Zeugen wir mir zu sprechen, aber ich fürchtete, daß Rønningen ihre ganz persönlichen Motive für dieses Engagement hatte.

Sie blickte nicht einmal von ihren wichtigen Unterlagen auf, als mir endlich nach langem Schmachten im Wartezimmer eine Audienz gewährt wurde. Sicher sollte ich damit angewärmt werden.

Zum Glück hatte ich Mari noch mitteilen können, daß ich mich verspäten würde. »Teil dir die Pizza mit Hulda. Ich bin bald wieder da. Ich muß nur noch kurz zur Wache. Es ist ein Unglück passiert, und ich bin Zeuge.«

Mari glaubte das nicht so recht. Ich verspürte einen Hauch von schlechtem Gewissen. Junge Damen sind männlichen Ausflüchten gegenüber doch ziemlich kritisch. In dieser Hinsicht kam die Kleine einwandfrei nach ihrer Mutter.

Ich blickte meinen Quälgeist düster an.

»Du hast eine dumme Unsitte, weißt du das, Foyn?« Sie starrte mich von ihrem Schreibtisch herunter an. Sie hatte sich einen niedrigen Besuchersessel zugelegt. Ein billiger Trick.

Ich blieb stumm, wild entschlossen, mich nicht provozieren zu lassen.

»Immer wieder mischst du dich in unsere Angelegenheiten ein. Oder vielleicht ist es so, daß diese Angelegenheiten erst dann welche werden, wenn du in der Nähe bist?« Sie machte nicht einmal den Versuch, sich freundlich anzuhören.

»Ich habe schon erklärt, was passiert ist«, sagte ich müde. »Frank Gonzalez hat mich angerufen und wollte mir etwas Wichtiges mitteilen. Er hatte Angst, hat aber nicht gesagt, wovor.« Das stimmte immerhin fast. »Es ist möglich oder sogar wahrscheinlich, daß der Junge betrunken war, das könnt ihr ja feststellen. Mehr weiß ich nicht. Kann ich jetzt gehen?« Ich hatte durchaus nicht vor, das zu wiederholen, was Frank mir mitzuteilen versucht hatte. »Er war einmal mein Mandant. Vielleicht brauchte er juristische Hilfe.«

»Es war wirklich Pech, daß er mitten auf dieser Eisenstange gelandet ist, findest du nicht?« fragte sie scheinbar harmlos.

»Vielleicht«, erwiderte ich sarkastisch. »Vielleicht wurde Frank Gonzalez überhaupt unter keinem glücklichen Stern geboren. Vielleicht setzte sein Pech schon damit ein, geboren zu werden. Vielleicht ging es dann weiter, als er der Sozialfürsorge und der Polizei in die Fänge geriet.«

»Du hast ihm nicht zufällig aus dem Fenster geholfen?« fragte sie mit scharfer Stimme. »Ihr habt euch gestritten, er stürzte. Es war ein Unfall.«

Damit war die Grenze dessen erreicht, was ich im Moment ertragen konnte. »Du hast recht. Das gehört zur neuen Werbekampagne unserer Kanzlei. Bei Anruf Gratiskreuzigung.«

Sie gab diesen Versuch auf. »Niemand von den Nachbarn hat etwas gehört oder gesehen, und da oben lagen auf dem Boden eine Menge leere Bierflaschen herum. Offenbar saß er abends gern auf der Fensterbank.« Jetzt klang ihre Stimme bedrohlich. »Wir glauben, daß du uns etwas verschweigst. Du weißt mehr über diesen Unfall, als du uns bisher erzählt hast, Foyn!«

Ich sprang auf. »Dann könnt ihr mich ja vorladen. Ich gehe jetzt nach Hause. Meine Telefonnummer kennst du«, sagte ich ruhig und verfluchte in Gedanken alle prämenstruellen Furien dieser Welt. Ich machte Fortschritte. Früher hätte ich laut gedacht.

Eigentlich hatte ich das Auto erwähnen wollen, daß es so eilig gehabt hatte, als ich am Tatort aufgetaucht war, aber jetzt hatte ich mir die Sache anders überlegt. Es hätte mir nur eine weitere Stunde Aufenthalt an diesem gottverdammten Ort eingebracht. Ich hatte den Wagen nur kurz gesehen, kannte mich aber mit exklusiven Fahrzeugen recht gut aus. Manche Autos haben einen sehr charakteristischen Auspuffklang. Hier handelte es sich mit großer Wahrscheinlichkeit um einen Alfa Romeo Modell 155. Einen schwarzen oder dunkelblauen.

Ich ging, ohne mich zu verabschieden. Draußen regnete es noch immer. Der einzige Trost war, daß ich auf diese Weise Franks Blut loswerden würde.

In meiner Wohnung war glücklicherweise alles still. Ich wollte in diesem Zustand lieber nicht von Mari gesehen werden.

Sie und Hulda waren zusammen auf dem Sofa eingeschlafen. Ich registrierte, daß das Tier die gesamte Pizza verzehrt und noch dazu alles umgeworfen hatte, was sich auf dem Tisch befand. Mit anderen Worten, alles war so wie immer. Ich wußte das zu schätzen, denn draußen war nichts mehr normal.

Mein Spiegelbild im Badezimmer machte mir angst. Blut an den Kleidern, ein bleiches, erschöpftes Gesicht, lange Schrammen an der Wange, Folgen von Franks vergeblichem Kontaktversuch.

Ich streifte meine Klamotten ab und stopfte alles in die Waschmaschine, dann schrubbte ich mich unter der kochendheißen Dusche lange und ausgiebig.

Erst nach einer halben Stunde fühlte ich mich langsam wieder wie ein Mensch. Doch von der Kälte in meinem Leib konnte ich mich nicht befreien.

11

Ich erwachte in aller Herrgottsfrühe. Noch immer lag nicht einmal meine erste Urlaubswoche hinter mir, und wie die nächste ausfallen würde, wagte ich mir kaum vorzustellen.

Mari mußte in die Schule. Draußen in der Welt standen die Herausforderungen Schlange. Mir schauderte, als vor meinem inneren Auge das Bild von Frank Gonzalez' blutüberströmtem Körper auftauchte.

Ich tischte ein üppiges Frühstück auf, schmierte für Mari Pausenbrote, ließ Hulda an die Luft und versuchte, mich ganz und gar normal zu verhalten. Eine unschuldige Dreizehnjährige sollte nicht in die Hintertreppenaktivitäten hineingezogen werden, in denen ich derzeit umherstapfte.

»Was hast du mit deiner Wange gemacht, Papa?« Mari nahm sich die Zeit, einen Blick auf mich zu werfen, ehe sie einen Moment zu spät aus der Tür stürzte.

»Jemand hat versucht, mir etwas zu erzählen. Und er konnte sich nicht so richtig gut ausdrücken.«

»Du kennst vielleicht komische Leute, Papa. Mach's gut!« Sie schwang sich auf ihr Fahrrad und sauste in glücklicher Unwissenheit davon.

Irgendwann würde ich ihr diese ganze Geschichte erzählen.

Ich machte mit Hulda einen langen Waldspaziergang, aus

der Stadt heraus, in Richtung Barkåker und Åsgårdstrand. In Edvard Munchs Garten würde ich vielleicht dazu inspiriert werden, mehr von diesem Spiel zu begreifen, in das ich gegen meinen Willen hineingezogen worden war. Meine Dämonen konnten sich mit denen von Munch ganz offenbar messen.

»Hör zu, Hulda«, sagte ich, als ich mich auf einer Bank mit Blick auf Fjord und Inseln niedergelassen hatte. Das Licht war wie zu Zeiten des Meisters; gelb, intensiv und wechselhaft. Ein geheimnisvoller Schleier war dabei, das ganze Østfoldland zu bedecken.

»Was hat Frank mir da bloß erzählen wollen?« Ich hatte mir notiert, was ich zu verstehen geglaubt hatte: *anne, Mädels, Mittoch, ste Woche, Staff.* Ob er damit vielleicht *Stoff* gemeint hatte?

Mal überlegen. Wenn er Anne meinte, so gab es meines Wissen keine dieses Namens in seinem Bekanntenkreis. Aber ganz genau wußte ich das nicht, und ich glaubte auch nicht, mir eine vollständige Übersicht verschaffen zu können.

Die einzigen Damen namens Anne, die ich kannte, waren meine Exfrau und mein Quälgeist, Polizeirätin Anne Rønningen.

Ich grübelte weiter. *Mädels.* Die Nazissen, die mit Frank herumgehangen hatten. Alice und Désirée. Vielleicht hatten die sich bei Franks Fenstersturz in der Wohnung aufgehalten. Alice wußte etwas über Elvis. Ich mußte auf jeden Fall noch einmal mit ihr reden.

Der Rest ergab überhaupt keinen Sinn. Es hätte mich durchaus nicht überrascht, wenn Frank in irgendwelche Rauschgiftgeschäfte verwickelt gewesen wäre. Aber ich hatte keinerlei Spur. Vermutlich ging es um etwas, das in einer guten Woche stattfinden sollte. Am nächsten Tag war nämlich Mittwoch.

Trotz allem fühlte ich mich besser, als wir nach einem langen Spaziergang am späten Nachmittag in die Stadt zurückkehrten. Ich wollte an diesem Abend zu Hause bleiben. Mir etwas Gutes kochen, lesen, meine neuen Lautsprecher testen, eine interessante Schachpartie durchgehen.

Es klingelte an der Tür, als ich gerade die abendliche Speisekarte festgelegt hatte. Ich seufzte. Der Friede war gebrochen.

Es war Wilhelm Mørk. Er wartete nicht ab, bis er hereingebeten wurde, drängte sich einfach an mir vorbei und ließ sich ungerührt in einen Sessel sinken.

»Lange nicht mehr hiergewesen, zu lange eigentlich.«

Und das nicht ohne Grund, dachte ich, hielt aber wohlweislich den Schnabel.

»Hast du ein Bier? Wir müssen miteinander reden.«

Ich holte zwei Flaschen. Alles in allem war Wilhelm Mørk mein einziger Verbündeter. Ich war neugierig. Mørk ergriff doch nicht ohne Grund auf solche Weise die Initiative.

»Du hältst den Laden auf Trab, wie ich höre. Du hast wirklich Schlag bei den Damen. Rønningen würde alles tun, um dir eins auszuwischen. Was ist gestern eigentlich passiert?«

Ich erzählte ihm die ganze Geschichte, auch die Teile, die ich der Polizeirätin am Vorabend verschwiegen hatte.

»Ich bin ganz sicher, daß Frank Gonzalez ermordet worden ist, Mørk. Abgestochen wie ein Schwein. Er hat sich zwar auch wie ein Schwein aufgeführt, aber es ist trotzdem zu übel.« Ich zitierte Franks letzten Gruß.

»Das riecht nicht gut«, Mørk zögerte mit seiner Antwort. »Etwas stimmt nicht mit seinen Mädels. Die wissen was. Und du hast gesehen, wozu das führen kann.« Er nahm sich noch ein Bier. »Wir müssen sie finden, und das ganz schnell. Ich versuche, sie über meine Kanäle zu finden. Ganz inoffiziell, sonst habe auch ich Rønningen am Hals. Ich werde morgen sehen, was ich tun kann. Und ich werde mal feststellen, ob einer von unseren Spezis einen Alfa Romeo fährt.«

»Was ist mit Stoff?« fragte ich nachdenklich. »Und dem Mittwoch? Hast du irgendeine Ahnung, was das bedeuten kann?«

»Schwer zu sagen. Alles und nichts, nehme ich an. Wir versuchen als erstes, diese Mädels zu finden, dann sehen wir, was dabei herauskommt.«

Am Ende landeten wir in der Shippingabteilung des Håndverkeren, Mørks Stammlokal. Dort lösten wir bei einem guten Essen die Probleme der Welt, umgeben von einer Klientel mit sehr guten Beziehungen zum feuchten Element.

Die Nacht wurde lang und in keiner Hinsicht so friedlich, wie ich mir das gewünscht hatte.

Es war eine Erleichterung, mich dann endlich in meinem Wasserbett ausstrecken zu können. Einen irrwitzigen Augenblick lang hatte ich mit dem Gedanken gespielt, dem Taxifahrer eine Adresse auf Nøtterøy zu nennen, wo ich inzwischen fast gewohnheitsmäßig unangemeldet aufkreuzte. Zum Glück hatte ein letzter Rest von Vernunft mir energisch von diesem Vorhaben abgeraten.

Weshalb ich am nächsten Tag mit einem Anflug von Kater allein in meinem Bett erwachte. Der sogenannte Cognac im Håndverkeren war eben nur sogenannt.

Nach dem Frühstück spazierte ich mit Hulda in der Hoffnung auf Ruhe und Frieden in die Kanzlei. Dort hatte ich sofort Frau Svendsen an den Hacken. »Svend, hier ist eine Nachricht für dich vom alten Salvesen. Er will mit dir sprechen!« Sie klang so streng wie eine Mutter.

»Das ist mir bereits bekannt. Aber ich habe doch keine

Ahnung, wo der Bursche steckt. Er wohnt ja nirgendwo. Und Telefon hat er auch nicht.«

»Du findest ihn bei«, es war ihr peinlich, das sagen zu müssen, »beim Furzer.«

Aha, darauf hätte ich auch selber kommen können. Der Furzer gehörte zu Salvesens Saufbrüdern. Das Besondere am Furzer war, daß er das ganze Jahr auf seinem Boot verbrachte. Er hauste im Yachthafen und bastelte ununterbrochen an einem alten Kahn herum. Und aus diesem Wrack war im Laufe der Zeit eine kleine Wohnung geworden.

Der Furzer war als Kriegsmatrose mehrmals torpediert worden. Er neigte zwar zum Übertreiben, aber er genoß in der Hafenszene doch eine gewisse Achtung.

Nach dem Krieg wurde er wie andere Kriegsmatrosen mit den üblichen Brosamen abgespeist und überlebte viele Jahre als Penner, bis ihm dann endlich seine rechtmäßige Rente zugeteilt wurde. Jetzt konnte er sich eine Wohnung leisten, wie andere Leute sie hatten. Aber als die Nachbarschaft sich über seine nächtlichen Angstschreie beklagte, verkaufte er seine Wohnung und ließ sich endgültig im Hafen nieder.

Sein Spitzname stammte aus dem einzigen Job, mit dem er sein Glück versucht hatte, nachdem die Reeder ihn vom Meer vertrieben hatten. Er hatte einen Sommer lang in einer der öffentlichen Toiletten der Stadt gearbeitet. Und es war dort so lustig zugegangen, daß die Gemeinde dem Projekt ein Ende gesetzt hatte. In öffentlichen Toiletten soll nicht geplaudert und schon gar nicht gesungen werden.

Wer den Furzer besuchte, konnte mit freundlicherer Aufnahme rechnen, wenn er zuerst im staatlichen Alkoholladen vorbeigeschaut hatte, einer Institution, die die Unverschämtheit besessen hatte, dem alten Kriegsmatrosen Hausverbot zu erteilen.

Ich wußte, was ihm gefiel, deshalb machte ich diesen Umweg, ehe ich zum Hafen ging. Der Anwalt beim Obersten Gericht hatte mich irgendwann mal der Clique vorgestellt, die sich hier aufzuhalten pflegte, deshalb wußte ich Bescheid. Um diese Tageszeit war Gammel Dansk angesagt.

An Bord war alles still. Die monatliche Rentenzahlung stand erst in einigen Tagen auf dem Programm, deshalb war die Stimmung eher gedrückt.

Salvesen und der Käpt'n pokerten um Streichhölzer. Die Laune hob sich spürbar, als ich die Flasche auf den Tisch stellte. Daß Hulda mit wedelndem Schwanz die leeren Gläser umwarf, wurde gelassen ignoriert. Die Mannschaft hier kannte den Wert der Toleranz.

»Sherlock Holmes«, sagte der Anwalt beim Obersten Gericht glücklich, »du kommst als rettender Engel. Wir sind derzeit nicht so ganz bei Kasse. Ich hab' schon versucht, dich zu erreichen.«

Er musterte mich mit wachem Blick. Irgendwo in diesem Gnom verbarg sich ein reger Verstand.

»Du schnüffelst in Elvis Kristiansens Spuren herum. Aber ich fürchte, daß du dazu weit in die Vergangenheit zurückgehen mußt.« Er zeigte auf den Käpt'n. »Mein guter Freund, der Furzer, kann dir in der Hinsicht etwas erzählen. Möglicherweise hat diese Sache etwas mit deinem verstorbenen Mandanten zu tun.« Salvesen spannte mich schrecklich gern auf die Folter. Ich wußte aus Erfahrung, daß ich einige einleitende Prozeduren über mich ergehen lassen mußte, wenn ich die benötigten Informationen an mich bringen wollte.

Der Käpt'n räusperte sich und blickte fragend zur Flasche.

»Bitte sehr«, sagte ich einladend. »Greift nur zu. Ich setze heute aus.«

Wir schwiegen, während die beiden sich mit zwei schnellen

Gläsern aufwärmten. Ich sah den Furzer an und fragte mich, was jetzt wohl auf mich zukam.

»Also, verstehssu, Foyn. Du weißt, ich bin rund umme Uhr hier im Hafen. Ich hab' die Stadt satt. Und hier seh' ich tolle Sachen, das kann ich dir sagen.« Er grinste und füllte dänische Sättigungsbeilage nach.

»Komm zur Sache, Käpt'n. Das ist ein vielbeschäftigter junger Mann. Er hat keine Zeit, sich unser Gefasel anzuhören. Er hat sicher gleich einen wichtigen Termin, nicht wahr?«

»Ich habe Urlaub«, sagte ich und ignorierte diese Ironie. »Laß dir nur Zeit. Ich bin ganz Ohr.«

»Das war an 'nem Abend vor zwei Wochen. Datum weiß ich nich mehr, aber das kriegste sicher raus. War ziemlich windig und kalt, keine lebende Seele war hier unterwegs. Außer mir, mein' ich. Muß so gegen zehn gewesen sein, war'n noch keine Nachtwächter da.«

Ich wußte, daß die Hafenwache um zehn Uhr ihren Dienst antrat.

Der Furzer erzählte weiter. »Erst kam ein älterer Heini. Ist mir aufgefall'n, hatte ich noch nie gesehen. Und er hatte Schlips und Anzug an, sah nich so aus, als ob er Bötchen fahren wollte. Kam zu Fuß. Schien irgendwen zu suchen, latschte auf jeden Scheißanleger und glotzte.«

Er feuchtete sich mit einem weiteren Glas die Kehle an. »Nach 'ner Weile kam dann der Alte. Stellte seine Scheißluxuskarre hier nebenan ab und ging schnurstracks an mir vorbei.«

Das Boot des Furzers war das erste am Anleger.

»Der Käpt'n meint den kürzlich verstorbenen Unternehmer. Einen bekannten, wenn auch nicht beliebten Mann aus dieser Stadt. Henrik Hermansen. Er war oft hier im Hafen, denn sein Boot liegt am selben Anleger. Eins seiner Boote«, fügte Salvensen hinzu. »Der Schärenjeep. Die anderen liegen wohl bei seinem Landsitz. Wir haben nie mit ihm gesprochen. An gewissen Prinzipien muß man festhalten.«

Wie wahr, wie wahr.

»Gleich darauf kam der andere Kerl vorbei und rannte fast hinter Hermansen her«, erzählte jetzt der Käpt'n. »Schien es eilig zu haben. Blieb nur ein paar Meter entfernt stehn, ich konnte alles hören. Und sehen.« Er zeigte auf das große Bullauge in der Schiffswand, durch das er Aussicht auf den Anleger hatte. »Er rief Hermansen. Herr Hermansen, rief er. Und da war mir klar, daß er kein Norweger war, obwohl er gar nicht schlecht sprach.« Er schob sich einen Priem ein, und ich wappnete mich mit Geduld. »Hermansen wär' fast ins Wasser geplumpst, als er den Heini erkannt hat. Standen direkt unter der Laterne, ich konnt' alles klar sehn wie am hellichten Tag.«

Er spuckte zielsicher braunen Tabaksaft in einen Eimer, der als Spucknapf diente.

»Ich hab' versucht anzurufen, sagte der Ausländer. Und da hieß es, du seist hier.« Der Furzer ahmte den Akzent des Mannes nach. Es klang deutsch.

»Worüber haben sie gesprochen?« fragte ich ungeduldig.

»Hab' nich genau zugehört. Hab' nur was mitgekriegt über alte Zeiten im Krieg. Dann fingen sie an, sich zu streiten, der Typ wollte irgendwas. Hab' nich gehört, was, die redeten zu schnell. Kriegte bloß mit, daß Hermansen nicht grad umgänglich war. War er noch nie. Am Ende zog der Ausländer seine Brieftasche raus und zeigte irgendwas, 'nen Zettel oder Brief oder so.«

Der Furzer brauchte Nachschub, ehe er weiterberichten konnte.

»Hermansen nahm das Dings und schaute drauf. Sagte irgendwas, konnt' nich hören was. Und lachte höhnisch.«

Er legte eine dramatische Pause ein.

»Hätt' er aber lieber lassen sollen. Denn jetzt pflanzte der fremde Heini Hermansen einen perfekten Schwinger mitten in seine Drecksvisage. Totaler Knockout, Leute. Hermansen kippte voll gegen einen Pfosten und dann ins Wasser, gleich neben sein Scheißboot, hat mächtig geplatscht. Er hat noch 'ne Weile mit den Armen gefuchtelt, dann war alles still.«

»Und der andere? Hat er nicht versucht, ihm zu helfen?«

Der Furzer schnaubte in seinen Schnurrbart. »Kannste Gift drauf nehmen, hat der nich, nein. Stand bloß auf'm Anleger und sah dem Schwein beim Untergehen zu. Hätt' ich auch gemacht«, fügte er hinzu.

Ich war ein wenig verwirrt. Der Anwalt beim Obersten Gericht schaltete sich zur Erklärung ein. »Henrik Hermansen war während des Krieges NS-Mitglied. Und nicht nur das, er war hier in der Gegend bei den Judenverfolgungen sehr aktiv. Hat persönlich dafür gesorgt, daß einer unserer Schulkameraden mit seiner gesamten Familie festgenommen wurde, als sie gerade nach Schweden fliehen wollten. Sie wurden dann später in Auschwitz allesamt vergast. Ich teile die Einschätzung der Lage, die der Käpten soeben vorgetragen hat.«

Ich dachte nach. »Und war dieser Hermansen nach dem Krieg weiterhin politisch aktiv?«

»Nicht, daß ich wüßte. Aber seit er finanziell nach oben gekommen ist, hat er regelmäßig rechtsextreme Vereinigungen unterstützt. Immer diskret. Wegen der Ausländerfrage hatte er in letzter Zeit seine Aktivitäten angeblich gesteigert. Und seine Besorgnis angesichts der Bedrohung unserer nationalen Identität zum Ausdruck gebracht, wie er das nannte.«

Das war aber kein Verbrechen. Denn sonst hätte halb Vestfold hinter Schloß und Riegel sitzen müssen.

Salvesen fuhr mit seiner Vorlesung fort. »Offiziell hat Henrik Hermansen sich aus der Politik immer herausgehalten. Er hat sich nur in geschlossenen Räumen zu solchen Fragen geäußert.«

»Welche Räume meinst du jetzt?«

Salvesen lächelte säuerlich. »Du bist in diesen Kreisen vielleicht nicht so ganz bewandert, Foyn? Logen, Wirtschaftsorganisationen, Herrenklubs. Du wirst dort etliche von deinen Kollegen treffen. Ich habe diese Orte früher einmal frequentiert, wie du weißt.«

Es war leicht, das zu vergessen.

»Was ist dann passiert?« fragte ich und wandte mich wieder dem Furzer zu. »Ich nehme an, du hast die Polizei informiert?«

»Einen Teufel hab' ich getan. Als der Arsch endgültig im Wasser versunken war, blieb der andere noch eine Weile stehen, paar Meter von mir entfernt, und starrte vor sich hin. Dann machte er kehrt und ging. Hat sich nich mal umgeschaut.« Seine Stimme klang jetzt scharf. »Und noch was, Foyn. Das hier hab' ich nie gesagt. Wenn du die Bullerei anschleppst, dann bin ich stumm. Hab' dir das nur erzählt, weil der Anwalt das gewollt hat.«

Er schielte zu Salvesen hinüber, der sich gerade den verbliebenen Inhalt der Flasche sicherte.

Henrik Hermansen war seiner Nemesis in Gestalt von Horst Wagner hier im Tønsberger Yachthafen begegnet. Und danach war nämlicher Wagner in sein Hotel gegangen und hatte unter alles einen Schlußstrich gezogen. Zu irgendeinem Zeitpunkt mußte er sich zuvor mit seiner Enkelin Lisa Marie Kristiansen getroffen und ihr die zwanzigtausend Kronen übergeben haben, mit deren Hilfe Elvis' Schicksal aufgeklärt werden sollte.

Ich lehnte das Angebot eines Kaffees ab und ging zurück in die Kanzlei. Dort fiel abermals Frau Svendsen über mich her. »Du hast Besuch. Ich habe gesagt, daß ich nicht wüßte, ob du heute noch zurückkommst, aber sie wollte unbedingt in deinem Büro warten.«

Es paßte mir nicht, daß Leute in meinem Büro waren, wenn ich nicht sehen konnte, was sie dort machten. Natürlich sollten Unterlagen unzugänglich archiviert werden, aber ich hatte die aktuellen Fälle eben lieber griffbereit auf dem Schreibtisch liegen.

Diese Sorgen waren vergessen, als ich meine Besucherin erkannte. Lisa Marie Kristiansen, meine neueste Mandantin. Sie saß im Besuchersessel, räucherte das Büro ein und knabberte an ihren Fingernägeln. Sie kam mir nervös vor und hatte nicht mehr diese freche Haltung, die mir bei ihrem ersten Besuch so gut gefallen hatte.

»Wie läuft's, Foyn? Weißte schon mehr?«

»Tja«, sagte ich. »Es geht vorwärts. Wir können mit dem Geld anfangen. Das kommt von deinem deutschen Großvater, oder?«

Sie nickte stumm.

»Das geht mich natürlich nichts an. Da hast du schon recht. Aber wenn wir weiterkommen wollen, dann mußt du mir vertrauen und mir alles sagen, was du weißt, sonst hat das keinen Zweck, verstehst du?«

Sie blickte mich resigniert an. »Alles klar. Der alte Wagner hat mir die Knete gegeben. Er ist bei mir aufgetaucht, hatte die Adresse von der Heilsarmee, hat er behauptet. War der wirklich mein Opa?«

Die Frau besaß Charme. Ich mochte ihren offenen Blick, ihre roten Haare und die grünen Augen. Aber ich fragte mich, ob sie nicht umgefallen und wieder auf der Rolle war. Leute, die Drogen konsumieren, sind unberechenbar.

Ich erzählte ihr die ganze Familiengeschichte, wie ich sie von Ester Abrahamsen gehört hatte. Ich erwähnte auch das Drama im Yachthafen.

Sie hörte schweigend zu und stellte, ehe ich fertig war, nicht eine einzige Frage. »Was der Alte erzählte, hat also gestimmt?«

Ich nickte. »Zweifellos. Schade, daß du Horst Wagner nicht besser kennenlernen konntest. Er muß ein ungewöhnlicher Mann gewesen sein. Weder er noch deine Großmutter waren für das verantwortlich, was damals vor fünfzig Jahren passiert ist. Sie haben ihr Bestes getan. Aber andere haben die Entscheidungen getroffen. So war es immer schon.« Ich musterte sie forschend und fügte hinzu: »Wie es aussieht, ist Elvis selber vor den Zug gesprungen. Der Anführer seiner Neonazibande, Frank Gonzalez, hat die Verantwortung dafür übernommen. Aber er behauptet, er habe Elvis bloß angst machen wollen, damit der den Mund hielt.«

»Und jetzt ist er auch tot. Aber wer steckt dahinter, Foyn?«

»Ich weiß es nicht«, sagte ich ehrlich. »Aber ich werde weitersuchen. Mach dir keine Sorgen, ich habe nicht vor aufzugeben. Ich werde diese Sache schon klären.« Ich war eben immer schon Optimist. Ohne besonderen Grund, wie mir gesagt worden ist. »Du weißt nicht zufällig, ob Elvis irgendeine Anne gekannt hat?«

»Nee, keine Ahnung. Ich glaube, der hat überhaupt keine Frauen gekannt.«

Diese Spur schien also nicht weiterzuführen.

»Hast du Kontakt zu deinem Vater? Der ist bald das einzige Familienmitglied, das ich noch nicht kenne.« Das war nicht witzig. Aber ich konnte einfach meine Klappe nicht halten.

»Selten. Wenn du ihn mal gesehen hättest, könntest du das verstehen.«

»Wo hält er sich denn zur Zeit auf?«

Wütend zuckte sie mit den Schultern. »Als ich zuletzt mit ihm gesprochen hab, war er in Gaustad eingesperrt. Aber jetzt ist er draußen. Er hat einen Prozeß gegen den Staat gewonnen. Hat wohl jede Menge Knete eingesackt, Wiedergutmachung.« Nervös zündete sie sich eine neue Zigarette an. »Aber ausgeben kann er die nicht mehr. Er hat Aids, verstehst du. Deshalb will ich ihn nicht treffen. Ich kann den Anblick nicht ertragen.«

Ich hatte über diesen Fall gelesen, hatte mir aber den Namen nicht gemerkt. Der Anwalt, der Kristiansen vertreten hatte, war ein alter Kommilitone von mir.

»Wenn du etwas von ihm hörst, dann sag ihm, er soll sich bei mir melden.«

Unsicher kam sie auf die Beine. »Ich komm' mal wieder vorbei, wenn du mehr weißt.«

Ich schaute ihr hinterher. Ich hatte ein ungutes Gefühl im Bauch. Aber ich wußte nicht, was ich mit diesem Gefühl anfangen sollte.

Ich rief Wilhelm Mørk an. »Im Zusammenhang mit Horst Wagner hab ich noch eine Frage.« Bis auf weiteres wollte ich die Geschichte des Furzers für mich behalten. »Habt ihr überhaupt keine Hinweise darauf, was er in Tønsberg unternommen hat? Irgendwas muß sein Zimmer doch hergegeben haben.«

»Rein gar nichts. Aber wo du schon fragst«, er zögerte kurz. »Der Nachtportier im Hotel glaubt sich zu erinnern, daß Wagner im Laufe des Abends einmal hereingeschaut hat, um Briefmarken zu kaufen. Und er war einige Stunden unterwegs. Also kann er natürlich einen Brief aufgegeben haben.«

»Was ist mit seinen Verwandten in Deutschland, hast du dich bei denen erkundigt?«

»Mit seinem Verwandten«, korrigierte Mørk. »Da gibt es nur einen. Den Sohn in Hamburg. Ich habe mit ihm telefoniert. Er war nicht besonders mitteilsam. Und ich sah auch keinen Grund, ihn zu drängen. Der Fall ist doch schon längst aufgeklärt.«

»Sag das nicht«, sagte ich. »Kannst du mir seinen Namen geben? Und seine Telefonnummer?«

»Was hast du vor?« Wieder hatte er meine Gedanken gelesen. »Schon gut, ich sag' dir ja alles, wenn du nur nicht vergißt, mich auf dem laufenden zu halten.«

Ich fand nicht, daß er Grund hatte, sich zu beklagen.

»Ulrich Wagner heißt er. Dr. Ulrich Wagner. Er ist Arzt.« Mørk nannte mir die Adresse und zwei Telefonnummern. »Und noch etwas: Die beiden Freundinnen von Frank Gonzalez, nach denen ich Ausschau halten sollte, sind spurlos verschwunden. Offenbar hat sie seit Tagen kein Mensch mehr gesehen. Was sagst du dazu?«

»Es gefällt mir nicht«, sagte ich. »Aber sie singen ja nicht immer im selben Kirchenchor. Vielleicht haben sie eine Spritztour nach Schweden gemacht. Da haben die Neonazis doch gute Verbindungen.«

»Kann schon sein. Aber sie haben nicht einmal ihr Scherflein vom Sozialamt abgeholt. Und einen Reisekostenzuschuß hätten sie doch sicherlich brauchen können.«

Mørk hatte recht. Das war wirklich verdächtig.

12

Später an diesem Nachmittag sah ich meine Notizen durch. Aus Frank Gonzalez' Stöhnen war nicht mehr herauszuholen.

Düster schaute ich zum Telefon hinüber. Vielleicht konnte Horst Wagners Sohn mir ja helfen.

Ich machte mir Mut, indem ich mein Schuldeutsch aktivierte. *An, auf, hinter, in, neben, über, unter, vor* und *zwischen.*

Das Krankenhaus war eine naheliegende Anlaufstelle. »Ich hätte gern Dr. Wagner gesprochen.« Ich hoffte auf Englisch als Verständigungssprache. Nach vielem Hin und Her hatte ich ihn an der Strippe. »Dr. Wagner? Hier spricht Svend Foyn aus Tønsberg in Norwegen.«

Kurze Pause. Dann: »Ach, und wer sind Sie?«

Ich machte auf Englisch weiter, er antwortete auf Deutsch. »Ich bin Anwalt. Ich vertrete Horst Wagners Familie. Seine norwegische Familie.«

»Wie meinen Sie das? Das verstehe ich nicht.«

Leicht war dieses Gespräch nicht. »Wissen Sie, was passiert ist, als Ihr Vater Tønsberg besucht hat?«

»Er hat Selbstmord begangen. Aber das wissen Sie doch sicher bereits?«

»Hat er Ihnen gesagt, was er in Tønsberg wollte?«

»Nein, überhaupt nicht. Ich wußte nicht einmal von dieser seltsamen Reise.«

Ich setzte alles auf eine Karte. »Hat er Ihnen aus Tønsberg einen Brief geschrieben?«

Wieder folgte eine lange Pause. Ich glaubte schon, er habe die Verbindung unterbrochen. »Ja, er hat mir einen Brief geschrieben. Aber den habe ich erst erhalten, als die Polizei mich schon informiert hatte.«

»Könnten Sie den Inhalt kurz zusammenfassen? Es ist möglicherweise sehr wichtig.«

Noch eine lange Pause folgte. »Das geht nicht. Es ist ein sehr privater Brief. Ich möchte ihn unter gar keinen Umständen am Telefon kommentieren.«

»Könnten Sie mir eine Kopie schicken? Ich garantiere Ihnen, daß ich den Brief mit der erforderlichen Diskretion behandeln werde.«

»Leider ist das unmöglich.« Er schien ein höflicher junger Mann zu sein. »Eventuell können wir ein persönliches Treffen vereinbaren. Aber versprechen möchte ich Ihnen nichts.«

Das konnte ich verstehen. Er wußte nicht, wer ich war und wozu ich diese Informationen eventuell verwenden würde.

»Werden Sie in der nächsten Zeit in Hamburg sein?« fragte ich.

»Ich habe jeden Tag Dienst im Krankenhaus.«

Kaum hatte ich mich im Sessel zurechtgesetzt, um meine nächsten Schritte zu überlegen, als auch schon das Telefon klingelte. Vielleicht hatte der junge Wagner sich die Sache anders überlegt?

»Spreche ich mit Anwalt Svend Foyn?«

Es war eine helle und klangvolle, fast feminine Stimme. Aber sie gehörte zweifelsfrei einem Mann.

»Hier ist Fred.«

»Aha«, sagte ich.

»Fred Kristiansen«, fügte er hinzu. »Wie ich höre, sammeln Sie Informationen über meine Familie. Und da decken sich unsere Interessen.«

Ich fuhr hoch. Der Vater von Elvis und Lisa Marie. Aber so hörte er sich nun wirklich nicht an. Nach Lisa Maries Schilderung hatte er sich doch längst um Sinn und Verstand gebracht. Dieser Mann aber sprach klares Oslo-Norwegisch ohne irgendeine Spur von Vestfold-Akzent. Was Wortwahl und Aussprache anging, hätte ich auf gebildetes Osloer Westend getippt.

Ich riß mich zusammen und blätterte in meinem Terminkalender. »Wann könnten wir uns treffen?«

»Sagen wir, in fünf Minuten?«

Das warf mich nun wieder um. »In fünf Minuten?«

»Sie haben doch Ausblick auf den Marktplatz, nicht wahr? Gehen Sie mal ans Fenster und schauen Sie hinunter.«

Mechanisch gehorchte ich.

»Jetzt sehen Sie einen roten Chevrolet Starcraft. Darin sitze ich.«

Das stimmte so weit. Den Wagen konnte ich sehen.

»Sie müssen zu mir kommen. Ich bin derzeit etwas unbeweglich. Ich warte im Auto.« Und damit legte er ganz einfach auf.

Ich hatte alles andere als das hier erwartet. Die Gestalt, die in dem großen Kombiwagen hinter dem Lenkrad thronte, war von der Sorte, die man nicht leicht vergißt.

Er saß in einem Spezialstuhl und hatte einen großen Stützkragen um den Hals. Er trug einen dunklen, engen Anzug im Stil der fünfziger Jahre, mit Nylonhemd und dünnem Lederschlips. Auf seinem Kopf saß ein schwarzer Hut. Graue Haarsträhnen lugten unter dem Hut hervor und vermischten sich mit einem langen, weißen, spitz zulaufenden Nikolausbart. Auf den ersten Blick hätte ich sein Alter auf neunzig bis hundert geschätzt. Dabei war er erst knapp über fünfzig. Aber wir altern eben in unterschiedlichem Tempo.

»Komm rein und setz dich.« Mit einem Summton öffnete sich die Seitentür des Wagens, und der Stuhl drehte sich langsam. Aus der Nähe wirkte Kristiansen nicht ganz so alt. Der Kontrast zwischen seiner Stimme und seinem Äußeren war umwerfend.

Ich stieg in den Wagen. Der Rücksitz bestand aus einem riesigen rosa Ledersofa. Mein Gastgeber bewegte seinen Stuhl näher an das Sofa heran und zauberte aus der Wand einen Couchtisch hervor. Das alles konnte er von einem in seinen Stuhl eingebauten Armaturenbrett aus steuern.

Ich schaute mich verwundert um. Unter der Decke hing ein High-Tech-Fernseher, die Wände waren mit roten Lämpchen dekoriert, und die Lautsprecher der Stereoanlage wölbten sich aus den Ecken hervor. Der weiße Teppich war bestimmt mehrere Zentimeter dick. An den Wänden hingen Bilder von Elvis.

Ich befand mich in Graceland. Die Namen der Kinder kamen mir plötzlich ganz natürlich vor.

Die Gestalt im Kapitänssessel ließ sich zurücksinken und blickte mich fragend an. »Na, wie findest du das?«

»Stilistisch ist das jedenfalls einwandfrei«, sagte ich trokken. »Aber du bist doch sicher nicht hergekommen, um mich nach meiner Meinung zu fragen?«

»Da hast du recht. Entschuldige diese Unhöflichkeit.« Er streckte die Hand aus. Sein Händedruck war überraschend fest. »Ich bin also Fred Kristiansen. Lisa Marie hat mich angerufen und mir von deinen Aktivitäten erzählt. Und da kannst du dir ja denken, daß das meine Neugier geweckt hat. Ich bin an der Sache schließlich in gewisser Weise ebenfalls beteiligt.« Er lachte kurz, dann überwältigte ihn ein ekelhafter Husten, der seinen ganzen langen, dürren Körper schüttelte. Er hustete so heftig, daß sein Gebiß laut klapperte.

Instinktiv zog ich den Kopf ein. Ich hatte Angst, aus seinem Mund könnten Kugeln geschossen kommen.

»Ich bin nicht bei besonders guter Gesundheit. Du hast sicher gehört, daß ich Aids habe?«

Ich nickte. »Das hat Lisa Marie erzählt, ja.«

»Die Spritzen haben mir das Virus verpaßt. Aber die Gesundheitspolizei war noch schlimmer. Ich war zwei Jahre im Irrenhaus Gaustad eingesperrt. Ich galt als Ansteckungsrisiko. Für wen, wenn ich fragen darf?« Er schaute an seinem hilflosen Körper hinunter. »Da HIV eine sexuell übertragbare Krankheit ist, haben sie vielleicht an mein hemmungsloses Sexualleben gedacht.« Er lachte lautlos. »Das Gericht meinte dann aber, sie müßten mich freilassen. Eine Million Schmerzensgeld habe ich bekommen. Blutgeld, so nenne ich das. Aber lieber Blutgeld als gar kein Geld«, fügte er munter hinzu. »Ich habe ja ohnehin nicht mehr viel Zeit.«

»Du hast in ein Auto investiert, wie ich sehe.«

»Ich habe mir immer schon einen echten Ami gewünscht. Und dieser hat wirklich alles. Acht Ventile, automatische Schaltung, Cruise-Control, Klimaanlage. Ich habe hier sogar Liegesitze und Toilette. Ich kann auch gleich hier einziehen. Und mein Dope bekomme ich auf Rezept. Das pure Luxusleben. Und ich habe Elvis eben immer verehrt. Der war der King.«

»Ich bin wohl für Elvis ein wenig zu spät geboren«, sagte ich. »Aber immerhin habe ich von ihm gehört.«

Er grinste. »Schon gut. Ich bin ein toleranter Mann. Und das ist mehr, als ich von der Gesellschaft behaupten kann, in der ich aufgewachsen bin. Aber das weißt du ja alles, wenn ich richtig informiert bin. Du hast mit Tante Ester gesprochen, nicht wahr? So habe ich sie früher genannt.«

»Ja, das habe ich. Wußtest du, daß du einen Bruder in Deutschland hast?«

»Ich hatte keine Ahnung, bis Lisa Marie angerufen und das erzählt hat.« Schnell wechselte er das Thema. »Mein Vater, war er wirklich hier?«

»Ich glaube, er wollte versuchen, euch zu helfen.«

»Das war aber reichlich spät. Er hätte sich wirklich früher sehen lassen können.« Seine Stimme klang nicht verbittert. Er stellte nur die Tatsachen fest.

»Da irrst du dich«, sagte ich. »Er war viele Jahre in Sibirien in Gefangenschaft. Und gleich darauf wurde er in Ostberlin eingesperrt.«

»Ich weiß, was mit Elvis passiert ist.« Abrupt wechselte er das Thema. »Lisa Marie hat es mir erzählt. Ich habe den Jungen seit vielen Jahren nicht mehr gesehen. Sie haben ihn seiner Mutter weggenommen, als sie eingebuchtet wurde. Er wurde in ein Pflegeheim gegeben, und ich durfte ihn nicht besuchen. Und sein Zwillingsbruder wurde zur Adoption freigegeben und war verschwunden. War vielleicht das Beste so.«

Sag das nicht, dachte ich. Aron Kristiansen hatte in der Lebenslotterie auch nicht das nötige Glück gehabt, obwohl das Leben ihm eine zusätzliche Chance gegeben hatte. Was mehr war, als seinem Bruder zuteil geworden war.

Fred Kristiansen schwieg.

»Darf ich dir eine Frage stellen?« fragte ich vorsichtig.

»Nur zu.«

Ich nahm Anlauf. »Du sprichst wie ein gebildeter Mensch. Aber, entschuldige meine Ausdrucksweise, du siehst aus wie ein Wrack. Wer bist du eigentlich?«

Er lachte dermaßen, daß sein magerer Körper im Stuhl auf und ab hüpfte. »Da liegst du nicht falsch. Vor allem bin ich ein Deutschenkind. Das habe ich als allererstes gelernt. Als nächstes habe ich gelernt, daß meine Mutter eine Deutschennutte war. Das wußte in Stokke jeder Idiot. Und damit war im Grunde alles geklärt.«

Er drückte auf einen Knopf in seinem Armaturenbrett, und in der Wand öffnete sich ein Barschrank.

»Darf es etwas zu trinken sein? Ich selber habe damit aufgehört.«

Ich nahm mir ein Mineralwasser und machte noch einen Versuch. »Wo bist du aufgewachsen?«

»Mal hier, mal da. So lange meine Großeltern noch lebten, ging es irgendwie. Nach ihrem Tod brach alles zusammen. Ich landete in einer Anstalt auf Tjøme. Der pure Wilde Westen. Verrückte Psychologen, die kamen und gingen, jede Menge Irre, unqualifiziertes Personal. Und die Pädophilen standen Schlange, um dort arbeiten zu dürfen.«

Er erzählte das ganz nüchtern, als gehe es ihn überhaupt nichts an.

»Ich sehe immer noch unseren Abteilungsleiter vor mir. Er war ungewöhnlich groß und kräftig. Wir hatten eine Sterbensangst vor diesem Kerl. Wir nannten ihn den Gorilla. Er hätte uns umgebracht, wenn er das gehört hätte. Er war am ganzen Leib behaart. Und seine Hände waren etwas ganz Besonderes. Schwere Keulen mit fetten Wurstfingern. Immer eiskalt.«

Plötzlich schaltete der Fernseher an der Decke sich ein. Dort wurde die Kinderstunde wiederholt. »Der Hausmeister war der einzige normale Mensch in dieser Institution. Die Einheimischen auf Tjøme weigerten sich, allein am Haus vorbeizugehen. Sogar die Busfahrer wollten davor nicht halten.«

»Und wie sah es mit Schulunterricht aus?«

»Wir hatten eine Art Schule. Aber da haben wir nichts gelernt. Eigentlich war ich eine Leseratte«, erzählte er mit ruhiger Stimme, »und das bin ich auch noch. Ein kleiner Bücherwurm am falschen Ort. Ich wüßte gern, ob ich das von meinem Vater habe. Ich habe durch die Bücher überlebt. Ich habe mich systematisch durch die Leihbücherei von Tjøme hindurchgelesen, von A bis Z. Und ich meine wirklich alles. Ich habe sieben Jahre dafür gebraucht. Wenn du etwas über Dostojewski wissen möchtest, dann frag mich. Er ist mein Lieblingsschriftsteller.«

Ich glaubte ihm jedes Wort. »Und danach, was ist dann aus dir geworden?«

»Weitere Institutionen, Bastøy, Foldin, Jugendgefängnis, normales Gefängnis. Zwischen den Schlachten habe ich schnell einige Kinder gezeugt. Denen ist es auch nicht besser ergangen. Mehr gibt es nicht zu sagen.«

So ließ sich das auch ausdrücken. Das war das Land meiner Kindheit. Die Wohlstandsgesellschaft der Sozialdemokraten, nach der sich seltsam viele zurücksehnten.

»Ich wollte dich um einen kleinen Gefallen bitten«, sagte Fred Kristiansen. »Wenn das nicht zuviel verlangt ist.«

»Kein Problem. Ich helfe gern.« Das war schließlich leicht zu sagen.

»Ich möchte meinen Halbbruder in Deutschland besuchen.« Er starrte seine Beine an. »Ich bin ja nicht mehr in Spitzenform. Und ein Sprachgenie bin ich leider auch nicht.«

Mir dämmerte, worauf er hinauswollte.

»Ich engagiere dich als meinen Anwalt und übernehme alle Ausgaben«, argumentierte er weiter. »Ein Fahrzeug haben wir. Mit diesem Wagen können wir in zwölf Stunden in Hamburg sein. Ich fahre gern. Ich kann nicht mehr schlafen.« Er sah den Zweifel in meinen Augen. »Ich habe einen Führerschein, und ich werfe nur soviel ein, daß ich problemlos fahren kann.«

Meine Gegenargumente lösten sich in Luft auf. Ich hatte Urlaub, ich wollte ohnehin eine Großstadt besuchen, ich war neugierig. Ulrich Wagner wartete auf mich. Warum also nicht?

»Okay, ich komme mit. Aber das Geld kannst du vergessen. Ich habe bereits eine Mandantin.« Ich dachte nach. »Und wann möchtest du aufbrechen?«

»Sofort. Hol deinen Paß.«

»Moment mal«, sagte ich ängstlich. »Das geht zu schnell für mich. Gib mir zwei Stunden, dann treffen wir uns auf dem großen Parkplatz unten im Hafen, vor dem Hotel Klubben. Ich muß noch schnell ein paar Dinge erledigen.«

Wenn wir nicht herumtrödelten, konnten wir am Freitag wieder zurücksein. Für den Samstagabend hatte ich schon etwas vor.

Hulda mußte ich zu Mari in Pension geben. Ich holte das Tier bei mir zu Hause ab, warf alles, was ich für zwei Tage unbedingt brauchte, in eine Tasche und fuhr zu Mari in die Schule. Meine Exfrau hatte mir am Telefon allergnädigst die Erlaubnis erteilt.

Um halb fünf hatten wir Sandefjord verlassen. Fred Kristiansen wollte mit der Fähre nach Strömstad übersetzen.

Es wurde eine lockere Überfahrt. Fred bestand darauf, im Wagen zu bleiben, während ich in der Bar zollfreien Cognac und eine gute Zigarre genoß. Schon bald fraß der Starcraft auf der Europastraße durch Schweden die Kilometer in sich hinein. Ich schlief im Flugzeugsitz ein, nachdem ich den Fahrer zu einer Elvis-Pause überredet hatte.

Fred Kristiansen hatte mich mit Anekdoten aus einer verlorenen Kindheit unterhalten. Seine Erlebnisse schilderte er mit irrwitzigem Humor. Die Literatur war für ihn das Überlebensmittel gewesen. Er hatte sich aus der Wirklichkeit in seine eigene Phantasiewelt hineingelesen. Die allerdings nicht so recht mit der Realitätsauffassung seiner Umgebung übereingestimmt hatte.

Wir dröhnten in Freds Landstraßencruiser durch die Nacht und näherten uns am Donnerstag in aller Herrgottsfrühe der Freien und Hansestadt Hamburg.

Dieser Mann schien niemals zu schlafen. Ich hatte den Verdacht, daß er unter die Medikamente, die er regelmäßig nehmen mußte, Amphetamin gemischt hatte. Aber er manövrierte sein riesiges Fahrzeug sicher und gelassen. Speed schärft schließlich das Wahrnehmungsvermögen. Ich hoffte, er hatte vor, noch eine Weile am Leben zu bleiben. Ich wollte ungern mit einem Toten hinter dem Lenkrad in Hamburg festsitzen.

Ulrich Wagner wohnte im Vorort Blankenese an der Elbe. Vielleicht konnten wir ihn erreichen, ehe er zum Dienst aufbrach. Es wäre gar nicht so schlecht, ihn beim Frühstück zu überraschen. Die Begegnung mit uns würde ihm sicher einen Schock versetzen. Ich hoffte, daß dieser Schock ihn etwas entgegenkommender machte.

Um halb sieben Uhr morgens bogen wir in die Rosenhagenstraße ab. »I never promised you a rosegarden«, summte Fred morgenmunter vor sich hin. Im Moment war ich von uns beiden der Greis. Die nächtliche Autofahrt hatte ihre Spuren hinterlassen.

Wagner wohnte in einem kleinen braunen Steinhaus hinter einem gepflegten Vorgarten. In der Nachbarschaft thronten große Prachtvillen. Er hatte es wohl noch nicht sehr weit nach oben gebracht.

Ulrich Wagner war knapp dreißig, war jedoch bereits assistierender Oberarzt an der Universitätsklinik Eppendorf. Ihm stand eine bedeutend lichtere Zukunft bevor als seinem norwegischen Halbbruder.

Fred lenkte den Starcraft in die Auffahrt und hielt dann direkt vor dem Küchenfenster. Ich stieg aus und klingelte. Ich klingelte lange und länger und fürchtete schon, wir könnten uns vergeblich herbemüht haben, als ein junger Mann in die Diele geschlurft kam und die Tür einen Spaltbreit öffnete.

»Was ist denn los?« fragte er verdutzt.

»Mein Name ist Foyn«, sagte ich in meinem Schuldeutsch. »Advokat Svend Foyn aus Norwegen. Erinnern Sie sich an mich? Ich habe gestern angerufen.«

Die Tür wurde ganz geöffnet, und ein vorsichtiger junger Mann im Morgenmantel steckte mißtrauisch seinen Kopf heraus. Er war klein und dünn und trug eine runde Intellektuellenbrille.

»Sind Sie wirklich den weiten Weg gekommen? Und mit dem Wagen?«

Er musterte neugierig Fred und das Auto, und Fred winkte ihm vom Vordersitz her fröhlich zu. Er hatte zur Feier des Tages sogar den Hut abgenommen.

»Ich kann es fast nicht glauben. Wer ist das?« Wagner zeigte auf die Gestalt hinter dem Lenkrad.

Ich wechselte aufs Englische über. »Das ist Ihr Bruder«, sagte ich. »Ihr lieber Bruder aus Tønsberg.«

Es war eine surrealistische Szene.

Fred manövrierte den Stuhl aus dem Wagen und kam lautlos auf die Haustür zugerollt. Ich schaute einfach nur zu.

Er hielt einem verwirrten Ulrich Wagner die Hand hin. »Ich bin Fred. Fred Kristiansen. Nett, dich zu treffen. Ich bin wirklich dein Bruder, oder dein Halbbruder. Das ist ja fast dasselbe.«

Der junge Ulrich begriff überhaupt nichts mehr. Er blickte mich fragend an. »Was hat er gesagt?«

»Das haben Sie schon verstanden«, sagte ich. »Ja, er ist wirklich Ihr Bruder. Er ist nicht so alt, wie er vielleicht aussieht. Er ist die ganze Nacht durchgefahren.« Die Sache wurde immer nur noch schlimmer. »Wollen Sie uns nicht hereinbitten? Wir haben viel zu besprechen!«

Wir saßen noch lange an Ulrichs Küchentisch. Die beiden stellten Fragen und erzählten, und ich übersetzte, so gut ich konnte. Die Leben von Horst Wagner und Fred Kristiansen zogen an mir vorbei. Der alte Wagner hatten seinem Sohn nie von seinen Erlebnissen in Norwegen erzählen wollen, und seine Zeit in Sibirien hatte er nur selten erwähnt.

»Er war ein guter Vater«, sagte Ulrich wehmütig. »Er wollte nicht über den Krieg und die Jahre in Gefangenschaft sprechen. Aber wenn er Post aus Norwegen bekam, schloß er sich in seinem Arbeitszimmer ein. Dort saß er dann manchmal stundenlang. Einmal habe ich ihn durch das Fenster bespitzelt. Und er weinte. Ich glaube auch nicht, daß meine Mutter viel über seine Vergangenheit gewußt hat. Sie ist im vergangenen Jahr gestorben.«

»Darf ich jetzt den Brief sehen, den er Ihnen aus Tønsberg geschickt hat?«

Jetzt hörte er sich ganz anders an. »Ja, natürlich. Aber ich muß Sie bitten, ihn mit Diskretion zu behandeln.«

Er zog den Brief aus einer Schublade und schob ihn mir über den Tisch zu. Der Brief war vom vielen Lesen schon ganz zerknittert. Er war in klarer, kraftvoller Handschrift geschrieben. Ich überflog ihn und versuchte dann, für Fred zu übersetzen.

Lieber Ulrich!
Wenn Du diesen Brief erhältst, bin ich nicht mehr da. Ich habe in Tønsberg in Norwegen meine Jugend gesucht. Dort fand ich während des Krieges meine erste große Liebe, Alfild Kristiansen. Sie war damals erst neunzehn, ich war zweiundzwanzig. Ich habe sie nie vergessen können.

Es folgten Einzelheiten, die ich bereits kannte, doch dann kam er zur Sache:

Ich war allein in Tønsberg und brauchte Hilfe von jemandem, der dort Einfluß hatte, jemandem, der den noch lebenden Mitgliedern meiner norwegischen Familie helfen konnte.

Und da war ihm niemand anderes eingefallen als sein alter Mitarbeiter aus Kriegstagen, Henrik Hermansen. Ein Mann, der in der Nachkriegszeit großen Erfolg gehabt hatte. Ester hatte mir ja von seiner Karriere im Wirtschaftsleben erzählt. Wagner hatte die Nummer im Telefonbuch gefunden, hatte angerufen und um ein Treffen gebeten und war von Hermansen in den Yachthafen bestellt worden. Fünfzig Jahre waren vergangen. Trotzdem hatten sie einander sofort erkannt.

Er war äußerst abweisend, als ich meinen Wunsch vorgebracht hatte. Als ich ihm das Bild meines armen Enkels zeigte, erzählte er, daß Elvis Mitglied einer seiner nationalistischen Kampfgruppen war.

Henrik Hermansen waren die nazistischen Greueltaten keine Lehre gewesen. Er hatte höhnisch gelacht und gesagt, Elvis Kristiansen sei belanglos, nur die Sache zähle.

Elvis war ein Werkzeug für die neue Zeit, mit dem Ausländer und Einwanderer aus dem Vaterland verjagt werden sollten. Vor über fünfzig Jahren habe ich ähnlichen Irrwitz gehört. Ich hätte niemals erwartet, im friedlichen Norwegen abermals darauf zu stoßen.

Er hatte die Beherrschung verloren und Hermansen niedergeschlagen. Was absolut gegen Horst Wagners Prinzipien verstoßen hatte. Seine Erfahrungen mit Kriegen und Konflikten hatten Wagner zum überzeugten Pazifisten gemacht.

Ich sah einfach zu, wie er vor meinen Augen absoff wie ein Köter. Ich unternahm keinerlei Versuch, ihn zu retten. All meine Frustration über den Irrsinn der Welt und über meine eigene verlorene Jugend schien sich auf diesen bösen alten Mann zu richten, der sich angemaßt hatte, Gott zu spielen.

Auf dem Pier in Tønsberg hatte Horst Wagner eine Grenze überschritten. Nichts konnte wieder so werden wie früher. Er hatte keine Kraft mehr zum Kämpfen gehabt.

Deshalb wirst Du mich nicht wiedersehen. Ich möchte, daß Du in die Zukunft blickst und die Vergangenheit vergißt, mit der meine Generation leben mußte. Du mußt wissen, daß Dein Vater Dich immer geliebt und für Dich und seine Verwandten nur das Beste gewollt hat, obwohl er seine Träume nicht in die Tat umsetzen konnte.

Dein Dich liebender Vater Horst

Diese Information wollte ich für mich behalten. Zumindest wollte ich nicht die Aufklärungsquoten der Polizei verbessern helfen. Falls die Polizei überhaupt irgendeinen Verdacht hegte.

Die beiden Halbbrüder vertieften sich ins Familienalbum, während ich einen Spaziergang machte. Sie kommunzierten, jeder in seiner Sprache.

Fred Kristiansen hatte seine spärlichen Wurzeln gefunden.

Ich war eine Stunde unterwegs, und bei meiner Rückkehr war das Gespräch beendet. Fred schnarchte im Sessel. Er hatte seine Dosis Erlebnisse abbekommen und konnte nicht mehr. Auf dem Tisch lag eine Polaroidkamera. Sie hatten sich gegenseitig verewigt.

»Sie können ruhig ins Krankenhaus fahren«, sagte ich zum jungen Ulrich. »Wir müssen bald los. Können wir uns vorher hier ein paar Stunden ausruhen?«

»Ja, ja. Natürlich.« Er war die Bereitwilligkeit in Person. »Was fehlt ihm eigentlich?« Er zeigte auf Fred. »Er ist schwerkrank, nicht wahr?«

»Das können Sie wohl sagen«, sagte ich. »Er hat Aids. Er hat nicht gerade Glück im Leben gehabt. Es fing schon mit seiner Geburt an. Da haben Sie es wesentlich besser getroffen.«

Ulrich Wagner wollte noch etwas sagen, aber ich war todmüde und konnte nicht mehr. Ich gab ihm meine Visitenkarte. »Melden Sie sich bei mir, wenn Sie mehr wissen wollen.«

»Ja, das möchte ich gern.« Für den jungen Ulrich war das hier kein normaler Morgen gewesen. »Zieht einfach hinter euch die Tür ins Schloß, wenn ihr geht. Ich muß jetzt wirklich los. Im Krankenhaus warten sie schon auf mich.« Er war noch immer verwirrt von den Erlebnissen dieses Morgens. Sein Dienst würde heute wohl nicht so ganz glatt laufen.

Ich schlief sofort ein und wurde davon geweckt, daß jemand energisch an meinem Arm zog. »Aufwachen, Foyn. Jetzt fahren wir. Du hast stundenlang geschlafen.«

Langsam kehrte ich in die Wirklichkeit zurück, nachdem ich schon davon überzeugt gewesen war, bei der ganzen Geschichte habe es sich einfach um einen langen, phantasievollen Traum gehandelt. Doch ich lag zweifellos hier in einer Arztwohnung am Elbufer in Blankenese auf dem Sofa, und vor mir saß diese schrullige Gestalt in ihrem hochgezüchteten Rollstuhl und gestikulierte eifrig mit langen dünnen Fingern.

Und noch immer war kein Ende abzusehen.

»Ich habe noch einen Wunsch, Foyn«, sagte er zaghaft, als wir wieder im Auto saßen. »Wo wir doch schon in Hamburg sind. Ich war noch nie in Deutschland. Ich war überhaupt noch nie im Ausland.« Er lächelte, wie um sich zu entschuldigen.

»Hör schon auf«, sagte ich. »Jetzt brauche ich Zeit, ehe ich mir noch weitere Vorschläge anhören kann. Halt bei einem Restaurant, damit wir was zu essen kriegen. Ich kann einfach kein Junkfood mehr ertragen. Und vergiß nicht, daß wir heute noch zurückfahren. So haben wir das abgemacht.«

»Aber sicher, Foyn, reg dich ab. Jetzt sind wir unterwegs und tun, was uns gerade paßt.«

Ich seufzte. Er hielt von einem exklusiven Restaurant am Elbufer. Das war nicht gerade die Sorte von Lokal, die ich mir vorgestellt hatte. Als der Oberkellner kam, um uns an unseren Tisch zu führen, bestätigte sich meine Einschätzung. Das hier paßte zu keinem von uns, und zu uns beiden zusammen schon gar nicht.

Meinem Partner, der seinen Rollstuhl elegant zwischen weißen Tischen und teuren Palmen hindurchbugsierte, schien das nichts weiter auszumachen. Ich ging zögernd hinterher, zusammen mit einer Schar von Kellnern.

Unter dem Personal kam eine leichte Unruhe auf, als Fred auf etwas so wenig Exklusivem bestand wie einem Zigeunerschnitzel. Aber sie hielten ihren seltsamen Gast wohl für irgendeinen Prominenten, der mit Respekt behandelt werden mußte. Willie Nelson wäre eine Möglichkeit. Es bestand unleugbar eine gewisse Ähnlichkeit, wenn man vom Rollstuhl absah.

»Halt den Schnabel, und überlaß mir das Reden«, sagte ich drohend. »Dann kommen sie uns nicht auf die Schliche.«

Er winkte den Kellnern höflich zu. »Also, verstehst du, Foyn, ich möchte so gern auf die Reeperbahn, wo wir schon hier sind. Ich habe soviel über die Große Freiheit gehört.«

»Die liegt gleich um die Ecke von der Nuttenstraße«, erwiderte ich trocken. »Planst du da irgendwelche Unternehmungen?«

»Auf jeden Fall nicht die, an die du jetzt denkst. Ich möchte mich da einfach mal umsehen. Danach fahren wir sofort nach Hause. Wir haben Zeit genug, und du kannst unterwegs schlafen.«

Damit konnte ich mich zufriedengeben.

Wir verließen das Restaurant unter Applaus, nachdem Fred Autogramme geschrieben und mit Geldscheinen um sich geworfen hatte. Die Countrymusik konnte in diesem Lokal mit neuer Beliebtheit rechnen.

Ich war schon früher auf der Reeperbahn gewesen, nie jedoch in solcher Gesellschaft. Selbst bei den abgebrühten Nutten erregten wir ein gewisses Aufsehen, als wir am Eingang zur Großen Freiheit hielten und Fred aus dem Wagen gerollt kam.

Alles war wie in meinen Jugenderinnerungen, nur noch industrialisierter. Rosa Licht in den Schaufenstern, Preislisten, die jegliches Bedürfnis deckten, übereifrige Schlepper, müde Frauen und betrunkene Schweden.

»Hier müssen wir rein, Foyn.«

Wir standen vor einem Lokal, das nicht ganz so schmuddelig wirkte wie seine nächsten Nachbarn. Und es hatte einen behindertenfreundlichen Eingang.

Schaden konnte es ja nichts.

Wir wurden von der Wirtin empfangen, die nicht einmal mit der Wimper zuckte. Sie war sicher schon lange in der Branche tätig.

»Was wünschen die Herrschaften? Darf es etwas Besonderes sein?«

»Also, jetzt entscheide dich«, sagte ich nervös zu Fred. »Und denk dran, keine Sexkiste. Ich will nicht für dein Virus verantwortlich sein.«

»Ich will drei Frauen«, verkündete er. »Sie sollen für mich tanzen. Splitternackt. Kannst du das in die Wege leiten? Und sag ihnen, ich will auch einen Fotografen.«

Es stellte sich heraus, daß das alles nicht weiter schwierig war. Die Mädels kamen, gefolgt vom Fotografen, der sofort von der Straße hereingeholt wurde, nachdem Fred ein Bündel Banknoten hervorgezogen hatte.

Es wurde eine ergreifende Vorstellung. Fred Kristiansen im Rollstuhl, umtanzt von den Damen, während Elvis aus der Stereoanlage schluchzte und der Fotograf knipste. Intime Veranstaltungen mit Behindertentanz hatten hier noch allerlei zu holen.

»Was willst du eigentlich mit den Bildern?« fragte ich neugierig, nachdem wir das Fest aufgehoben hatten und auf die Autobahn zusteuerten. Fred hatte sich die schönsten Aufnahmen ausgesucht und mich losgeschickt, um Briefmarken und einen Briefumschlag zu kaufen.

»Die schicke ich den Gesundheitsterroristen. Den Oberärzten, die mich eingesperrt haben. Ich bin schließlich gefährlich. Sie freuen sich doch bestimmt über einen Gruß von einem gesundgeschriebenen Patienten, meinst du nicht?«

13

Freitag vormittag befand ich mich dann, wie geplant, wieder in der Kleinstadt. Fred Kristiansen hatte darauf bestanden, mich nach Hause zu fahren, bis vor die Tür, ehe er die Stadt verließ. Für immer, wie er sagte.

Er war erschöpft. Er sah nun wieder aus wie ein Greis, als er mir durch das Autofenster zuwinkte, während er den Starcraft bereits in Richtung Oslo brummen ließ.

Mein Anrufbeantworter hielt endlich die Mitteilung bereit, auf die ich so lange gewartet hatte. »Svend, hier ist Eva. Ruf zurück.«

Ich rief sie bei der Arbeit an. »Kann ich einen Termin abmachen? Ich habe persönliche Probleme und kann nicht schlafen.« Letzteres stimmte nicht so ganz. In der vergangenen Nacht hatte ich mich durch halb Nordeuropa hindurchgepennt. »Ich denke zu sehr an Frauen. Vor allem an eine ganz bestimmte. Ob da eine Kur helfen kann?«

»Vielleicht. Aber es muß ein Termin zum Mittagessen sein. Können wir uns in einer Stunde im Esmeralda treffen?«

Die schwarzgekleidete elegante Gestalt, die vom Eingang her nach mir Ausschau hielt, war aufsehenerregend, auch hier, unter soviel schöner und erfolgreicher Jugend.

Ich fühlte mich nicht ganz wohl in meiner Haut und fuhr mir mit der Hand durch meine widerspenstige Mähne, die längst geschnitten hätte werden müssen. Mein Bart war auch nicht gerade gepflegt. Überhaupt gab es sehr vieles an mir, was nicht stimmte.

Ich wußte nicht so recht, was ich ihr über unsere Expedition nach Hamburg erzählen sollte, deshalb lieferte ich ihr nur das Ergebnis. Henrik Hermansen trug die Mitverantwortung für Elvis' Schicksal. Meine Erlebnisse mit Fred Kristiansen waren von eher privater Art. Deshalb behielt ich sie für mich.

»Was hast du jetzt vor, Svend?« fragte Eva mit ernster Miene.

»Ich werde mich um David Stenersen kümmern. Deshalb bin ich morgen abend nicht frei.« Die Stenersens waren zu einem Empfang in Oslo eingeladen, wie die Einladung an ihrem Spiegel verraten hatte.

Es gab genug Herausforderungen, über die ich mich hermachen konnte und sollte. Verrückte Pädophile, Frank Gonzalez' letzter Gruß, dunkle Alfas in Seitenstraßen, spurlos verschwundene kleine Nazissen.

Eva Lunde hätte mir helfen können, wenn sie bereit gewesen wäre, mir die Herkunft des Pornofilms zu verraten, in dem Elvis die Hauptrolle gespielt hatte.

»Können wir uns heute abend sehen?«

Sie rutschte nervös auf ihrem Stuhl hin und her und sah mich an. Ausweichend, wie mir schien. »Ich weiß nicht, ob das klug wäre. Alles ist so schwierig.« Sie lächelte kurz. »Es ist nicht so, daß ich dich nicht gern hätte. Du weißt doch, daß das der Fall ist. Aber ich habe schlechte Erfahrungen mit Männern gemacht. Wie soll ich denn sichergehen können, daß du anders bist als der, mit dem ich verheiratet war? Diese Ehe hat mich fast umgebracht. Ich bin noch nicht bereit zu einer neuen Beziehung.«

Ich konnte mir Eva nur mit Mühe als den schwächeren Teil vorstellen. »War es so schrecklich?«

»Du hast doch die Bilder gesehen. Ein Mann, wie er sein sollte, nicht wahr? Ich habe sie hängen lassen, Nils zuliebe.« Ihr gehässiger Tonfall gefiel mir nicht. »Gutaussehend und erfolgreich, das steht fest.« Wieder wiesen ihre Wangen die leichten roten Flecken auf. »Ich habe vor allem Angst davor, daß er Nils kaputtmacht. Und daß ich das nicht verhindern kann.« Sie war wirklich bitter. »Du als Anwalt kennst das doch. Wir haben gemeinsames Sorgerecht. Wenn ich ihn daran hindere, Nils zu treffen, dann wird er das alleinige Sorgerecht beantragen. Er wartet nur darauf, daß ich eine Dummheit begehe.«

Ich gab auf. »Wenn ich dir irgendwie helfen kann ...«

Sie fiel mir ins Wort und lächelte traurig. »Ich werde mich schon melden. Tut mir leid, Svend. Das wollte ich dir nicht sagen, als ich dich gestern angerufen habe. Frauen wie ich machen solche Fehler, das weiß ich.« Sie sprang auf. »Ich muß wieder ins Büro. Bis demnächst irgendwann.«

Ich blieb sitzen und starrte hinter ihr her, als sie mit schnellen, zielsicheren Schritten das Lokal verließ. Am Ausgang drehte sie sich noch einmal um und winkte mir zu. Und sie schien die Geschichte, die sie eben erzählt hatte, bereits vergessen zu haben.

Ihre wechselnden Stimmungen waren nicht normal. Sie hätten wirklich jede und jeden umbringen können. *Frauen wie ich?* Was das wohl heißen sollte?

Mir war verdammt klar, daß ich versuchen mußte, Eva Lunde zu retten, ehe ich ernsthafte Probleme bekam. Aber ich fürchtete, daß es bereits zu spät war.

Wilhelm Mørk war in seinem Büro. Er telefonierte gerade, winkte mich aber herein. Ich grub aus dem Chaos einen Stuhl hervor und setzte mich. Mørk gab mir durch eine Handbewegung zu verstehen, daß ich zuhören sollte.

»Spielklub, sagst du? Wandernd?« Er lauschte aufmerksam. »Ihr glaubt also, daß sie auch in der Sofienberggate waren? Wißt ihr irgendwas über die Hintermänner?« Er nickte. »Exjugos. Alles klar. Vielen Dank. Ich melde mich wieder.«

Er drehte sich um und betrachtete mich nachdenklich. »Dieses eine Mal kommst du geradezu wie gerufen. Ich habe versucht, deine Uhrenspur zu verfolgen. Du hast ja gehört, was ich eben gesagt habe.«

Ich nickte.

»Niemand hat diese Zocklöcher voll im Blick. Es ist eine geschlossene Szene. Die treffen sich an verschiedenen Stellen in der Stadt, ziehen weiter. Das Haus, in dem David Stenersens Galerie liegt, gehört vermutlich zu diesen Treffpunkten. Unser Freund sitzt übrigens im Verwaltungsbeirat der Gesellschaft, der das Haus gehört. Vermutlich ist er Miteigentümer. Vielseitiger Mann, nicht wahr?«

Er zeigte mir ein grobkörniges Faxbild, das wohl mit Weitwinkelobjektiv aufgenommen und dann vergrößert worden war. Es zeigte einen dunklen, kräftigen Mann von Mitte dreißig. Keinen, dem man in einer dunklen Gasse gern begegnet wäre.

»Vor dem solltest du dich in acht nehmen. Er tritt unter anderem unter dem Namen Ante Zoranic auf. Angeblich ist er einer der Henker der kroatischen Mafia. Er frißt zum Frühstück kleine Kinder. Neben vielen anderen Ungesetzlichkeiten verscheuert er in seinen Mußestunden offenbar auch Rolex-Kopien. Seinen wirklichen Namen wissen wir nicht. Er wechselt seine Identität häufiger als du dein Hemd.«

In diesem Moment ging mir ein Licht auf. *Anne.* Frank Gonzalez' letzte Mitteilung. Er konnte *Ante* gemeint haben, nicht *Anne.* Das hatte er mir sagen wollten.

Die Bilder des verfluchten Videos flimmerten an meinem inneren Auge vorüber. Der Fettsack mit der riesigen roten Stange, das ächzende Bett, der jämmerlich wimmernde Junge. Das alles brach in seinem vollen Gewicht über mich herein. Ich spürte, wie ich erbleichte.

»Was ist los mit dir?« fragte Mørk. »Ist dir der Leibhaftige erschienen?«

Er wußte ja nicht, wie nahe er dabei der Wahrheit kam.

»Hast du einen Kaffee? Ich bin irgendwie noch müde.«

Mørk zauberte den Kaffee hervor und ließ mich einige Minuten lang in Ruhe. »Du siehst erschöpft aus. Gibt's sonst was Neues?«

Es gelang mir, mich zusammenzureißen. »Wenn ihr noch immer mit Henrik Hermansens Tod beschäftigt seid, dann könnt ihr die Sache vergessen. Der Mann ist umgebracht worden, das ja. Aber den Täter kriegt ihr nie im Leben.«

»Sieh an.« Er hob nur ganz leicht die Augenbrauen.

»Noch was. Es gibt allerlei Hinweise darauf, daß Hermansen die lokalen Neonazigruppen unterstützt hat. Was sagst du dazu?«

Mørk stieß einen leisen Pfiff aus. »Interessant. Wo hast du dich in letzter Zeit herumgetrieben?«

»Das würdest du ja doch nicht glauben«, sagte ich. »Und deshalb brauchst du es dir auch gar nicht anzuhören. Ich muß nach Hause und mich ausruhen.«

Eigentlich hätte ich Hulda bei meiner Exfrau abholen müssen, aber ich konnte einfach nicht noch eine Moralpredigt vertragen. Ich ging nervlich schon viel zu sehr zu Fuß. Also fuhr ich nach Hause und ließ mich aus dem Jaguar fallen. Ich war viel zu aufgeregt, um das einzig Richtige zu tun, nämlich einige Stunden zu schlafen.

Aber verdammt, Stenersens Galerie wollte ich mir mit eigenen Augen ansehen. Vielleicht würde mir ja etwas auffallen.

Es war nicht viel später als eins. Ich konnte vor dem Feierabendverkehr in Oslo sein und wäre zu den Fernsehnachrichten wieder zu Hause.

Die Galerie Artemis lag in der Grünersgate. Ich hatte am Schous plass geparkt und stand nun vor dem Haus und sah mich um. Es war ein kleines, guterhaltenes Mietshaus im Osten der Stadt, im Erdgeschoß lagen die Galerie und zwei kleine Läden. Im ersten und zweiten Stock befanden sich Wohnungen.

Es schien sich um eine Galerie für Leute mit Spezialinteressen zu handeln. In den Ausstellungsräumen war kein Mensch zu sehen.

Die Tür stand offen, deshalb ging ich hinein und versuchte, den Kunstliebhaber zu spielen.

Eine junge, blasse Frau kam aus einem Hinterzimmer und sah zu, wie ich eine Runde drehte und mir die ziemlich vielfältige Auswahl ansah. Drucke, Aquarelle, Zeichnungen. Nichts, was mich interessiert hätte.

In einer eigenen Abteilung befand sich eine Fotoausstellung. Die Bilder waren allesamt schwarzweiß.

Ich sah sie mir genauer an. Die Aufnahmen waren nicht signiert, und nirgendwo konnte ich den Namen des Fotografen in Erfahrung bringen.

Seltsam. Und noch etwas anderes fiel mir auf. Die ganze Sammlung hatte etwas Lolitahaftes, ohne jedoch direkt erotisch wirken zu wollen. Es handelte sich zweifellos um einen tüchtigen Fotografen. Die Modelle waren alle sehr jung, einige vermutlich noch die reinsten Kinder.

Ich wandte mich an die Frau, die lässig an der Wand lehnte und in einer Illustrierten blätterte. Ihr schien das alles gänzlich gleichgültig zu sein. »Sind irgendwelche von diesen Fotos zu verkaufen?«

»Jetzt nicht. Sie können sich in eine Liste eintragen.« Ihr Akzent verriet, daß sie keine Norwegerin sein konnte. Und etwas an ihren Kleidern, Schmuckstücken, an Hautfarbe und den dunklen Haaren wies auf Osteuropa hin.

Sie zog ein Blatt Papier hervor. »Ich notiere Namen, Telefonnummer, Adresse. Dann können Sie sich wieder melden, oder wir rufen Sie an.«

Das war wirklich ein seltsames System.

»Das muß ich mir überlegen«, sagte ich und ging. Draußen blieb ich stehen und sah mir das Haus noch einmal an.

Ich versuchte, einen übellaunigen Asiaten im Tabakladen an der nächsten Ecke, wo ich eine Zeitung kaufte, auszuhorchen, aber der stellte sich taub.

Ich schlenderte weiter, holte den Jaguar und fuhr dann in der Gegend herum, bis ich einen Parkplatz mit Blick auf den Eingang zur Galerie fand. Es war erst halb vier. Die Galerie Artemis würde sicher noch eine Weile geöffnet haben.

In der folgenden Stunde registrierte ich nur zwei Besucher. Beides Männer. Sie kamen wieder heraus, ohne irgendein Bild bei sich zu haben. Viel Zeit ließen sie sich nicht. Beide standen schon nach wenigen Minuten wieder auf der Straße. Selbst ich hatte eine Viertelstunde gebraucht, um mir alles anzusehen.

Diese Galerie konnte unmöglich viel einbringen.

Gegen halb fünf verließ die träge Frau den Laden. Nachdem sie die Eingangstür mit zwei Schlössern abgesperrt hatte, verschwand sie in Richtung Innenstadt.

Ich ließ den Jaguar stehen und lief auf den Hinterhof der Galerie. Niemand bemerkte mich dabei. Es war Freitag nachmittag, auf der Straße wimmelte es nur so von eiligen Menschen auf dem Heimweg.

Der Hinterhof war überraschend ordentlich, ganz ohne den Schrott, der sonst in dieser Gegend üblich ist. Zwei

Haustüren führten zu den Wohnungen. Die eine war eine normale Tür mit Fenster, durch das ich eine Reihe von Briefkästen im Treppenhaus sehen konnte. Im anderen Eingang war eine solide neue Tür angebracht. Sie hatte einen Türspion. Neben beiden Türen gab es Klingelbretter mit Namensschildern.

Keiner der Namen sagte mir etwas. Ich registrierte außerdem, daß eine Wachgesellschaft an Türen und Fenstern Warnschilder angebracht hatte. In dieser Gegend wurde häufig eingebrochen.

Die meisten Wohnungen schienen bewohnt zu sein. Bei einer Wohnung im ersten Stock, unmittelbar über der Galerie, war ich mir jedoch nicht sicher. Auf den Fensterbänken gab es keine Blumen oder Ziergegenstände, und die Vorhänge waren vorgezogen.

Zwei Autos standen auf dem Hinterhof, beide waren mit Planen bedeckt. Ich bückte mich und hob eine Plane hoch.

Es war ein dunkelblauer Wagen. Als ich die Plane dann auch vorne anhob, bestätigten sich meine Ahnungen. Alfa Romeo, Modell 155. Das andere Auto war ein Toyota-Lieferwagen mit Allradantrieb.

Mein Puls hatte sich beträchtlich gesteigert. Um mich herum war noch immer alles still und friedlich. Nur das ferne Rauschen des Straßenverkehrs drang bis zu mir durch.

Ich entspannte mich ein wenig. Es war ein heller Herbstnachmittag, ich befand mich mitten in Oslo, und weniger als fünfzig Meter von mir entfernt wimmelte es auf der Straße nur so von Menschen.

Plötzlich fuhr ich zusammen. Die Tür zum Hinterhof wurde geöffnet. Als ich Schritte hörte, ging ich instinktiv hinter dem Alfa in die Hocke.

Zwei Männer kamen durch den Torweg. Beide waren vielleicht Mitte dreißig. Kräftige, dunkle Typen in eleganten

Anzügen. Einer trug einen langen schwarzen Mantel. Sie blieben mitten auf dem Hof stehen und führten eine laute Diskussion. Sie sprachen kein Norwegisch.

Nach einer Weile drehte der eine Mann sich um und ging zu dem Lieferwagen auf der anderen Hofseite, der andere kam auf mich zu. Offenbar wollte er zum Alfa.

Ich hockte auf der rechten Wagenseite, und als er sich auf der anderen Seite an der Plane zu schaffen machte, richtete ich mich auf und versuchte, ruhig und gelassen zum Torweg zu gehen. Ich hatte fast die Straße erreicht, als ich entdeckt wurde.

Der Mann rief etwas hinter mir her. Ich ging davon aus, daß es keine Nettigkeit sein sollte, deshalb rannte ich lieber gleich durch das Tor und über die Thorvald Meyers Gate.

Unten an der Straßenbahnhaltestelle beim Schous plass stand schon eine abfahrbereite Straßenbahn, auf die ich im letzten Moment noch aufspringen konnte, während die Tür sich vor der Nase des Typen schloß, der mich fast eingeholt hatte. Ich sah ihn deutlich durch die Tür, als er neben der Bahn herlief. Er hatte kein sympathisches Gesicht. Außerdem hatte ich es an diesem Tag schon einmal gesehen, und zwar auf Mørks schlechtem Faxbild.

Ich drängte mich in der Straßenbahn nach vorn und versteckte mich hinter einer zeitunglesenden Frau, der es überhaupt nicht gefiel, daß ich meine Nase in ihren Lesestoff steckte.

Die Straßenbahn hielt vor einer roten Ampel, und der Typ draußen nutzte die Gelegenheit, um zum Fahrer nach vorn zu laufen.

Und zum Teufel, dieser Trottel öffnete die Tür. Wußte der Fahrer denn nicht, daß es verboten ist, zwischen den Haltestellen Fahrgäste aufzunehmen?

Ante Zoramic, denn jetzt war ich absolut sicher, daß er es

war, bahnte sich zum großen Ärger der anderen Fahrgäste mit den Ellbogen einen Weg durch die Menge. Ihn schien ihre Mißbilligung nicht weiter zu stören. Er steuerte direkt auf mich zu. Mitten am hellichten Nachmittag hätte ich in einer vollbesetzten Straßenbahn eigentlich in Sicherheit sein müssen, aber mir kam es nicht so vor. Etwas an diesem Steingesicht machte mir ernsthafte Sorgen.

Er preßte sich an mich, bis sein Gesicht nur zehn Zentimeter von meinem entfernt war. Er roch nach einer Mischung aus exklusivem Rasierwasser und starkem Curry.

Ich versuchte, ganz gelassen auszusehen, aber er packte mich am Kragen und flüsterte mit drohender Stimme in gebrochenem Norwegisch: »Was wolltest du an mein Auto?«

Ich drückte mich an die Wand, konnte jedoch nicht entrinnen. »Ich wollte es nur s-s-sehen. Es ist ein seltenes M-modell. Alfa Romeo, nicht wahr?« Ich versuchte, den Autodieb zu spielen. Lieber das, als meine wahren Absichten zu verraten.

Er schob eine Hand in die Tasche und preßte dann einen harten Gegenstand gegen meinen Bauch, während er mit der freien Hand meinen Arm mit eisernem Griff umfaßte. Meine Phantasie sagte mir, daß der Gegenstand, den er da auf mich richtete, durchaus eine Schußwaffe sein konnte.

»Ich dich wiedersehe, du tot. Rattetot. Kapiert?«

»G-g-ganz ruhig. Ich mach' einen großen Bogen um dich.« Bis auf weiteres, fügte ich in Gedanken hinzu.

Bis zur nächsten Haltestelle nagelte er mich mit der Waffe, oder was das nun war, weiterhin an die Wand. Dann stieg er Gott sei Dank aus, nachdem er zuvor langsam mit einem Finger über meinen Hals gefahren war.

Ich hatte kapiert.

Es war inzwischen schon nach vier. Ich stieg erst nach

ziemlich langer Zeit aus der Straßenbahn aus, obwohl ich gar keine Fahrkarte hatte.

Der Weg zur Sofienberggate kam mir lang und gefährlich vor, und ich kam erst wieder zur Ruhe, als ich sicher im Jaguar saß und mich im Feierabendverkehr aus der Stadt hinausbugsierte.

Es wurde eine ruhige Fahrt zurück nach Tønsberg. Ich hatte noch mehr Stoff zum Nachdenken. Dieser Mann hatte etwas Unheimliches. Etwas, das seine Drohungen überzeugend wirken ließ, obwohl er sie in einer friedlichen Straßenbahn der Osloer Verkehrsbetriebe ausgestoßen hatte. Ich war davon überzeugt, daß er fähig war, sie in die Tat umzusetzen. Vermutlich hatte nur die Anwesenheit der übrigen Fahrgäste mich gerettet.

Der Jaguar kämpfte sich durch den zähflüssigen Feierabendverkehr gen Süden, und ich brachte es nicht einmal über mich, den Fernseher einzuschalten, als ich nach Hause gekommen war, den Hund abgeholt hatte und auch sonst alles erledigt war, was sich während der vergangenen Tage so angesammelt hatte.

14

Huldas Geduld war schon ziemlich ausgefranst, als ich am Samstag vormittag endlich erwachte. Sie war sehr verständnisvoll gewesen, hatte sich ruhig verhalten und mich ausschlafen lassen.

In einem friedlichen Moment über den Zeitungen fragte ich mich, ob ich mein gestriges Osloer Erlebnis vielleicht nur geträumt haben konnte. Es war doch nicht normal, mitten in einer Straßenbahn mit dem Tode bedroht zu werden. Aber es war zweifellos passiert.

Ich zuckte zusammen, als ich *VG* aufschlug. Am vergangenen Nachmittag hatten sich in Grünerløkka noch andere dramatische Ereignisse zugetragen. Die Zeitung konnte mit großen Schlagzeilen verkünden, daß die acht Jahre alte Anna Nilsen sich auf dem Heimweg zur Toftesgate befunden hatte, wo sie mit ihrer Mutter wohnte, während ich bei Skøyen in der rechten Fahrspur festgesteckt hatte.

Anna war ein zutrauliches und munteres Mädchen, kleingewachsen, offen und furchtlos. *VG* hatte mit einer Nachbarin ein tränentriefendes Interview gemacht.

Anna war nach der Schule einen Umweg gegangen, hatte in der Tierhandlung im Markvei vorbeigeschaut, im Park Birkelunden mit zwei übermütigen Boxerwelpen gespielt und die Auswahl in den drei Fahrradläden der Gegend bewundert.

So weit war es mit Hilfe von Schulfreundinnen und anderen Zeugen möglich gewesen, die Bewegungen der Kleinen aufzuzeichnen. Danach war sie wie vom Erdboden verschwunden.

Anna hatte ihre eigene Uhr und wußte genau, wann sie zu Hause sein mußte. Ihre Mutter kam erst um halb fünf von der Arbeit, und Anna fand es einfach nicht lustig, in eine leere Wohnung zurückzukehren.

Erst um fünf hatte die Mutter angefangen, sich Sorgen zu machen. Und dann war alles sehr schnell gegangen. Verzweifelte Anrufe bei Schule, Nachbarn und Freundinnen. Aufgrund eines Mißverständnisses war die Polizei erst nach sechs Uhr verständigt worden. Eine Freundin hatte erzählt, Anna sei allein mit der Straßenbahn in die Innenstadt gefahren. Doch unter Druck hatte sie dann zugeben müssen, diese Geschichte frei erfunden zu haben.

Um sieben Uhr war der gesamte Suchapparat mobilisiert worden. Ein großes Polizeiaufgebot hatte das Stadtviertel Grünerløkka systematisch durchgekämmt. Hinterhöfe, Keller und Dachböden waren gründlich durchsucht worden. Busse, Straßenbahnen und Taxis, alles hatten sie unter die Lupe genommen, ohne jedoch eine einzige Spur zu finden. Bilder von Anna waren an alle Polizeiwachen sowie an Verkehrsunternehmen, Fährbetreiber, Flughäfen und Grenzübergänge verteilt worden. Keine Reaktion.

Es hatten sich auch keine Zeugen mit brauchbaren Informationen gemeldet. Mehrere Anrufer wollten verdächtige Autos gesehen haben. Aber was die Automarken betraf, so waren sie sich nicht so sicher. Anderen waren Personen ausländischer Herkunft aufgefallen, die in der Gegend herumgelungert hatten, was aber wohl kaum als Sensation durchgehen konnte.

Die Polizei schien im Dunkeln zu tappen. Pädophile, Sexualverbrecher und potentielle Kidnapper wurden verhört, aber das alles half nicht weiter. Bestimmt quälte die Erinnerung an den Alptraum um die vor Jahren verschwundene kleine Therese aus Drammen die mit dem Fall beauftragten Ermittler.

Annas Vater wohnte allein in Asker, und die Polizei hatte ihn bis Redaktionsschluß noch nicht erreichen können. Aber die Radionachrichten wußten, daß er erst um zwei Uhr nachts nach Hause gekommen und dann sofort zur polizeilichen Einsatzzentrale gebracht worden war. Man konnte durchaus den Eindruck haben, er stehe unter Verdacht.

VG hatte bereits festgestellt, daß es bei dem Ex-Ehepaar oft krachte, und daß es sich dabei unter anderem um das Sorgerecht für Anna drehte. Außerdem war der Exmann vorbestraft. Rauschgift und Diebstahl. Im Radio hieß es, er habe für den fraglichen Nachmittag und Abend kein Alibi vorweisen können. Er behauptete, in der Stadt gewesen zu sein, mal hier, mal da.

Das Sozialamt hatte zusammen mit dem Pastor der Gemeinde Sofienberg und mit Freunden und Nachbarn eine Unterstützergruppe für die verzweifelte Mutter eingerichtet, die in Oslo keine Verwandten hatte. Sie stammte aus einem kleinen Dorf in Finnmark.

Diese Informationen waren jedoch nur der Anfang. In den kommenden Tagen würde dem schaudernden Publikum alles in allen Einzelheiten vorgeführt werden, falls die kleine Anna nicht unversehrt wieder auftauchte. Und das schien nicht sonderlich wahrscheinlich. Die Polizei war sich inzwischen ziemlich sicher, daß Anna einem Verbrechen zum Opfer gefallen war.

Aus dem Interview mit dem Ermittlungsleiter konnte ich entnehmen, daß er die Lage ziemlich düster sah. Die Kinder, die nicht während der ersten Stunden gefunden wurden, hatten kaum noch Chancen.

Für Anna Nilsen schien das Stundenglas fast abgelaufen zu sein.

Es war ein Paradoxon, daß sie mitten am hellichten Nachmittag in einer lebhaften Stadtstraße verschwunden war. Aber gerade in einer solchen Situation kann es einfach sein, ein zutrauliches Kind die wenigen erforderlichen Meter zu einem Wagen oder einem Haus zu locken. Ein Hundebaby, ein Kätzchen, ein verletzter kleiner Vogel als Köder. Für einen, der skrupellos genug ist und weiß, was er will, ist das nicht schwer.

Nicht nur in den Straßen von New York sollten Eltern ihre Kinder nicht aus den Augen lassen.

Ich fühlte mich nicht wohl in meiner Haut, als ich las, daß ein älterer, an Oldtimern interessierter Herr die Polizei auf einen klassischen roten Jaguar aufmerksam gemacht hatte, der vor Annas Verschwinden mehrere Runden um den Block gedreht hatte. Der Fahrer wurde gebeten, sich als Zeuge zu melden.

Ich spielte mit dem Gedanken, die Polizei anzurufen, hielt es aber für sinnlos. Ich konnte ihnen nicht weiterhelfen und wollte keinen Ärger.

Den Tag verbrachte ich mit normalen Aktivitäten. Waschen, Aufräumen, eine Runde Joggen mit Hulda, ein Telefonschwatz mit Mari. Weiter mochte sie an diesem Tag meinen Kontaktbedürfnissen nicht entgegenkommen. Es war Samstag, und sie hatte ihre eigenen Pläne. Das galt auch für mich. Aber meine Pläne waren von ganz anderer Art.

Um Mitternacht brach ich dann auf, verkleidet als Einbrecher. Schwarz vom Scheitel bis zur Sohle. Handschuhe und eine kleine, starke Taschenlampe steckten in meiner Jackentasche, zusammen mit einer reichhaltigen Auswahl an Schlüsseln und einer leeren Diskette.

Ich fuhr langsam aus der Stadt heraus in Richtung Nes, wo die Residenz der Stenersens lag. Es nieselte inzwischen, der Asphalt war dunkel, die Sicht schlecht. An den Aus- und Einfahrten zur Innenstadt herrschte lebhafter Verkehr.

Ich stellte den Jaguar in passender Gehentfernung vom Haus ab. Auf der Hauptstraße fuhren hin und wieder Autos vorbei. Ein alter VW hustete drauflos und verschwand in einiger Entfernung in einem Wäldchen.

Es war halb eins, und das Stenersensche Anwesen war in fast vollständiges Dunkel gehüllt. Im Haupthaus war alles still. Auch aus dem Nebengebäude, wo die Kinder wohnten, war nichts zu hören, auch dort war alles dunkel.

In dieser Institution ging man offenbar früh zu Bett.

Der Jeep war verschwunden, der Volvo stand auf der Auffahrt. Sie benutzten sicher den Wagen des Hausherrn. Ich ging davon aus, daß es der mit Allradantrieb war.

Ein Ausflug nach Oslo bedeutete vermutlich auch Übernachtung. Doch selbst wenn das Fest schon kurz nach Mitternacht beendet wäre, konnten sie frühestens zwei Stunden später wieder hier sein.

Ich sollte also Zeit genug haben, wenn ich nur erst ins Haus gelangt war.

Ich brauchte lange, um mir einen Überblick zu verschaffen und nach offenen Fenstern Ausschau zu halten, nach Fensterhaspeln, die nicht richtig eingehakt waren, oder nach irgendeinem anderen schwachen Punkt. Alles war verriegelt und verrammelt. Nicht einmal ein blödes Kellerfenster stand offen.

Der Hintereingang wurde von einer dichten Rosenhecke abgeschirmt. Hier könnte ich mich unbemerkt einschleichen. Das Problem war nur, daß die Tür ein modernes Sicherheitsschloß hatte.

Ich mußte mein Glück bei der Vordertür versuchen, mußte

aber vorsichtig sein. Stenersens sollten nie etwas von diesem Besuch erfahren.

Es war leichter, als ich befürchtet hatte. Die Haustür hatte zwar zwei Schlösser, aber nur das altmodische Schnappschloß wurde benutzt.

Die Menschen sind leichtsinnig, bis sie unerwarteten Besuch bekommen.

Mit Hilfe eines spezialkonstruierten Plastikschlüssels, basierend auf abgelaufenen Kreditkarten, sprang das Schloß traumhaft leicht auf. Ich brauchte weniger als drei Minuten.

Die Tür klemmte und knackte unangenehm laut. Doch dann stand ich im Haus.

Ich behielt die Handschuhe an und ließ die Tür angelehnt. Das einzige Licht im Haus war eine gedämpfte Lampe in einer Wohnzimmerecke.

Ich wußte, was das Wichtigste war, deshalb ging ich sofort zum Computer.

Ich fühlte mich überraschend ruhig. Die Situation war unwirklich. Ich war in fremdes Eigentum eingebrochen und riskierte den Verlust von Anwaltslizenz und Ehre. Rønningen würde überglücklich sein, wenn dieser Fall auf ihrem Schreibtisch landete.

Ich setzte mich vor den Bildschirm und schaltete den Computer ein. »Pling!« Der Mac fuhr mit einem unerwartet lauten Startsignal hoch. Ich schaute mich ängstlich um. Ich hatte meine Nerven wohl doch nicht so ganz unter Kontrolle. Doch weiterhin war alles still.

Ich versuchte, mich auf den Computer zu konzentrieren, der ein Paßwort verlangte. Und jetzt kam die Probe aufs Exempel. Ich gab *Andromeda* ein.

Und das klappte. Programme, Dateiablage, E-Mail-Kasten, alles stand zu meiner Verfügung. Um die Datensicherheit in diesem Haus war es noch schlechter bestellt als um die Türschlösser.

Ich ging die Dateien systematisch durch, fühlte mich nach und nach aber ziemlich betrogen. Es handelte sich vor allem um private Dokumente, die für mich von keinerlei Interesse waren.

Für das Pflegeheim gab es einen eigenen Ordner. Und dieser Betrieb entpuppte sich als noch lukrativer, als ich bisher in Erfahrung gebracht hatte. Aber nichts davon wirkte irgendwie verdächtig.

Der Ordner *Galerie Artemis* teilte mir mit, daß der Umsatz dort sehr viel größer war, als ich angenommen hatte. Stenersen schien durch seine Galerie auf dem Kunstmarkt als eine Art Makler zu fungieren.

Ich klickte mich durch die Buchführung. Im vergangenen Jahr hatte die Galerie fast eine halbe Million Überschuß erwirtschaftet. Außerdem fand ich eine Kundenliste für die letzten beiden Jahre. Eine lange Liste mit Namen und Adressen, die die Einkäufe jedes Kunden auflistete. Ich kopierte die Liste und schob sie in die Druckwarteschlange.

Nun erschien auf dem Bildschirm ein Ordner mit dem Namen *Persönliche Buchführung*. Stenersen bezahlte seine Rechnungen per Online-Banking.

Ich blätterte rasch durch den Ordner, auf der Suche nach Posten, die nicht ganz alltäglich wirkten, und stieß auf eine Stromrechnung, die für eine Firma namens Distribusjonsservice bezahlt worden war. Diese Firma schien in Stokke ansässig zu sein, hatte aber eine Osloer Postfachadresse.

Es stellte sich heraus, daß Stenersen eine Wohnung in Tønsberg besaß, mitten in der Storgate. Ich prägte mir die Adresse ein. Stenersen war ein ordentlicher Mensch. Er hatte für diese Wohnung einen eigenen Ordner angelegt. Die Buchführung wies interessante Zahlen auf. Einkünfte von achttausend im Monat. Gar nicht schlecht für eine Wohnung. Vermietet war sie an ein Frauenzimmer mit kompliziertem ausländischen Namen, Olga Soundso. Klang russisch.

Mir entging auch nicht, daß er Mitgliedsgebühren an einen örtlichen Schützenverein bezahlte. Der Mann wurde immer gefährlicher.

Den E-Mail-Postkasten hatte ich mir bis zum Schluß aufgehoben, aber es handelte sich nur um geschäftliche Mitteilungen, um Anfragen von anderen Galerien und Sammlern, ganz normaler Kram also.

Ich fand jedoch ein eigenes Unterregister, eine Liste mit dreißig bis vierzig E-Mail-Adressen. Als ich den Inhalt überprüfen wollte, stellte sich heraus, daß keine eingegangenen und verschickten Nachrichten vorhanden waren. Entweder fand keine Kommunikation mit diesen Adressen statt, oder die Nachrichten waren systematisch gelöscht worden.

Das fand ich merkwürdig. Ich kannte keinen Menschen, der sich die Mühe machte, fortlaufend alle E-Mails zu löschen. Es war doch viel zu leicht, die im Briefkasten zu lagern.

Sicherheitshalber kopierte ich mir auch die Adressenliste.

Inzwischen war schon eine halbe Stunde vergangen, und ich war noch nicht fertig. Ich streckte die Hand nach dem Drucker aus, um das auszudrucken, was ich in der Warteschlange gespeichert hatte. Dabei stieß ich eine Vase auf dem Tisch um. Sie fiel krachend zu Boden, zerbrach glücklicherweise aber nicht.

Als ich mich bückte, um sie aufzuheben, erlitt ich einen Schock. Im ersten Stock wurde das Licht eingeschaltet. Es befand sich jemand im Haus, o Scheiße!

Stocksteif blieb ich einige lange Sekunden sitzen.

Jemand kam die Treppe herunter. Instinktiv schaltete ich

den Mac aus und hielt Ausschau nach einem Versteck. Die Haustür war zu weit entfernt. Gleich hinter mir hingen vor dem Panoramafenster schwere grüne Samtportieren. Sie reichten bis auf den Boden.

Ich erhob mich lautlos, schlich hinter die Vorhänge und preßte mich an die Wand. Dabei hielt ich den Atem an. Durch einen kleinen Spalt konnte ich sehen, was im Wohnzimmer vor sich ging.

David Stenersen kam herein und schaltete eine unangenehm helle Deckenlampe ein. Er hatte sich offenbar in der Eile nur einen Morgenmantel übergestreift. Mißtrauisch schaute er sich um. Natürlich hatte das Poltern der Vase ihn geweckt. Ich hatte mich darauf verlassen, daß das Haus leer war, und war nicht vorsichtig genug gewesen.

Die Lage wurde von der Pistole, die Stenersen in einer seelenruhigen Hand hielt, durchaus nicht besser. Es war eine kleine Handfeuerwaffe, vermutlich für Wettkämpfe gedacht.

Ich zweifelte kein bißchen daran, daß er fähig dazu wäre, diese Pistole auch zu benutzen. Vor allem, wenn er mich mitten in der Nacht in seinem Haus erwischte.

Ich sah schon die Schlagzeilen vor mir: *Anwalt bei mysteriösem Einbruchversuch erschossen!*

Er schaute zum Mac hinüber. Gott sei Dank hatte ich den Drucker noch nicht angeschaltet. Ich machte mich hinter meinen Vorhängen so klein wie möglich. Zu meinem großen Entsetzen stellte ich dann fest, daß meine Turnschuhe hervorlugten. Sie waren gerade den entscheidenden Zentimeter zu lang.

Für einen Moment rechnete ich ganz sicher mit meiner Entdeckung, doch als ich schon darauf wartete, daß er mir jetzt den Vorhang vom Gesicht reißen würde, knarrte die Haustür. Ein Windstoß hatte sie geöffnet.

Er fuhr herum und ging hinaus in die Diele, wo ich ihn leise fluchen hörte. »Verdammtes Frauenzimmer. Lernt auch nie, die Tür richtig zuzumachen!« Das klang wie Musik in meinen Ohren.

Wütend knallte er die Tür ins Schloß, knipste das Licht aus und ging wieder in den ersten Stock, ohne sich die Vorhänge genauer anzusehen.

Ich blieb noch lange in meinem Versteck, ehe ich mich wieder zum Computer wagte. Meine Hausdurchsuchung mußte abgeblasen werden, doch das, was ich der Festplatte entlockt hatte, wollte ich gern mit nach Hause nehmen. Das Problem war das verdammte Klangsignal, das sich einstellte, wenn der Schirm wieder eingeschaltet wurde. Dieses Geräusch mußte gedämpft werden, sonst würde ich den Hausbesitzer ein zweites Mal wecken.

Ich holte eine Decke vom Sofa und konnte damit und mit einigen Kissen die Lautsprecher dämpfen. »Pling!« Das war schon um einiges leiser.

Ich ging kein unnötiges Risiko ein, sondern wartete einige Minuten draußen in der Diele, fluchtbereit, bis ich die Bahn für frei hielt.

Ich wagte nicht, den Laserdrucker einzuschalten. Der machte zuviel Lärm. Ich kopierte statt dessen die Dateien auf die Diskette, die ich mitgebracht hatte, und versuchte dabei nervös, die Treppe im Auge zu behalten.

Ich war in Schweiß gebadet. Ich mußte machen, das ich hier wegkam. Das Ganze war einfach zu gefährlich.

Ich überprüfte ein letztes Mal, daß ich nichts vergessen hatte, dann schlich ich durch das Zimmer und hinaus auf den Flur. Die verdammte Tür klemmte schon wieder und ließ sich nur mit Mühe öffnen. Kein Wunder, daß die Hausherrin Probleme mit dem Abschließen hatte.

Ich versuchte, die Tür ganz leise hinter mir ins Schloß zu

ziehen, aber das war einfach unmöglich, wenn ich nicht einen Höllenlärm machen wollte. Ich hätte all meine Kraft aufwenden müssen, und das wollte ich nicht riskieren. Deshalb ließ ich die Tür angelehnt und hoffte, daß er das erst am nächsten Morgen bemerken würde, oder mehr noch, daß seine Frau nach Hause käme, ehe er die Tür selber öffnete.

Ich atmete erleichtert auf, als ich wieder auf der Straße stand und mich in den Jaguar setzen konnte. Meine Hände zitterten doch sehr, als ich mir ein Zigarillo anzündete, während ich vorsichtig zur Stadt zurückfuhr.

Eins machte mir zu schaffen. Mein nervenaufreibender Aufenthalt hinter den Stenersenschen Vorhängen hatte mich dermaßen verwirrt, daß ich vergessen hatte, meine Handschuhe anzuziehen, als ich mich zum zweiten Mal über den Mac hergemacht hatte. Ich hatte sie vorher ausgezogen, weil mir so warm gewesen war.

Vermutlich spielte das keine Rolle. Es gab schließlich keinen Grund, daß irgendwer nach Fingerabdrücken suchen sollte. Aber mir mißfiel die Vorstellung, auf diese Weise meine Visitenkarte hinterlassen zu haben. Todsünde Nummer eins für einen Profi.

Das Leben als Einbrecher ist eben arg anstrengend. Das hatte ich mehr als einmal von meinen Mandanten gehört. Und ich neigte dazu, diese Meinung zu teilen.

Am nächsten Morgen überflog ich beim Frühstück die Ausdrucke, die mein schlichter Drucker der in der Nacht beschriebenen Diskette entnommen hatte.

Eins konnte ich feststellen. Henrik Hermansen war Kunde der Galerie Artemis gewesen. Er hatte dort im Laufe des vergangenen Jahres mehrere große Investitionen getätigt. Er war ein qualifizierter und leidenschaftlicher Kunstsammler gewesen, das hatte ich bereits den Nachrufen entnommen.

Hermansen und Stenersen hatten noch eine weitere Gemeinsamkeit: Beide hatten sie Elvis gekannt.

Die anderen Namen auf der Kundenliste sagten mir nichts. Die E-Mail-Liste bestand für mich aus böhmischen Dörfern. Ich sah immerhin, daß die meisten Adressen sich in Norwegen befanden, es gab jedoch auch einige im Ausland: Schweden, Dänemark, Deutschland und Belgien.

Der norwegische Rundfunk konnte mitteilen, daß das verschwundene Mädchen noch nicht gefunden worden war. Im Fernsehen gab es Bilder und Beschreibungen, und die Mutter flehte den Entführer an, sich zu besinnen.

In der Einsatzzentrale der Polizei strömten die Tips herein. Zuletzt war die Kleine angeblich auf der Fähre von Helsingborg nach Helsingør gesehen worden, unterwegs nach Kopenhagen. Die Grenzübergänge nach Deutschland wurden überwacht, Interpol war eingeschaltet worden.

Ich hatte das widerliche Gefühl, daß es für die kleine Anna Nilsen bereits zu spät war. Ein Sexualverbrecher, der seinen Willen gehabt hatte, hätte sie längst schon freigelassen, falls sie noch lebte. Falls nicht ihr Vater mit der Sache zu tun hatte. Aber der schien unfähig zu einer organisierten Entführung zu sein.

Ich machte mit Hulda einen langen Sonntagsspaziergang in der Hoffnung auf neue Inspiration, die jedoch ausblieb. Ich war so klug als wie zuvor.

Als ich später an diesem Nachmittag im Treppenhaus stand und mich an meinen Schlüsseln zu schaffen machte, um die Wohnungstür aufzuschließen, hörte ich das Telefon quengeln. Ich ließ mir Zeit, aber das Klingeln wollte nicht verstummen.

»Ja«, sagte ich müde. »Hier Svend.«

Es war Wilhelm Mørk. »Wo bist du heute gewesen?« Er

wartete nicht auf meine Antwort. »Tu dir einen Gefallen und schau sofort bei mir vorbei. Ich bin im Büro.« Er hatte aufgelegt, noch ehe ich protestieren konnte. Und in seiner Stimme hatte ein beunruhigender Unterton gelegen.

Auf dem Revier war mehr los als sonst an einem öden Sonntagnachmittag. Unbekannte wuselten umher, vor dem Haus standen Pressewagen, ungewöhnliche viele Beamte taten Dienst.

Ich ging schnurstracks zu Mørks Büro. »Was ist denn los?«

»Setz dich«, sagte Mørk ruhig und schloß die Tür. »Was hast du heute nacht eigentlich getrieben? Und wo?«

Ich zuckte mit den Schultern. »Warum fragst du?«

»Hast du ein Alibi für den Zeitraum zwischen Mitternacht und drei Uhr morgens?«

»Ich lebe allein. Hast du normalerweise für deine Nächte ein Alibi?«

»Ich brauche das nicht so dringend wie du«, erwiderte Mørk trocken. »David Stenersen wurde letzte Nacht in süßem Schlummer in seinem eigenen Bett ermordet. Hast du dazu etwas zu sagen?«

Das Streichholz, mit dem ich gerade mein Zigarillo anzünden wollte, rutschte mir aus den Fingern und hätte fast ein Loch in meine Jeans gebrannt, ehe ich mich zusammenraffen konnte. »Was? Umgebracht? Wie k-k-konnte das passieren?«

»Er wurde nicht einfach nur umgebracht. Er wurde geschlachtet und so gut wie kastriert. Mit einem scharfen Messer aus seiner eigenen Küche. Er war total durchlöchert. Die meisten Stiche saßen im Bereich zwischen Bauch und Knien.«

Er musterte mich forschend. »Die Kripo hat den Fall schon an sich gerissen. Ich habe nicht direkt damit zu tun. Aber die ganze Truppe ist zusammengerufen worden. Wir überprüfen gerade die üblichen Verdächtigen. Soll ich dich auf die Liste setzen?«

Ich versuchte, ohne großen Erfolg, mich zusammenzureißen, doch in meinem Kopf herrschte das Chaos. »Wann ist er umgebracht worden?«

»Das wissen wir nicht genau. Bis auf weiteres nehmen wir an, daß es zwischen eins und drei passiert ist. Seine Frau hat ihn gefunden, als sie heute gegen Mittag aus Oslo zurückkam. Noch gibt es keine Hinweise auf einen Einbruch, aber die Technik ist noch immer im Haus am Werk. Meistens finden sie etwas«, fügte er säuerlich hinzu. »Also, was ist? Hast du was dazu zu sagen?«

In diesem Moment klingelte Mørks Telefon, was mir einen willkommenen Aufschub bescherte. Er hörte zu, wie jemand einige Mitteilungen kläffte, dann sprang er auf. »Warte einen Moment«, sagte er zu mir.

Ich wäre am liebsten davongestürzt, zwang mich aber, sitzen zu bleiben.

Weil mir nichts Besseres einfiel, schaute ich mir die Papiere an, die vor Mørk auf dem Schreibtisch gelegen hatten. Im Postausgangskorb fand ich einen Ordner mit einem bekannten Namen. Henrik Hermansen.

Meine Abneigung dagegen, in den Unterlagen der Polizei herumzuschnüffeln, hatte ich rasch überwunden und schlug neugierig den Ordner auf. Der Fall galt als erledigt, Todesursache: Unfall.

Ich blätterte in den Papieren. Zwei Fotos fielen heraus, die im Krankenhaus gemacht worden waren. Ich wollte wissen, wie dieser Hermansen ausgesehen hatte.

Die Bilder zeigten einen großen, kräftigen alten Mann, der anscheinend in guter Form war. Nasse graue Haare umkränzten den kahlen Schädel.

Ich schaute genauer hin. Mit seinem linken kleinen Finger stimmte etwas nicht. Dieser Finger war seltsam schief gewachsen. Ich hätte schwören können, diesen Finger schon einmal gesehen zu haben. Und auch den Ring, der daran steckte.

Henrik Hermansen hatte im Pornofilm die zweite Hauptrolle gespielt.

Plötzlich wurde ich in eine aufdringliche Wirklichkeit zurückgeholt. Mørk riß den Ordner an sich und knallte die Tür zu. »Hast du nichts Besseres zu tun, als in meinen Unterlagen herumzuschnüffeln?« Er ließ sich in seinen Sessel fallen. »Ein Zeuge hat sich gemeldet und von einem Auto erzählt, das heute nacht irgendwann vom Tatort weggefahren ist.« Er musterte mich forschend. »Dieser Zeuge war nicht ganz nüchtern und auf dem Heimweg von einem Fest.«

Das gefiel mir gar nicht. Der Jaguar war unverkennbar. Ich räusperte mich. »Und was war das für ein Auto?«

»Er hielt es für einen älteren VW.« Mørk wurde sichtlich ungeduldig. »Hör zu. Ich weiß nicht einmal, ob ich dich aus dem Scheinwerferlicht heraushalten kann. Aber ich muß auf jeden Fall wissen, was du weißt. Spuck aus!«

Ich seufzte. Er hatte recht. »Ich war in dem Haus. Aber ich bin schon vor eins wieder gegangen. Und da war alles in Ordnung.« Ich faßte für Mørk meine Expedition kurz zusammen.

»Ich habe keine Spuren hinterlassen«, sagte ich optimistisch. Dabei saßen meine Fingerabdrücke überall auf dem Computer und vermutlich auch an der Haustür, ich hatte doch vergessen, die Handschuhe wieder anzuziehen.

Die Polizei hatte meine Fingerabdrücke zwar noch nicht. Aber wenn sie Grund zu der Annahme fände, ich sei in die

Sache verwickelt, dann würde Rønningen zweifellos nur zu gern dafür sorgen, daß ich im Register landete. Und dann mußte ich versuchen, meine beiden legitimen Besuche im Haus als Erklärung zu nennen.

»Du mußt damit rechnen, daß du befragt wirst. Katja Stenersen kennt schließlich dein Interesse an ihrer Familie. Und vergiß nicht, daß die Kripo nicht alles schluckt. Du mußt dir genau überlegen, was du sagst. Offenbar ist im Haus nichts gestohlen worden, die Theorie vom hergelaufenen Einbrecher trägt also nicht.« Er klang nicht besonders optimistisch, was mein weiteres Schicksal anging.

Ich hielt es für angebracht, das Thema zu wechseln. »Hör zu«, sagte ich. »Mir macht noch etwas anderes zu schaffen. Vor zwei Tagen habe ich Stenersens Galerie besucht. Die Galerie Artemis. Und auf dem Parkplatz hinter dem Haus hatte ich das Glück, einem gewissen Exjugoslawen zu begegnen. Dem, vor dem du mich gewarnt hast. Du hattest ganz recht. Er war nicht gerade bester Laune.«

Ich erzählte, was passiert war. »Rate mal, was er für ein Auto hat!«

Wilhelm Mørk war ein guter Rater.

»Wir sollten da etwas unternehmen, Mørk. Überleg dir das mal, wo du schon hier sitzt. Ich geh' zu den Schachfiguren nach Hause.«

Ich fühlte mich bei weitem nicht so ruhig, wie ich es vorzutäuschen versuchte.

15

Der brutale Mord in Tønsberg war die Sensationsmeldung in den Nachrichtensendungen des Abends. Sogar Anna Nilsens unerklärliches Verschwinden wurde in der Dringlichkeitsliste nach unten verschoben.

Zum zweiten Mal innerhalb kurzer Zeit war ein friedlicher Tønsberger Bürger von einem Eindringling ermordet worden, während er den Schlaf des Gerechten schlief. Wachgesellschaften und Alarmsystemhersteller gingen goldenen Zeiten entgegen.

Die Schachfiguren hatten ihre Ruhe. Mir war eine Idee gekommen. Altes Gewohnheitsdenken hatte mich Franks Genuschel als »Stoff« interpretieren lassen. Aber wenn ich mich nun verhört hatte?

Ich suchte nach Wörtern, die sich so ähnlich anhörten wie »Staff«, aber ich fand nichts. Weder Kreuzworträtsel- noch Synonymwörterbücher halfen weiter. Doch wenn das Wort, das Frank mir zu vermitteln versucht hatte, nun ein englisches gewesen war, und wenn es deshalb nicht mit a geschrieben wurde, sondern mit u? Aus purem Vorurteil war ich natürlich nicht auf die Idee gekommen, Frank könne sich auf englisch ausdrücken. Deutsch hätte mich schon weniger gewundert.

Stuff, suff oder etwas Ähnliches?

Das sagte mir jedoch alles nichts. Zum Glück verfügte ich über allerlei Hilfsmittel. Mein Mac hatte Internet-Zugang, und ich gab diese Wörter in die Suchmaschinen ein.

Und bei »snuff« wurde ich fündig. Was dann auf dem Bildschirm auftauchte, jagte mir kalte Schauer über den Rücken. »Snuff« ist ein Slangausdruck für eine bestimmte Art von Gewaltporno. Eine Bezeichnung für Filmaufnahmen, bei denen die Beteiligten nicht spielen, sondern die Handlung wirklich stattfindet.

Es gab mehrere Verweise auf dieses Thema, die sich auf Romanliteratur und Artikel bezogen. Ein Buch eines bekannten norwegischen Kriminaljournalisten trug den Titel »Snuff«. Die Handlung spielte sich in einer solchen Szene in Skandinavien ab.

In gewissen Kreisen, die sich ungestört über nationale Grenzen bewegten, florierte nach dem Bericht eines Kinderhilfswerkes der Handel mit Filmen, die Folter, Sexualsadismus und Mord zeigten. Menschen wurde darin im wahrsten Sinne des Wortes vor laufender Kamera die Haut abgezogen.

Die exklusivsten Aufnahmen zeigten Kinder und Jugendliche. Je jünger, desto besser. Oft handelte es sich um Kinder aus anderen Ländern, die zu diesem Zweck entführt, verkauft und mißbraucht wurden. Der Wert solcher Filme stieg im umgekehrten Verhältnis zu den braunen Hautpigmenten. Weiße Kinder waren ganz besonders gefragt und brachten entsprechend Geld. Und an Käufern schien es nicht zu mangeln.

An dieser Stelle hätte ich die Polizei einschalten müssen, aber nach allem, was ich angerichtet hatte, war das nicht mehr möglich. Wahrscheinlicher war schon, daß sie zu mir kommen würden.

Wilhelm Mørk saß noch immer in seinem Büro, als ich anrief. »Ich muß mit dir sprechen«, sagte ich mit eindringlicher Stimme. »Sofort. Kannst du vorbeikommen, wenn du Feierabend machst, oder willst du die ganze Nacht auf der Wache verbringen?«

»Das ist nicht unmöglich. Wir sind hier kurz vor dem Überkochen. Bei Stenersen sind jede Menge Spuren gefunden worden. Ich gehe davon aus, daß im Laufe dieser Nacht noch jemand verhaftet wird. Und du kannst ganz ruhig bleiben. Du bist nicht der erste, den sie holen werden.«

»Was für Spuren?«, fragte ich kleinlaut.

»Fußabdrücke, Haare, Fingerabdrücke an der Tür. Alles, was nötig ist, um jemandem diesen Mord anzuhängen. Das Messer ist abgewischt worden, aber nicht gut genug. Auch daran sitzen Fingerabdrücke. Sieht aus, als hätte David Stenersen letzte Nacht Damenbesuch gehabt. Von einer Rothaarigen mit Schuhgröße 37.«

Das klang gar nicht gut.

»Aber die Kripo steht trotzdem vor einem Rätsel. Am Tatort sind noch weitere nichtidentifizierte Fingerabdrücke und Fußspuren entdeckt worden.«

Das gefiel mir überhaupt nicht.

»Nichts weist auf einen Einbruch hin, und das macht ihnen Probleme. Vielleicht solltest du ihnen deine Hilfe anbieten.«

Die Beschreibung paßte auf Lisa Marie Kristiansen. Sie konnte einen Blick in meine Papiere geworfen haben, als sie in der Kanzlei auf mich wartete. Ich war dumm genug gewesen zu notieren, daß ich an diesem Samstag David Stenersen einen Besuch abstatten wollte. Sie konnte mich verfolgt und die Gelegenheit genutzt haben, als ich bei Verlassen des Hauses die Tür offen gelassen hatte. Sie konnte ja einfach hineingehen. Und ich hatte auf der Straße vor dem Haus einen alten VW gesehen. Außerdem hatte Lisa Marie das älteste und beste Motiv der Welt, um den Kerl abzumurksen. Rache.

Ich traute ihr Temperament und Kraft zu, aber war sie wirklich zu einer solchen Tat in der Lage? Etwas an ihr ließ mich daran zweifeln. Schließlich hatte sie es doch gerade erst geschafft, wieder auf die Beine zu kommen.

Aber egal, ich wußte ja, wie schwer es sein konnte, da auch zu bleiben. Bei unserer letzten Begegnung hatte sie nicht ganz so solide gewirkt. Und jetzt hatte sie ihr Leben in den Teich gefahren, während ich in der Gefahr schwebte, vom Sog mitgerissen zu werden.

Ich mußte mit ihr sprechen.

»Bis dann«, sagte ich nervös. »Komm sobald wie möglich. Aber ruf mich zuerst an, für den Fall, daß ich nicht zu Hause bin. Ich muß noch kurz weg.«

Ich hatte mir irgendwo Lisa Maries Adresse notiert, aber die Unterlagen befanden sich in der Kanzlei. Dort mußte ich auch noch etwas anderes erledigen.

Die E-Mail-Adressen, die ich aus Stenersens Computer kopiert hatte, enthielten insgesamt achtunddreißig kryptische Namen. Die wollte ich in einen lesbaren Text übersetzen, um zu sehen, wer wirklich auf der Liste stand. Solche Register wurden schließlich nicht ohne Grund eingerichtet. Die Internetprovider hatten sicher ihre Kundenlisten, aber ich ging davon aus, daß ich nicht einfach die Auskunft anrufen und mir alles erzählen lassen konnte.

Die Kanzlei war dunkel und verlassen. Ich hatte die Eingangstür sehr sorgfältig hinter mir abgeschlossen. Trotzdem war ich unruhig.

Was ich jetzt brauchte, war ein Computerexperte, einer, der Zugang zu den Registern hatte und meine Probleme verstehen konnte.

Aber zuerst suchte ich Lisa Maries Adresse. Sie wohnte mitten in der Stadt und war zu Fuß gut zu erreichen.

Durch allerlei Telefonate und mit Hilfe des Computerfreaks unserer Kanzlei, den ich zu Hause erwischte, konnte ich mir am Ende einen kompletten Überblick über die norwegischen Teilnehmer in Stenersens Register verschaffen.

Mit einer Ausnahme sagten deren Namen mir nichts. Auch auf dieser Liste war Henrik Hermansen vertreten. Ein Schock war das nicht für mich. Die norwegischen Adressen waren über das ganze Land verteilt, die meisten jedoch befanden sich in Oslo.

Es war erst halb zwölf. Mørk hatte sich nicht gemeldet, deshalb machte ich mich auf den Weg zu Lisa Marie. Hulda diente mir dabei als Alibi. Ein einsamer Mann, der an einem dunklen Abend durch die Stadt wandert, erregt Verdacht. Einer, der seinen Hund Gassi führt, flößt Vertrauen ein.

Das Haus war einsam und düster, eine alte Villa im Obstgartenviertel, auch Eisenbahnschleife genannt. Irgendwann im Laufe des Wirtschaftsbooms der letzten Jahre hatte ein Spekulant mit guter Nase für den Wohnungsmarkt und besten Verbindungen zum Sozialamt das Haus gekauft und in kleine Wohnungen aufgeteilt.

Der alte Käfer stand vor dem Haus auf der Straße.

Die Haustür war angelehnt, und da es keine Klingel gab, ging ich einfach hinein. Im Flur brannte Licht, deshalb konnte ich mich orientieren. Im Erdgeschoß gab es drei Wohnungen, ich versuchte mein Glück als erstes mit der einfachsten Alternative. Dort stand die Wohnungstür nämlich sperrangelweit auf.

»Lisa Marie, bist du da?« Keine Antwort, deshalb befahl ich Hulda, sich hinzulegen, und ging vorsichtig hinein.

Ich stand sofort in einer Küche. Im Licht, das vom Flur hereinfiel, konnte ich sehen, daß es sich um ein schlichtes, aber hübsches Zimmer handelte, in dem jemand versucht hatte, heimelige Gemütlichkeit herzustellen. Die Blumen auf dem Tisch verrieten mir, daß hier aller Wahrscheinlichkeit nach eine Frau wohnte.

Die Wohnung roch frischgestrichen. Die Tür zum Nebenzimmer war verschlossen. Ich klopfte an und wartete mit dem Öffnen nicht lange.

Das Zimmer war dunkel, die Vorhänge waren geschlossen, es roch muffig. Ich tastete nach dem Lichtschalter.

Viele Möbel gab es nicht. Auf dem Schlafsofa lag Lisa Marie Kristiansen, vollständig angezogen, ihre charakteristischen roten Haare flossen über das Bettzeug. Sie hatte nicht einmal ihre Lederjacke abgelegt. Der Couchtisch neben ihr war übersät von Flaschen, Gläsern und Pillenschachteln.

Für einen entsetzlichen Moment war ich sicher, daß sie tot war.

Doch dann hob sie den Kopf und glotzte mich vage an. Ihr sonst so lebhaftes Gesicht war bleich und ganz und gar ausdruckslos.

»Lisa Marie«, sagte ich leise und nahm vorsichtig ihre Hand. Die war eiskalt. »Du brauchst Hilfe. Ich bin noch immer dein Anwalt. Was ist passiert?«

Genauso gut hätte ich mit der Wand sprechen können. Lisa Marie schien mich nicht zu hören. Sie war sehr weit weg.

Ihr Puls war kaum zu spüren. Sie brauchte einen Arzt.

Ehe ich überlegt hatte, was ich tun sollte, entdeckte ich weiter hinten auf der Straße Blaulicht.

Ich faßte ganz schnell einen Entschluß. Ich knipste das Licht aus, lief auf den Flur, schnappte mir Hulda und schlüpfte in dem Moment durch die Hintertür, als etwas, das sich anhörte wie die gesamte Bereitschaftstruppe, ins Haus getrampelt kam.

Ich drückte mich, gefolgt von Hulda, an der Hausmauer

entlang, verschwand hinter den Apfelbäumen und kletterte in Nachbars Garten hinüber.

Dort saßen wir dann sicher in der Dunkelheit und sahen zu, wie Lisa Marie fortgeschafft wurde. Sie hing benommen zwischen zwei riesigen Polizisten, ihre Füße schlurften über den Kiesweg, ihre Jacke schlotterte ihr um den Leib. Die roten Haare umstoben nicht mehr wie eine Wolke ihren Kopf, sondern hingen schlaff auf ihre Schultern hinunter.

Sie wurde unsanft in den Streifenwagen geschoben, während Leute von der Straßenwacht den alten Käfer auf den mitgebrachten Lastwagen hievten und die Kriminaltechnik in der Wohnung Scheinwerfer aufstellte.

Vor meinen Augen zerfiel Lisa Maries neues Leben zu Schutt und Asche.

Ich mußte etwas unternehmen. Was immer Lisa Marie getan haben mochte, einen Interessenkonflikt zwischen uns beiden konnte es auf jeden Fall geben. Ich lief Gefahr, in die Sache hineingezogen zu werden. Und dann wäre es unethisch, noch weiter als ihr Anwalt zu fungieren.

Das Mobiltelefon in meiner Tasche meldete sich. Es war Mørk. »Bist du so weit? Ich bin in einer Viertelstunde bei dir. Die Lage hier hat sich etwas beruhigt. Gleich wird eine Verdächtige gebracht. Elvis' Schwester. Es sieht trübe für sie aus.«

»Das weiß ich«, sagte ich müde. »Ich bin gleich zu Hause.«

Ich hatte die Wohnung gerade erst betreten, als auch dort das Telefon klingelte. Es war inzwischen fast ein Uhr morgens.

»Spreche ich mit Svend Foyn?« Das war eine bekannte Stimme. Die der Polizeirätin Anne Rønningen.

»Leider ist mitten in der Nacht sonst niemand hier.«

Sie schnaubte. »Ich muß dir mitteilen, daß wir eine Person

festgenommen haben, die allem Anschein nach mit dem Mord an David Stenersen zu tun hat«, verkündete sie mit gemessener Stimme. »Die Betreffende heißt Lisa Marie Kristiansen. Sie behauptet, du seist ihr juristischer Berater.« Frau Rønningen konnte wirklich ironisch sein. »Ist das korrekt?«

»Im Grunde schon«, sagte ich. »Wenn auch in einem ganz anderen Zusammenhang.« Womit ich die Wahrheit ein wenig gedehnt hatte. »Soll ich sie verteidigen?«

»Davon hat sie nichts gesagt. Bisher hat sie überhaupt keine Aussage machen können. Sie ist alles andere als nüchtern. Wir werden sie morgen früh um neun dem Untersuchungsrichter vorführen. Wenn du eine Stunde vorher in mein Büro kommst, wirst du alles Nähere erfahren.«

Ich hatte kaum aufgelegt, als Wilhelm Mørk hereingetrampelt kam. Er sah ausnahmsweise einmal müde aus. »Das war Rønningen, oder?« Er zeigte auf das Telefon.

Ich nickte.

»Der Fall ist doch klar. Schade, daß die Kleine ihr Leben dadurch ruiniert, daß sie dieses Schwein abgemurkst hat.«

»Vergiß das erstmal«, sagte ich. »Es gibt noch dringlichere Dinge. Sagt dir der Begriff ›Snuff-Filme‹ etwas?«

»Ich habe davon gehört, ja.«

»Realistische Filmaufnahmen. Das hätte ich schon längst kapieren müssen. Vergewaltigung, Folter, Mord. Alles vor laufender Kamera. Das hat Frank mir zu sagen versucht«, sagte ich. »Die beiden Mädels, die bei ihm gewohnt haben und die jetzt verschwunden sind, was glaubst du wohl, was die machen?«

Er starrte mich an und kam mir überhaupt nicht mehr müde vor. »Ich verstehe. Hast du irgendeine Vorstellung, wo das vor sich gehen soll?«

»Wir haben immerhin die Galerie Artemis«, sagte ich nachdenklich. »Es kann da passieren. Aber eigentlich kann ich mir das nicht vorstellen. Mitten in der Stadt? Das wäre zu riskant. Im Haus wohnen doch Leute.« Ich steckte mir ein Zigarillo an. »Wir haben nicht viel Zeit. Verdammt wenig Zeit sogar. Diese jungen Leute, die mich um Hilfe gebeten haben, werden bald allesamt über den Jordan gegangen sein. Elvis, Frank und jetzt Lisa Marie. Und es können noch mehr werden.«

Ich hatte eine Art Plan und brauchte Mørks Hilfe.

»Hör zu. Morgen fahre ich nach Oslo und sehe mir Stenersens Galerie genauer an. Und du könntest etwas für mich tun. Ich muß schnellen Zugang zum Register der Autokennzeichen haben. Kann ich dich anrufen und das auf diese Weise erledigen?«

Mørk nickte. »Kein Problem. Wenn du mir ein paar Minuten gibst, kriege ich das hin. Aber sei vorsichtig, sonst machen diese Jugos Hundefutter aus dir. Ich mache keine Witze. Es wäre nicht das erste Mal, daß jemand sich auf diese Weise unliebsame Leute vom Hals schafft.«

Weit hinten in meinem Bewußtsein ertönte eine Alarmglocke, aber ich war so erschöpft, daß ich das Signal kaum wahrnahm.

Wilhelm Mørk verschwand. Ich war dermaßen müde, daß ich nicht einschlafen konnte. Zu allem Überfluß wollte Eva Lunde mir nicht aus dem Kopf. Und schon am nächsten Morgen mußte ich bei Rønningen antreten.

Ich war ein Wrack, als der Wecker mich aus dem Schlaf riß, und ich konnte Rønningens Zeitvorgabe nur mit großer Mühe einhalten.

Die Polizeirätin provozierte mich wie üblich dadurch, daß sie nicht aufblickte, als ich ihr Büro betrat.

Ich ließ mich ungebeten in den Besuchersessel sinken. Erst als ich mir ein Zigarillo ansteckte, reagierte sie.

»Du weißt genau, daß Rauchen hier verboten ist«, sagte sie gereizt.

»Ich bin nicht hergekommen, um mich über die Raucherregelung belehren zu lassen. Du wolltest mit mir sprechen. Jetzt hast du die Gelegenheit.« Scheißkuh!

Endlich legte sie ihre wichtigen Papiere beiseite. »Es ist ganz einfach. Lisa Marie Kristiansen hat bereits von sich aus zugegeben, daß sie Stenersen umgebracht hat, um ihren Bruder zu rächen, und daß es keine Mittäter gibt. Die Haustür stand offen, deshalb ging sie einfach hinein. Der Zeitpunkt stimmt mit unseren vorläufigen Untersuchungen überein. Es gibt jede Menge technische Beweise, und es wird noch mehr geben. Wir warten auf die Laborbefunde. Stenersen wurde mit einem großen, scharfen Küchenmesser aus dem Haus getötet. Und die Mordwaffe zeigt die Fingerabdrücke der Verdächtigen.«

»Hört sich an, als brauchtet ihr gar keinen Prozeß mehr zu führen«, sagte ich ironisch. »Das ist teuer, weißt du.«

Ihre Wangen wiesen jetzt rote Zornflecken auf, und ich wußte, daß ich mich lieber in acht nehmen sollte.

»Sie sagt, sie will keinen Anwalt. Aber wenn sie schon deine Mandantin ist, solltest du dir die Sache vielleicht einmal ansehen.«

»Ich kann ihr nicht gerade von großem Nutzen sein«, sagte ich langsam. »Ich werde ihr raten, sich einen anderen zu nehmen. Nach der Vorführung möchte ich mit ihr sprechen, und dann werde ich ihr das sagen.«

Der Termin vor dem Untersuchungsrichter lief wie geschmiert. Acht Wochen mit Post- und Besuchsverbot.

Ich konnte noch die Forderung nach ärztlicher Betreuung durchdrücken, ehe die formellen Verhöre begannen. Außerdem mußte ein neuer Verteidiger benannt werden. Ich ging davon aus, daß sie einen von den festen holen würden. Das hier war kein Fall von Prestige.

Lisa Marie Kristiansen sah nicht gut aus, sondern sogar noch elender als in der Nacht. Sie war wohl nicht mehr ganz so gedopt, aber das war die einzige sichtbare Veränderung. Sie kam mir apathisch vor.

Allergnädigst wurden mir einige Minuten gewährt.

»Verstehst du, was hier abläuft, Lisa Marie?«

Sie nickte träge.

»Hast du Stenersen umgebracht?«

Sie nickte noch einmal. »Ja.«

»Warum hast du das getan?«

Ich glaubte, irgendwo tief in ihren grünen Augen einen Funken von ihrem alten Temperament ahnen zu können.

»Was meinste wohl?«

»Hattest du vor, ihn umzubringen, als du zu seinem Haus gegangen bist?«

»Scheiße, ja.«

»Wie bist du hineingekommen?«

»Die Tür war offen.«

»Hast du außer Stenersen noch andere gesehen?«

Sie schlug die Augen nieder und schüttelte unmerklich den Kopf. Ich war nicht so sicher, ob das die Wahrheit war. Sie konnte mich ja durchaus gesehen haben.

»Wo befand Stenersen sich, als du ihn entdeckt hast?«

Sie blickte mich träge an. »Im Bett.«

»Im Schlafzimmer?«

»Ja.«

»Ist er aufgewacht, als du hereingekommen bist?«

»Nein.«

»Womit hast du ihn erstochen?«

»Dem Messer.« Ihr Flüstern war fast nicht zu hören. »Dem Messer.«

Warum sagte sie, dem Messer, und nicht einfach einem Messer?«

»Woher hattest du das Messer?« Sie schwieg. Ich wiederholte meine Frage. »Du mußt doch wissen, woher du das Messer hattest!«

»Vergessen.« Dann schwieg sie wieder.

Ich konnte nicht mehr aus ihr herausholen und gab auf. Die Situation gefiel mir nicht. Ich glaubte nicht, daß sie mir alles erzählt hatte, und ich war ziemlich sicher, daß ich von ihr gesehen worden war.

Wann war sie eigentlich gekommen? Der VW war gleich hinter mir dort eingetroffen. War sie gleichzeitig mit mir im Haus gewesen? Die Fragen standen Schlange. Ich wußte nicht, ob die Polizei diese Fragen aufgreifen würde. Sie hatten doch alles, was sie brauchten. Geständnis, technische Beweise, Motiv.

»Du wirst einen neuen Anwalt bekommen, der wird deine Interessen vertreten. Aber du mußt die Wahrheit sagen, die ganze Wahrheit. Und melde dich bei mir, wenn du darüber reden willst. Kann ich dir irgendwie helfen, brauchst du etwas?«

Sie schüttelte nur vage den Kopf, und ich gab mich geschlagen. Hoffentlich lag alles nur an den Drogen, die ihr noch im Leib steckten. Mir kam sie fast psychotisch vor. Es war unmöglich, die lebhafte Frau wiederzuerkennen, die vor nur zwei Wochen mein Büro betreten hatte.

Ich atmete erleichtert auf, als ich wieder ins schöne Herbstwetter hinaustrat. Es war ein wunderbares Gefühl, sich auf freiem Fuß zu befinden.

Lisa Marie Kristiansen tat mir leid. Sie war in eine Situation hineingerutscht, über die sie dann die Kontrolle verloren hatte und an der ich nicht ganz unbeteiligt war.

Aber die ganze Sache wäre ohnehin zum Teufel gegangen.

Die Gespenster der Vergangenheit hatten die Sache für Horst Wagners Enkelkinder nicht leicht gemacht.

Ganz andere als Lisa Marie Kristiansen hätten auf die Anklagebank gehört. Wenn sie Glück hatte, würde sie mit zehn Jahren davonkommen. Das Justizwesen mag keine blutigen Morde. Und männliche Richter mögen keine Frauen, die Mannsbildern ihr Werkzeug abschneiden.

Ich lief nach Hause, schnappte mir eine widerwillige Hündin, die ansonsten um diese Tageszeit ihre Ruhe hatte, und steuerte Oslo an. Doch zuerst hatte ich mich davon überzeugt, daß die Galerie Artemis geöffnet hatte. Für ihren Besitzer war es ja schließlich ein ganz besonderer Tag.

Vielleicht waren die Nachrichten aus Tønsberg noch nicht bis in den Kopf der trägen Frau vorgedrungen, die endlich ans Telefon ging. Sie hatten bis halb fünf geöffnet, wurde mir in gebrochenem Norwegisch mitgeteilt.

16

Noch vor zwei Uhr stand ich vor der Galerie Artemis. Den Jaguar hatte ich abermals in einer ruhigen Seitenstraße mit Blick auf die Galerie abgestellt. Und nun konnte ich nur noch beten, daß der Heini, der mich bei meinem letzten Besuch hier beobachtet hatte, nicht wieder sein Interesse an Oldtimern spazierenführte. Ich wollte durchaus nicht von eifrigen Fahndern auf der Jagd nach der weiterhin spurlos verschwundenen Anna Nilsen eingebuchtet werden.

In meiner Tasche steckte die Postliste aus Stenersens Computer, die jetzt in normale Namen und Adressen übersetzt worden war. Meine Kamera mit einem lichtstarken 300-mm-Teleobjektiv lag griffbereit auf dem Sitz.

Ich konnte nur noch warten.

Vier Zigarillos und zwei Zeitungen später passierte etwas. Ein Mann fuhr vor der Galerie vor, schaute sich zweimal nach allen Seiten um und ging dann hinein. Mir gelangen zwei gute Fotos.

Einige Minuten später stand er wieder auf der Straße.

Ich schloß mein Auto ab und machte mich vorsichtig an die Verfolgung.

Der Mann vor mir war Mitte vierzig, groß, schlank und gutangezogen. Er sah beunruhigend selbstsicher aus. Er war nicht die Art Mann, die ich erwartet hatte.

Er hatte einen exklusiven Diplomatenkoffer in der Hand und schien es eilig zu haben. Einen Block weiter blieb er vor einem neuen Saab 9000 stehen und verschwand dann mit ihm den Markvei hoch, ehe ich mehr unternehmen konnte, als mir die Autonummer zu notieren.

Ich kehrte zu meinem Aussichtsposten zurück und rief unterwegs Wilhelm Mørk an. »Wilhelm? Ich habe eine Autonummer. Ruf zurück, sobald du den Besitzer festgestellt hast.«

Schon nach wenigen Minuten lieferte Mørk Namen und Adresse. Ich holte Stenersens Liste hervor.

Es stimmte. Der Mann war einer der Achtunddreißig aus dem Verzeichnis, was aber auch nur heißen konnte, daß er Kunde der Galerie war. Name und Adresse setzten keinerlei Assoziationen bei mir in Gang.

Ich zählte an meinen Knöpfen ab und verlor fast den Mut. Zu Hause in Tønsberg war meine Idee mir so gut vorgekommen. Jetzt war ich unsicher. Eine Konfrontation mit diesem Typen konnte voll in die Hose gehen. Ich hatte das Gefühl, daß er eine Nummer zu groß für mich war. Ich brauchte einen, der sich besser eignete.

In diesem Moment tauchte vor der Galerie ein weiterer Kunde auf. Er war eher von der erwünschten Sorte. Ein kleiner Mickerling um die Fünfzig. Absolut kein Managermodell. Eher von der intellektuellen Sorte, mit graumeliertem Bart und etwas zu langen und zu schütteren Haaren. Gutangezogen, Cordjacke, Jeanshemd, modische Jeans. Über seiner Schulter hing eine kleine Ledertasche. Er sah aus wie ein schülerfreundlicher Studienrat. Einer von Dag Solstads engagierten Gymnasiallehrern.

Er schien sich nicht wohl in seiner Haut zu fühlen. Er lief vor der Galerie hin und her, bis er dann endlich die Tür aufmachte. Vorher hatte er sich zahllose Male umgesehen. Er verhielt sich wie ich damals, als ich mit fünfzehn Jahren zum ersten Mal beim Friseur Kondome kaufen wollte. Ich ließ es mir nicht nehmen, seinen Auftritt zu verewigen.

Sehr schnell kam er wieder zum Vorschein und nahm sich nicht einmal die Zeit, sich umzuschauen, eher er auch schon um die Ecke und dann durch die Toftesgate lief.

Ich folgte ihm in diskreter Entfernung. Es bestand keinerlei Gefahr, entdeckt zu werden. Der Mann hatte es wirklich schrecklich eilig. Ich kam zu dem Schluß, daß er so schnell wie möglich von hier fort wollte.

Er hatte seinen Volvo in der Københavngate abgestellt, auffällig weit entfernt von der Galerie Artemis.

Noch ehe er den Motor starten konnte, hatte ich wieder Mørk an der Strippe. »Neue Autonummer, Wilhelm. DE 97 123. Dunkelblauer Volvo 740 Sedan, ungefähr zehn Jahre alt. Mach schnell.« Ich rannte zu meinem eigenen Wagen zurück und wartete auf Nachricht.

Wieder stellte Wilhelm Mørk seine Effektivität unter Beweis. Er brauchte weniger als fünf Minuten. »Pål Andersen, Lachmannsvei 29 G. Liegt auf Grefsenkollen«, fügte er zur Erklärung hinzu. »Ich habe ihn in unserem Archiv gegengecheckt. Negativ. Universitätsprofessor in Oslo. Physiker.«

»Wie interessant«, sagte ich. Ich hatte also gar nicht so falsch gelegen. »Ich melde mich.« Ich war schon unterwegs nach Grefsenkollen, sah sicherheitshalber aber auf meiner Liste nach.

Ich hatte mich nicht geirrt. Auch Pål Andersen war darauf vertreten.

In Sandaker hielt ich an und bestach den Inhaber des dortigen Fotoladens, statt innerhalb einer Stunde schon in zwanzig Minuten meinen Film zu entwickeln.

Nervös wartete ich vor dem Geschäft. Es ging auf vier Uhr

zu, der Feierabendverkehr hatte eingesetzt. Ich hoffte nur, daß der Mann sich auf dem Heimweg Zeit lassen würde. Ich wollte Professor Andersen einen solchen Schrecken einjagen, daß er sofort zur Zusammenarbeit bereit war. Und ich glaubte, mehr als gute Karten in der Hand zu haben.

Eine halbe Stunde später hielt ich vor Pål Andersens geräumigem Reihenhaus. Der Volvo war nicht zu sehen. Ich war als erster eingetroffen. Die Fahrräder vor dem Haus legten die Vermutung nahe, daß dort auch eine Frau Andersen und zwei Kinder wohnten.

Ich blieb im Jaguar sitzen. Hulda schnarchte seelenruhig auf dem Rücksitz, ich versteckte mich hinter einer Zeitung.

Ich brauchte nicht lange zu warten.

Der blaue Volvo bog um die Ecke und parkte vor dem Haus. Professor Andersen stieg aus und nahm seine Schultertasche und eine Tüte aus dem staatlichen Alkoholladen vom Rücksitz, schloß sein Auto ab und kam nichtsahnend auf mich zu.

Es war Punkt fünf, und es war noch immer Montag. Die kleine Anna Nilsen war seit fast genau drei Tagen verschwunden. Und vor weniger als zwei Tagen war David Stenersens muskulöser Körper mit einem scharfen Messer zerstochen worden, während ich mich vor sechs Stunden von einem siebenundzwanzigjährigen Wrack in einer der Untersuchungszellen der neuen Tønsberger Polizeiwache verabschiedet hatte.

Ich sprang aus dem Jaguar und stellte mich dem Professor in den Weg. Sein Nachmittag würde anders verlaufen als erwartet, wenn es nach mir ging. Keinen Kuchen zum Kaffee, keinen guten Rotwein für die abendliche Zweisamkeit mit der Frau Professor.

»Ich bin Rechtsanwalt Svend Foyn«, sagte ich energisch und hielt ihm meine Karte hin. Ich betonte das Wort »Rechtsanwalt«.

Die Wirkung war deutlich. Er schluckte nervös. »Ja? Worum geht es?« Vergeblich versuchte er, den Überlegenen zu spielen, während er seine Ledertasche umklammerte. Er war ein mieser Schauspieler.

»Geben Sie mir ein paar Minuten«, sagte ich, »dann werden Sie schon verstehen. Dieses Gespräch ist in Ihrem eigenen Interesse.« Ich zog die frischentwickelten Fotos aus der Tasche und hielt sie ihm vors Gesicht. Die Abzüge waren noch feucht. »Sehen Sie sich diese Bilder an, ehe Sie eine Dummheit machen. Sie interessieren sich für Kunst, soviel ich weiß?«

Die Fotoserie gefiel ihm nicht. Er schaute sich um. Aus der Nachbarschaft war keine Hilfe zu erwarten. Im Gegenteil. Zwei ältere Damen, die auf der anderen Straßenseite unterwegs waren, zeigten inzwischen Interesse an uns.

»Was wollen Sie eigentlich?« fragte er nervös und versuchte, sich an mir vorbeizudrängen.

Ich hielt ihn fest. »Ich glaube, Sie wissen das. Wenn Sie tun, was ich Ihnen sage, brauchen wir nicht die ganze Nachbarschaft mit hineinzuziehen.« Ich öffnete meine Autotür. »Setzen Sie sich«, sagte ich dann ruhig und schob einen zögerlichen Pål Andersen auf den Beifahrersitz. Ich selber machte es mir auf dem Fahrersitz gemütlich.

Ich gab ihm keine Gelegenheit zum Nachdenken, sondern zeigte auf seine Schultertasche. »Ich weiß genau, was Sie darin haben. Ich weiß auch, daß es tödlich für Sie wäre, wenn Polizei und Medien davon Wind bekämen.«

Er starrte die Ledertasche an wie eine Bombe.

»Die Universität wird Ihre seltsamen Interessen nicht gerade zu schätzen wissen. Von den Studierenden ganz zu schweigen. Die einzigen, die sich über den Inhalt Ihrer Tasche freuen werden, sind die Journalisten von der Boulevardpresse.«

Er versuchte, die Tür zu öffnen. Der Bursche hatte jetzt Angst.

»Moment!« kläffte ich und zog mein Mobiltelefon hervor. »Ein Tastendruck von mir, und wir haben den Polizisten, der in dieser Sache ermittelt, an der Strippe. Sie werden schon seit längerer Zeit überwacht. Sie können selber entscheiden, was jetzt passiert.«

In dieser Situation empfahl es sich, dick aufzutragen. Ich zeigte den Computerausdruck und tippte auf seinen Namen. Pål Andersen.

Dann packte ich den Professor am Arm. Er war jetzt auffällig blaß und hatte kleine nervöse Zuckungen unter dem einen Auge. Seine Stirn war von Schweiß bedeckt. Seine schlaffen Hände waren klein und kalt. Ich hatte mir den Richtigen ausgesucht.

»Ich gebe dir eine einzige Chance, eine Chance, die du nicht verdient hast«, sagte ich ruhig, aber energisch. »Wenn du genau tust, was ich dir sage, und mir alles erzählst, was du weißt, dann hast du eine Möglichkeit, aus dieser Sache herauszukommen. Was sagst du?«

Ich konnte sehen, daß sein Professorengehirn jetzt unter Hochdruck arbeitete. Aber helfen würde ihm das nicht. Wenn die Tasche das enthielt, was ich annahm, dann steckte er wirklich in Schwierigkeiten.

Um zu zeigen, daß das hier kein Bluff war, schnappte ich mir die Tasche. Ehe er mich aufhalten konnte, hatte ich ihren Inhalt schon auf dem Sitz ausgeleert.

Und da war das Video. Ein schwarzes, anonymes Band. Er versuchte verzweifelt, es an sich zu reißen, aber es war zu spät.

»Na, was sagst du? Arbeitest du mit uns zusammen, oder

ist dir die Öffentlichkeit lieber?« Ich ließ durchblicken, daß ich in engem Kontakt zum Generalstaatsanwalt stand.

Er resignierte und nickte stumm.

Ich ließ den Jaguar an und fuhr langsam auf die öde Gegend beim Solemskog zu.

Er blickte mich besorgt an. »Wohin fahren Sie?«

»Keine Panik. Ich will dich nicht umbringen, auch wenn du das verdient hättest. Ich finde, es liegt in unser beider Interesse, daß wir uns einen friedlicheren Ort für dieses Gespräch suchen.«

Er widersprach nicht mehr.

Ich hielt an einer Bushaltestelle. »Fangen wir mit dem Anfang an«, sagte ich. »Die Galerie Artemis vertreibt verbotene Pornographie, ja? Leckerbissen für verrückte Pädophile.«

Er versuchte, den Ahnungslosen zu spielen.

»Schmink dir das Schauspiel ab. Wenn du nicht mit mir zusammenarbeiten willst, dann bist du erledigt. Dann kannst du dich darauf vorbereiten, daß heute abend die Polizei bei dir auf der Matte stehst. Ich weiß, daß du auf der Kundenliste auftauchst. Wirst du per E-Mail verständigt, wenn es neue Angebote gibt?«

»Ja.« Er räusperte sich und sprach leise, wobei er sich nach einem Ausweg umschaute. Doch den gab es nicht. »Sie verschicken kodierte Mitteilungen. Sie verwenden Symbole.«

»Wie bist du in Kontakt mit dieser Galerie gekommen?«

»Ein Bekannter hat mir den Tip gegeben. Einer, mit dem ich per Internet kommuniziere.« Neuer Schweiß trat auf seine Stirn. Er war jetzt leichenblaß. »Hören Sie mal, ich habe Familie.«

»Das haben die Opfer auch«, fiel ich ihm wütend ins Wort. »Ich habe sogar welche kennengelernt. Du hättest an deine Familie denken sollen, ehe du auf dieses Karussell aufgesprungen bist.«

»Ich kann Ihnen versichern, daß ich niemandem geschadet habe. Ich habe nur Filme und Bilder gekauft.« Sein Schweiß floß jetzt in Strömen, und er rutschte auf dem Ledersitz des Jaguar hin und her.

»Das Zeug wird doch so oder so produziert, meinst du. Das reicht nicht für mich. Und für die Polizei auch nicht. Mit wem hast du in der Galerie Artemis Kontakt gehabt? Sagt der Name Stenersen dir etwas?«

Er schüttelte den Kopf. »Alles läuft über E-Mail. Und mir ist mitgeteilt worden, es sei besser, die Waren persönlich abzuholen. Sie wollen nichts mit normaler Post versenden. Aber ich hatte immer nur mit der Galerieassistentin zu tun.«

Ich ließ mir Zeit und betrachtete Professor Andersen im Profil. »David Stenersen war der Besitzer der Galerie Artemis. Er wurde vorgestern nacht ermordet. In Fetzen zerschnipselt. Die Polizei wird jeden Stein in seiner Nähe umdrehen.«

Ich konnte sehen, daß er von dem Mord noch nichts gewußt hatte.

»Diese Fotoausstellung in der Galerie«, ich redete erbarmungslos weiter. »Haben diese Bilder etwas mit euch zu tun?«

Er nickte beschämt. »In den E-Mails wird auf die Ausstellung Bezug genommen. Die Modelle, die dort vertreten sind, finden sich auch in dem Material, das wir bestellen.«

»Die Kunden können also die Herrlichkeiten schon vor dem Kauf bewundern?« Ich konnte es fast nicht glauben. Was für eine Unverschämtheit.

»Es gibt sie auch im Internet.«

Ich schüttelte den Kopf. »Das glaub' ich dir gerne. Wie lange bist du dort schon Kunde?«

Er zögerte. »Ein Jahr vielleicht.«

Ich sah, daß er log. »Ich könnte schwören, daß du diese Sauerei schon seit Jahren betreibst. Aber vielleicht hast du vorher andere Lieferanten gehabt?«

Er blickte mich verzweifelt an. »Ich habe eine Therapie gemacht. Und ich habe nie etwas Verbotenes getan.«

»Das hier ist verboten!« Ich hielt ihm das Video unter die Nase. Er saß stocksteif da und schaute aus dem Seitenfenster des Jaguar. Für Professor Andersen brach eine Welt zusammen. Fast hätte er mir leid getan.

»Das hier behalte ich«, sagte ich und warf das Video zu Hulda auf den Rücksitz.

»Ich möchte mehr über die Bestellroutine wissen«, sagte ich dann langsam. »Welche Symbole werden verwendet? Raus mit der Sprache«, fügte ich wütend hinzu, als er schwieg. »Denk dran, das ist deine einzige Möglichkeit, dich mit uns zu einigen.«

»Wenn es um ganz kleine Kinder geht, ist es ein Babygesicht.« Er schlug die Augen nieder.

»Sagt dir der Begriff ›snuff‹ etwas?« Ich betrachtete ihn gespannt.

Er zögerte. »Ich weiß, was das ist. In diesem System wird es nicht benutzt. Dafür steht ein R.«

Ich blickte ihn fragend an. »Aha. Und was bedeutet das?«

»Reality. Realistische Aufnahmen.«

»Sind die dir auch schon mal angeboten worden?«

»Einige Male. Aber die Filme sind teuer ...«

»Laß den Scheiß«, sagte ich mit harter Stimme. »Du hast also gekauft.«

Das mußte er zugeben. Sie hatten sich zusammengetan, Professor Andersen und zwei Gesinnungsgenossen. Sie tauschten untereinander aus. Ich wollte nicht mehr hören.

»Es waren ausländische Kinder«, sagte er unaufgefordert.

Ich blickte ihn resigniert an. »Wenn neue Sonderangebote erwartet werden, wird euch das dann vorher mitgeteilt?«

»Das kommt vor, wenn es wirklich außergewöhnlich ist.«

»Außergewöhnlich«, äffte ich ihn nach. »Und was gehört dazu, um die Sache außergewöhnlich zu machen?«

Beschämt starrte er zu Boden. »Vor zwei Tagen kam so eine Meldung. Es gibt bald einen neuen Film. Der wird im Moment aufgenommen. Ich weiß nichts über den Inhalt, nur daß es etwas ganz Besonderes sein soll und nicht aus dem Ausland kommt.«

Ich hatte mehr als genug gehört. Ich ließ den Motor an und fuhr zurück. Professor Andersen saß apathisch neben mir.

Diese Organisation würde bald auffliegen. Ich würde die Kundenliste veröffentlichen. Aber ihm wollte ich die Chance geben, die ich ihm versprochen hatte.

Ich hielt vor dem Reihenhaus an. »Jetzt hast du die Chance deines Lebens. Wenn du irgendwas von diesem Dreck im Haus hast, solltest du es sofort vernichten. In einigen Tagen wird die Polizei bei dir vor der Tür stehen. Und dann solltest du eine gute Erklärung für dein Auftauchen auf der Kundenliste der Galerie Artemis haben.«

Hinter Andersens Küchenfenster sah ich ein neugieriges Frauengesicht. »Ich an deiner Stelle würde in der Galerie ein paar Bilder kaufen. Und zwar sofort. Ganz normale Bilder. Die können dann deinen Listenplatz erklären. Vielleicht reicht das.«

Ich begriff selber nicht, warum ich ihm diesen Gefallen tat.

Ich musterte ihn mit strengem Blick. »Noch was. Du mußt dieses Gespräch ganz und gar für dich behalten, auch deinen Partnern beim Glanzbildtausch darfst du nichts davon sagen. Wenn du gegen diese Abmachung verstößt, bist du erledigt. Ist das klar?«

»Ja, ja. Ich werde niemandem ein Wort verraten.« Er war die Eifrigkeit in Person.

Das Seltsame war, daß der Mann absolut nicht unsympathisch wirkte. Unter anderen Umständen hätte ich ihn als netten Typen bezeichnet. Als Intellektuellen von vielleicht fünfzig, als normalen Akademiker. Bestimmt war er ein tüchtiger Dozent. Einer, mit dem ich sonst gern ein Bier getrunken hätte. Vielleicht hätte er mir sagen können, worum es bei der Quantenphysik eigentlich geht.

»Ich war schon mein ganzes Leben lang so veranlagt. Aber ich habe noch nie ein Kind angerührt. Nie! Meine eigenen Kinder!« Er schlug die Hände vors Gesicht. »Wenn die etwas erfahren.« Er hob den Kopf und blickte mich mit Tränen in den Augen an. »Es gibt viele wie mich. Viel mehr, als Sie ahnen. Gegen die kommen Sie einfach nicht an.«

»Da hast du sicher recht«, sagte ich. »Aber immerhin weiß ich, wer du bist. Von jetzt an mußt du dich mit Phantasien begnügen.«

Ich schob ihn aus dem Auto und schaute ihm hinterher, als er mit streifen Schritten zu seiner Haustür ging. Er blickte sich nicht um. Er überlegte sicher, wie er seiner Frau diese geheimnisvolle Autofahrt in einem klassischen Jaguar mit einer sabbernden Bernhardinerhündin auf dem Rücksitz erklären sollte.

Plötzlich hatte ich das Bedürfnis, mich jemandem anzuvertrauen, einem Menschen, der es ertragen konnte, sich meine Zweifel und meinen Frust anzuhören. Konnte ich denn wirklich dieses Wissen für mich behalten, statt die Polizei zu informieren?

Ich wählte die Nummer von Eva Lunde.

Es klingelte lange. Ich hatte fast schon die Hoffnung aufgegeben, da ging sie ran, atemlos, wie nach einem Lauf. »Svend?« Ihre Stimme war ausdruckslos, fast nicht wiederzuerkennen. »Ich komme gerade zur Tür herein.« Dann verstummte sie.

»Du hast wohl schon davon gehört«, begann ich vorsichtig, »vom Mord an Stenersen.«

»Alle reden darüber. Es war ein schrecklicher Tag. Hier steht alles kopf.«

»Ich bin in Oslo«, sagte ich. »Und ich habe mehr über David Stenersen in Erfahrung gebracht. Er war keine Unschuld, falls irgendwer das geglaubt haben sollte. Er hatte mit einer Organisation zu tun, die pädophile Wünsche erfüllt. Bilder, Filme, was weiß ich. Ich habe keine Ahnung, wie wichtig er dabei war.«

Sie schwieg noch immer.

»Das Schreckliche ist, daß Lisa Marie Kristiansen sich damit ihr Leben ruiniert hat«, sagte ich deshalb. »Dieser Arsch war das doch überhaupt nicht wert.«

Ich hörte im Hintergrund Kindergeschrei. »Ich kann jetzt leider nicht länger mit dir sprechen. Ruf doch ein andermal an.« Sie legte auf.

Das war ja eine klare Mitteilung. Ein andermal. Deutlicher ließ sich das gar nicht ausdrücken.

Ich ließ den Motor an und fuhr viel zu schnell den Grefsenvei hinunter in Richtung Ringvei, wobei ich klar zu denken versuchte. Punkt 1: Einen neuen Versuch starten, Eva Lunde zu vergessen. Punkt 2: Wie die Polizei informieren, ohne selber vom Sog mitgerissen zu werden? Punkt 3: Franks letzte Mitteilung. In nur zwei Tagen war Mittwoch, und es stand durchaus nicht fest, ob diese Snuff-Filmerei abgeblasen werden würde, weil Lisa Marie Stenersen abgemurkst hatte.

Die Polizei würde den Mord an David Stenersen nicht unbedingt mit seiner Tätigkeit als Galerist in Verbindung bringen, wo sie doch das Glück hatte, die Mörderin auf einem silbernen Tablett serviert zu bekommen.

Drogensüchtige Schwester rächt toten Neonazi-Bruder. Tötet Pflegevater mit Messer.

Von den Schlagzeilen würde die Boulevardpresse lange zehren.

Ich mußte unterwegs noch etwas Wichtiges erledigen. Bei der Uni bog ich ab auf den Campus und lief zum Math-Nat-Haus. Ich besaß eine gültige Zugangskarte zum Rechenzentrum, weil ich erst kürzlich einen Computerkurs gemacht hatte. Dort ließ ich die Kundenliste der Galerie ausdrukken.

Ich wischte alle Fingerabdrücke ab und steckte die Liste in einen neutralen Briefumschlag. Ein mit meinem eigenen Drucker hergestellter Ausdruck würde sich leicht identifizieren lassen. Hier war das schon schwieriger.

Das Autoradio servierte die letzten Nachrichten, als ich auf der E 18 gen Süden brauste. Die im blutigen Mordfall in Tønsberg Verdächtigte hatte gestanden, konnte aber aufgrund ihres psychischen Zustandes keine weiteren Erklärungen abgeben. Dieser Zustand beruhte zumindest teilweise auf enormem Rauschmittelkonsum an den Tagen vor dem Mord. Möglicherweise konnte dieser Zustand noch lange dauern oder sich sogar als permanent herausstellen. Die Verdächtige hatte auch früher bereits ernsthafte psychische Probleme gehabt. Alles wies darauf hin, daß es sich bei dem Mord um eine durch den tragischen Tod ihres Bruders verursachte Affekthandlung gehandelt hatte, doch dieser Tod war ein Unfall gewesen, der dem Pflegevater selbstverständlich nicht zur Last gelegt werden konnte.

Das Sozialwesen wusch seine Hände in Unschuld und machte seine knappen Mittel verantwortlich. Die Vorschriften für die Inanspruchnahme und Kontrolle von privaten Pflegeheimen sollten routinemäßig überprüft werden. Die Politiker redeten wie üblich um den heißen Brei herum.

Aller Wahrscheinlichkeit nach betrachtete die Polizei den Fall bereits als aufgeklärt. Nur einige Kleinigkeiten mußten noch untersucht werden.

Der neue Pflichtverteidiger zog den Kopf ein und wollte offenbar mildernde Umstände geltend machen, um das Strafmaß zu senken. Wenn Lisa Marie richtiges Glück hätte, würde sie in die Psychiatrie eingewiesen werden. Friß deine Pillen und halt den Mund.

Bald würden in der verschlafenen Stadt in Vestfold Ruhe und Ordnung wieder hergestellt sein.

17

Ich war erst am späten Montagabend wieder zu Hause. In einer Raststätte bei Sande hatte ich ein schlaffes Abendessen verzehrt, hatte mit einem glücklich unwissenden Hund einen langen Spaziergang gemacht und ernsthafte Denkversuche unternommen.

Ich wußte, daß ich irgend etwas vergessen hatte. Weder Bache Gabrielsen noch die Schachfiguren oder Beethoven konnten mir die nötige Inspiration verschaffen. Und ein kurzer Durchlauf von Professor Andersens Video half mir auch nicht weiter.

Es war noch schlimmer, als ich mir das vorgestellt hatte. Kinder, sogar Säuglinge, und erwachsene Männer. Vermutlich kamen die Filme aus Thailand.

Nur selten trinke ich anderen Schnaps als guten Cognac. Aber jetzt mußte ich einen ganzen Zahnbecher miesen Whisky kippen, um mein Bewußtsein zu desinfizieren.

»Jetzt weiß ich, daß die Galerie Artemis als Vertriebszentrale fungiert. Und dabei geht es um alles andere als um Kunst.« Mørk wurde per Telefon rasch ins Bild gesetzt.

Er war ein geübter Zuhörer. »Was wirst du jetzt unternehmen? Wir haben nicht endlos viel Zeit. Diese Typen sind scheu wie die Schmetterlinge. Stenersens Tod wird die nötigen Veränderungen im System nach sich ziehen.

Diese Gangster werden sich eine andere Methode suchen.«

»Genau. Jetzt muß die Polizei sich einschalten. In der Galerie Artemis ist eine Razzia fällig. So bald wie möglich, am besten gleich morgen. Dort scheint der Betrieb ganz normal weiterzulaufen. Außerdem muß sich irgendwer über die Kundenliste hermachen.« Ich legte eine vielsagende Pause ein. »Die wird dir morgen früh ins Revier geliefert. Anonym. Du mußt alle deine Beziehungen spielen lassen, um Schwung in die Sache zu bringen.«

Am Dienstagmorgen warf ich den Umschlag in den Briefkasten der Wache. WILHELM MØRK. EILT.

Das müßte die Maschinerie in Gang setzen.

Ich wagte auch einen Abstecher in die Kanzlei. Außer Frau Svendsen hatte niemand registriert, daß mein Urlaub am Vortag zu Ende gewesen war, ein sicherer Hinweis darauf, daß die lokalen Zankbrüder auch ohne meine Hilfe zurechtkamen.

Lisa Maries Geld würde ich so schnell wie möglich ihrem frisch ernannten Verteidiger aushändigen müssen. Mein Gewissen erlaubte es mir nicht, für meine miserable Arbeit Honorar zu nehmen.

Meine Ermittlungen hatten die Sache für sie nicht gerade leichter gemacht. Vor einigen Wochen hatte sie noch eine Art Zukunft gehabt. Jetzt saß sie für unbestimmte Zeit hinter Gittern. In ihrer Gefängniszelle würde Lisa Marie Kristiansen sich darauf einrichten müssen, den Jahrtausendwechsel und andere wichtige Tage mit arg eingeschränkter Aussicht zu feiern. Wie ihre restliche Familie hatte sie die Dummheit begangen, zur falschen Zeit am falschen Ort zu sein.

Ich blätterte in meinen Notizen und versuchte, mich zu konzentrieren. Stenersens vermietete Wohnung in der Storgate, die ihm achttausend Kronen pro Monat eingebracht hatte, war nur wenige Minuten entfernt.

Wenn ich mir das richtig überlegte, hatte ich vage Gerüchte über einen gewissen Aufschwung der organisierten Prostitution in der Gegend gehört. Vielleicht war der weitere Weg zur Filmproduktion dann nicht mehr sehr lang. Aber waren sie wirklich dreist genug, um ihre Tätigkeit in die Tønsberger Innenstadt zu verlegen?

Es kam mir fast unglaublich vor. Aber es war meine einzige Spur. An die Adresse konnte ich mich noch erinnern. Storgate 25 C. Ich wußte nicht so recht, was ich mit dieser Information anfangen sollte. Und ich mußte auf jeden Fall bis zur Dunkelheit warten. Außerdem hatte ich mit Einbrüchen schlechte Erfahrungen gemacht.

Die Zeit stand still. Ich versuchte, mit Hulda eine Runde zu joggen, versuchte mich mit schlechtem Ergebnis an den Schachfiguren, kippte im Torgkafé vier Tassen Kaffee in mich hinein und führte mir in der Bibliothek alle Zeitungen dieses Tages zu Gemüte.

Schließlich war es dann elf Uhr abends, und ich hing vor dem Fernseher herum. Wenn ich noch etwas unternehmen wollte, dann mußte ich bald zuschlagen.

Dietriche und Taschenlampe hatte ich noch immer in meiner Lederjacke. Meine Ausrüstung erweiterte ich um eine Polaroidkamera, die ich aus dem Büro mitgebracht hatte.

Vor dem Haus Storgate 25 sah ich mir zuerst einmal die Fassade an. Alles kam mir ruhig vor. Im Haus gab es vor allem Büros und Läden, aber im ersten Stock befand sich auch eine Wohnung. Hinter den zugezogenen Vorhängen schimmerte schwaches Licht, die Fenster waren geschlossen. Von irgendwoher im Haus hörte ich Musik. Das Tor zum Hinterhof stand offen. Ich konnte einfach hineingehen.

Die Tür, die ich für die Eingangstür zur Wohnung im ersten Stock hielt, war abgeschlossen, doch das Schloß war ein Witz. Ich hätte es vermutlich auch ohne Werkzeug aufknakken können.

Der Flur war dunkel und muffig. Es stank nach Katzenpisse, Hulda hätte es hier gefallen.

Ich zog die Taschenlampe hervor und sah mir die Briefkästen an. Diese Olga wohnte wirklich hier. Und offenbar leistete eine Frau von derselben Herkunft ihr dabei Gesellschaft. Auch ihr Name stand auf dem Briefkasten, Tanja. Hoffentlich teilten sie sich die Miete.

Vorsichtig schlich ich die dunkle Treppe hoch. Die Musik wurde deutlicher. Ein lautes, schmissiges Diskostück, vermischt mit einer heiseren Frauenstimme. Irgend etwas passierte dort drinnen.

Ich blieb oben auf dem Treppenabsatz stehen und ließ die Taschenlampe leuchten. Die Geräusche kamen aus einem halboffenen Fenster ganz oben in der Wand, über der Tür, die meiner Vermutung nach in die Wohnung führte.

Im Flur stand ein alter Tisch. Ich schob den Tisch an die Wand und kletterte darauf, um durch das Fenster zu spähen.

Und haarscharf zu spät ging mir auf, daß der Tisch für meine fünfundachtzig Kilo zu gebrechlich war. Er krachte unter mir zusammen, und ich segelte in die Dunkelheit hinunter. Im Fallen suchte ich nach Halt und konnte die Klinke der Wohnungstür packen, worauf sich die Tür sperrangelweit öffnete und ich kopfüber hindurch fiel. Die Kamera knallte auf den Boden, die Taschenlampe kullerte davon, kam dann zur Ruhe und leuchtete mir voll ins Gesicht. Ich konnte nichts sehen.

Über diesen Auftritt ließe sich allerlei sagen, diskret war er jedenfalls nicht.

Benommen kam ich auf die Knie. Das Zimmer war mit einem riesigen Bett möbliert. In diesem Bett befanden sich zwei Damen von der üppigen Sorte. Sie waren so spärlich bekleidet, daß ich feststellen konnte, daß es sich zumindest bei der einen um eine echte Blondine handelte. Bei der anderen war ich mir nicht so sicher. Ich hatte immer schon den Hang, mich in Details zu verlieren.

Weder Olga noch Tanja sagten etwas. Sie starrten mich einfach nur wie gelähmt an. Die dröhnenden Rhythmen des Disko-Basses waren das einzige, was im Zimmer zu hören war.

Diese Idylle wurde vom dem riesigen Afrikaner gestört, der sich nun von der Bettkante zu seiner vollen Größe aufrichtete. Er überragte mich um mindestens zehn Zentimeter. Ich sah auf den ersten Blick, daß er einen Torso wie ein Scheunentor hatte, denn sein einziges Kleidungsstück waren knallbunte Boxershorts von der Sorte, die ich einfach nicht ausstehen kann.

Ich kannte den Typen als Rausschmeißer in einem der beliebten Restaurants in der Stadt, ein Loch, das keine Probleme mit streitsüchtigen Gästen mehr hatte, seit dieser Riese dort tätig war.

Er hatte offenbar seinen freien Abend.

»Fuck you!« knurrte er wütend und ließ seinen grimmigen Blick von meiner Person zur Kamera auf dem Boden wandern. Ich konnte sehen, woran er dachte. Fehlende Aufenthaltsgenehmigung, Drohungen, Erpressung.

Die Damen im Bett waren noch immer stumm.

Ich war mit einer üppigen Phantasie gesegnet. Doch kein Rednertalent auf der ganzen Welt hätte mich aus dieser Situation herausreden können.

Ich sprang auf, wich durch die offene Tür zurück und versuchte eine Entschuldigung anzubringen. »Sorry. War ein Irrtum. Tut mir wirklich leid.«

Das machte keinerlei Eindruck. Als ich die Treppe hinunterrannte, spürte ich den Atem des Kerls im Nacken. Er verfehlte meinen Kopf nur um wenige Millimeter, als er mit dem Tischbein zulangen wollte, das er im Flur an sich gerissen hatte.

Seltsamerweise konnte ich meinen Arm aus seinem Griff befreien, mit einem Fußtritt die Haustür öffnen und auf die Straße stürzen. Mein Verfolger war durch fehlende Fußbekleidung behindert, was mir einen kleinen Vorsprung einbrachte.

Bei der ersten Kreuzung kam mir glücklicherweise ein Auto entgegen. Es bremste und kam unmittelbar vor mir zum Stehen. Das Auto kam mir bekannt vor, aber ich nahm mir nicht die Zeit, mir darüber den Kopf zu zerbrechen, sondern riß die Tür zum Beifahrersitz auf, ließ mich hineinfallen und rief der Person am Steuer zu: »Los!«

Mein Verfolger hatte jetzt jeglichen Elan eingebüßt. Er blieb stehen und schaute uns unsicher hinterher, als wir an ihm vorüberfuhren. Er wirkte ein wenig exotisch, wie er da einsam in knallbunten Boxershorts um halb zwölf an einem friedlichen Herbstabend in Tønsbergs Hauptstraße stand.

Erst jetzt kam ich dazu, meinen rettenden Engel anzusehen. Es war eine Frau. Und unter allen Volvofahrerinnen der Gegend hatte ich mit sicherem Griff meine Exgattin erwischt. Wir lebten wirklich in einer Kleinstadt.

Ich sagte nichts, sondern ließ den Schock langsam auf mich einwirken.

Sie fuhr schweigend zwei Blocks weiter, dann hielt sie an und wandte sich mir zu. Ich konnte sehen, daß es ihr schwer fiel, das, was sie mir nun erzählen wollte, in Worte zu kleiden. Es war eine höchst ungewöhnliche Situation.

»Vergiß es«, sagte ich abwehrend. »Nichts ist so, wie du

glaubst. Das hier hast du nicht gesehen.« Angriff ist die beste Verteidigung. »Wo kommst du so spät eigentlich her?«

»Ich war im Kino«, fauchte sie wütend. »Ich dachte, daß man dermaßen phantastische Dinge nur dort erlebt. Ich hatte für einen Moment vergessen, daß du noch immer hier in der Stadt lebst.«

»Danke fürs Mitnehmen«, sagte ich ruhig und öffnete vorsichtig die Tür. »Irgendwann erzähle ich dir, was das hier eigentlich sollte.«

Sie schnaubte und fuhr ruckartig wieder an. Der neue Mann in ihrem Leben würde von dieser Anekdote begeistert sein. Die Tatsache, daß der Heini Journalist war, machte mir Sorgen.

Nackter Neger jagt Anwalt mit Tischbein.

Irgendwo hatte die Toleranz meiner Kollegen in der Kanzlei ihre Grenze.

Ich glaubte nicht länger, daß Stenersens Filmproduktion in der Storgate stattfand. Dort liefen wohl eher ganz andere ungesetzliche Dinge.

David Stenersen war wirklich ein vielseitiger Mann gewesen. Und die Geschäfte in der Storgate konnten von mir aus erstmal so weitergehen. Ich hatte für diesen Tag genug erlebt.

Meine Wohnung war ein Schloß, mein Wasserbett das Paradies. Ich schlief mich ganz schnell fort von Mysterien, ungelösten Problemen und unangenehmen Zeitvorgaben und erwachte am nächsten Tag erst am späten Vormittag.

Erst beim Frühstück kam mir langsam zu Bewußtsein, daß inzwischen Mittwoch war. Während der Nacht war mir eine neue Idee gekommen. Die hoffentlich mehr Substanz haben würde als die letzte.

Mir war etwas aufgefallen, als ich angespannt vor David

Stenersens Computer gesessen und seine Dateien durchsucht hatte.

Vor einigen Monaten hatte er die Stromrechnung für jemanden in Stokke bezahlt. David Stenersen hatte es nicht mit der Wohltätigkeit. Diese großzügige Zahlung mußte also einen Grund haben. Ich wußte noch, daß die Rechnung auf eine Firma namens Distribusjonsservice ausgestellt war.

Telenor konnte mitteilen, daß es auf ihrer Kundenliste keine Firma dieses Namens gab. Das Handelsregister in Oslo hatte noch nie davon gehört. Dem Osloer Finanzamt ging es nicht besser, und auch das Firmenverzeichnis in Brønnøysund mußte passen. Es war eine ungewöhnlich anonyme Firma. Die einzige Spur, die ich fand, war ein Postfach in Oslo. Im Postamt Grünerløkka.

Ich rief bei Vestfold Energi an. Dort wurde mir eine Art Adresse in Stokke genannt. Was mir nicht viel half, denn diese Adresse bestand nur aus Ortsnamen und Postleitzahl. Doch Vestfold Energi konnte mir mitteilen, daß zu der Adresse auch ein Besitzer gehörte. Und der verfügte über Namen, Telefonnummer und Adresse.

Nachdem ich minutenlang dem Klingelsignal gelauscht hatte, bekam ich den Besitzer an die Strippe. Es war ein älterer Mann, das war seiner Stimme anzuhören. Außerdem war er ziemlich taub.

»Es geht um Ihr Haus in Stokke«, sagte ich vorsichtig.

»Hä? Ich höre nicht mehr so gut.«

»Wohnen Sie dort selber?« rief ich.

»Nein, nein. Schon seit vielen Jahren nicht mehr. Bin ich zu alt zu. Der Hügel liegt so weit abseits, wissen Sie. Fast schon bei Anholt. Da kommt man nicht so leicht hin. Die Beine sind auch nicht mehr so wie früher.«

»Der Hügel?« fragte ich. »Heißt das Haus so?«

»Das ist eine alte Kätnerstelle. Meine Großeltern haben sie

in den zwanziger Jahren gekauft. Ich hab den Hof schon seit vielen Jahren verpachtet«, teilte er unaufgefordert mit. »Da war früher ein Zwinger. Ja, ist wohl immer noch einer, aber ich glaub, die machen da nicht so viel draus wie die anderen.«

»Die anderen?«

»Ja, das waren junge Leute, die waren sechs, sieben Jahre dort. Sie haben einen riesigen Hundezwinger gebaut, und überhaupt. Modernisiert haben sie das alles. Und ich konnte dafür bezahlen. Aber vor zwei Jahren war Schluß damit.«

Hundezwinger? *Sfinger* hatte in Frank Gonzalez' Notizbuch gestanden, in das ich heimlich einen Blick geworfen hatte.

»Und haben Sie den Hof derzeit vermietet?« fragte ich ungeduldig. »Ich würde gern mit diesen Mietern sprechen. Aber die scheinen kein Telefon zu haben.«

»Der Hügel ist jetzt an eine Firma vermietet. Irgendwas mit Vertrieb oder so. Ich weiß das nicht mehr genau. Sie bezahlen gut, immer für ein Jahr im voraus. Kommt alles gleich aufs Konto. Ansonsten machen sie, was sie wollen. Das Haus stürzt ja doch bald ein. Von mir aus sollen sie also tun, was sie wollen. Ich war nicht mehr da, seit ich es an diese Leute aus Oslo vermietet habe.«

»Sie haben sich doch mit ihnen getroffen, ehe Sie den Mietvertrag ausgestellt haben?«

»Sie hatten einen Bekannten in Tønsberg. Der hat alles erledigt. Stenersen hieß der. Danach hab ich keinen von denen mehr gesehen. Aber ich hab gehört, daß da draußen viele Viecher sind. Also haben sie wohl noch immer eine Art Zwinger. Das Haus liegt so abgelegen, wissen Sie. Heute will niemand mehr so wohnen.«

Der Alte erklärte mir auf umständliche Greisenart den Weg.

»Fahren Sie über den alten Karrenweg bis hinter den Kulerødtjern. Dann nehmen Sie den ersten Weg nach links, und dann fahren sie zwei, drei Kilometer durch den Wald. Sie können mit dem Auto fahren, wenn das genug aushält.«

Ich schloß für diesen Tag mein Büro ab und ging nach Hause, um mich umzuziehen und den Jaguar zu holen. Es regnete, ein scharfer Wind blies, und es war kalt. Der Herbst hatte sich während der letzten Tage näher geschlichen, ohne daß mir das aufgefallen war.

Es war erst knapp zwei Uhr. Es würde noch weitere zehn Stunden Mittwoch sein, und bis Stokke war es nur eine Stunde Fahrt. Ich fand den Weg ohne Probleme. Der Alte hatte nicht übertrieben, als er die Wegverhältnisse geschildert hatte. Den Jaguar mußte ich an der ersten Stichstraße stehenlassen.

Ich versteckte ihn in einem Wäldchen und ging zu Fuß weiter. Ich konnte sehen, daß hier vor kurzer Zeit noch ein Auto gefahren war, auch wenn die Reifenspuren nicht von diesem Tag zu stammen schienen.

Nach zwei Kilometern verließ ich den Weg, für den Fall, daß mir jemand entgegenkäme. Aber ich hatte unterwegs nur zwei Häuser gesehen, die mir unbewohnt vorgekommen waren. Diese Gegend hier war die pure, reine Wildnis, mit dichtem Wald, unterbrochen von der einen oder anderen verwilderten Rodung mit Resten ehemaliger Häuser.

Ich näherte mich dem Hügel. Und Hulda hatte irgendeine Witterung genommen.

»Du mußt so lange hier warten«, erklärte ich dem Tier und zeigte auf eine geeignete Stelle, die um einiges vom Weg entfernt war. »Ich bin bald wieder da.« Ich wollte Hulda nicht näher an das Haus heranlassen. Hunde besitzen einen ungeheuer hochentwickelten Geruchssinn, und sie neigen dazu, sich gegenseitig hochzuschaukeln, wenn ihr Revier bedroht wird. Außerdem wollte ich gewarnt werden, falls noch weitere Besucher auftauchen sollten.

Ich war nicht sonderlich weitblickend gewesen. An Hilfsmitteln hatte ich nur ein kleines Fernglas und mein Mobiltelefon bei mir, das in dieser Gegend aber ziemlich unbrauchbar war.

Ich fühlte mich einsam, als ich weiter durch dichten Wald stapfte und dabei den Weg im Auge behielt.

Plötzlich hörte ich Hundekläffen. Und es war nicht das freundliche Signal eines Zwergpudels, der sich Gesellschaft wünscht. Durch die Bäume konnte ich zweihundert Meter weiter ein weißes Haus erkennen. Es lag auf einem kleinen, offenen Hofplatz, zusammen mit einer Scheune und einem Wirtschaftsgebäude.

Was genau mit der Beschreibung des Alten übereinstimmte.

Ich ging vorsichtig weiter und blieb am Waldrand im Schutz einer kräftigen Tanne stehen. Das Haupthaus war nicht so verfallen wie die Scheune. Das Dach war erst vor kurzem erneuert worden, und das Haus schien verhältnismäßig frisch angestrichen zu sein.

Ein schlichtes und nüchternes, einstöckiges Haus, errichtet auf einer soliden Granitmauer. Zwei identische Fenster in der Längswand, eins in der Querwand, kein Kellerfenster. Es hätte eine kleine Idylle sein können, doch das Haus sah verlassen aus. Es schien unbewohnt zu sein. Vor langer Zeit hatten hier Menschen ihr Leben verbracht.

Um das ganze Wohnhaus herum zog sich ein riesiger Hundeauslauf. Er war von einem hohen und soliden Maschendrahtzaun umgeben, der oben einwärts gebogen und mit Stacheldraht besetzt war. Um die Haustür zu erreichen, mußten eventuelle Gäste den Hundeauslauf durchqueren. Keine besonders verlockende Vorstellung.

Hinter dem Zaun befanden sich, soviel ich sehen konnte, an die sieben oder acht Riesenviecher. Sie hatten mich einwandfrei schon gewittert und machten deshalb einen Höllenlärm.

Ich versuchte, mich hinter dem Baum unsichtbar zu machen, während ich das Fernglas hervorholte. Vor allen Fenstern befanden sich solide Blenden, und an der Haustür, die von neuerer Herkunft war, befand sich zusätzlich zum eigentlichen Türschloß noch ein riesiges Vorhängeschloß.

Ich bewegte mich vorsichtig durch den Wald, um das Gebäude herum, und stellte fest, daß das Haus dort ebenso unzugänglich war. Ohne Hunde und Pferch hätte ich es für einen ganz normalen verlassenen Hof gehalten. Aber die Bestien brauchten doch Futter und Wasser.

Ich sah mir den Hundeauslauf genauer an. Es gab eine automatische Tränkanlage, die Hunde konnten die Schnauze in einen Trog stecken und auf einen Knopf drücken, dann kam Wasser. Ein verbreitetes System für Haustiere. Nur hatte ich es nie bei Hunden gesehen. Allerdings hatte ich auch keinerlei Erfahrung mit Zwingern.

Vielleicht gab es für das Futter ein ähnliches Verfahren.

Aber als ich mir die Viecher genauer ansah, kamen mir da meine Zweifel. Hunde sind von Natur aus so gierig, daß sie sich das Futter nicht einteilen können, sondern fressen, bis ihnen schlecht wird. Diese Hunde schienen da keine Ausnahme zu machen. Sie hätten Hulda als Vorspeise verzehrt. Ganz zu schweigen davon, was sie mit mir angestellt hätten, wenn sie aus ihrem Pferch herausgekonnt hätten.

So weit ich sehen konnte, handelte es sich bei einigen Hunden um Mastiffs, die den verbotenen Pitbulls sehr ähnlich sind. Andere waren wohl Bastarde von gleichem Temperament. Große, kräftige und aggressive Tiere, deutlich geeignet als Kampfhunde. Wer sich ungebeten in diesen Hundezwinger wagte, hatte wirklich schlechte Karten.

Nirgendwo war ein Mensch zu sehen. Kein Licht, kein Rauch, keine anderen Geräusche als die der Hunde. Diese Tiere würden sicher einige Tage allein überleben können, aber auf Dauer wäre das nicht möglich. Also mußten sich ab und zu Menschen hier aufhalten.

Durch das Fernglas konnte ich sehen, daß im Hundezwinger, neben der Haustür, ein ausgeklügeltes Sicherheitssystem angebracht war. Zwei große Gatter konnten zu beiden Seiten der Tür aufgezogen werden, was den Zugang zum Haus vom Pferch abtrennte. Diese Gatter waren jetzt mit riesigen Hängeschlössern gesichert. Man mußte den Hundezwinger betreten, um die Gatter vorschieben zu können.

Ein einbruchssicheres System. Ich hatte so etwas noch nie gesehen. Einfach, aber ungeheuer effektiv.

Es war inzwischen fast vier. Wenn ich einen Vorstoß wagen wollten, dann mußte ich das jetzt machen, solange es hier noch menschenleer war. Es war doch möglich, daß nach Feierabend hier jemand auftauchte.

Ich versuchte, mich dem Eingang zu nähern, doch die Reaktion der Hunde ließ mich zurückschrecken. Sie kläfften und fletschten wie wild die Zähne, sie preßten sich so wütend gegen den Zaun, daß ich wirklich Angst hatte, er würde dem Druck nicht standhalten können.

Das hier war nicht die passende Methode.

Ich war gerade erst zu diesem Schluß gekommen, als meine bangen Ahnungen sich auch schon bestätigten. Hulda jagte mit gebleckten Zähnen an mir vorbei. Sie hatte das Warten nicht aushalten können. Jetzt mußte ihre Ehre verteidigt werden.

Der Lärm war so schrecklich, daß ich es für klüger hielt, mich zurückzuziehen. Zwei der Viecher im Hundezwinger fielen im Chaos übereinander her, während Hulda sich von außen gegen den Zaun warf und die Wachhunde von innen her preßten.

Die Lage war jetzt richtiggehend gefährlich. Ich nahm Hulda an die Leine, während die Köter wie besessen hinter mir herkläfften.

Das Haus war unzugänglich. Mir blieb nichts anderes übrig, als zum Jaguar zurückzukehren.

An diesem Hof hier stimmte vieles nicht. Die verlassenen Hunde, die umfassenden Sicherheitsvorkehrungen. Ich mußte mir Zugang verschaffen, hatte aber keine Ahnung, wie ich das bewerkstelligen sollte.

Es ging auf fünf Uhr zu, und ich hatte Tønsberg schon fast erreicht, als ich die Lösung fand. Zum Glück hatte immer eine Apotheke in der Stadt auch so spät noch geöffnet.

»Ich brauche ein Schlafmittel«, teilte ich der weißgekleideten Frau hinter dem Tresen mit. »Das stärkste, das Sie haben.« Ich hatte eine leise Hoffnung, daß nicht alle Schlafmittel rezeptpflichtig sein würden.

Sie musterte mich mißtrauisch. »Haben Sie kein Rezept? Wir haben sonst nur ganz leichte Mittel.« Sie schien mich entweder für einen Selbstmordkandidaten oder für einen Rauschgiftsüchtigen zu halten.

Mehr konnte ich hier nicht erreichen. Die Mengen an Schlafmitteln, die ich brauchen würde, um die Hunde im Zwinger zur Ruhe zu bringen, machten meinen Plan undurchführbar.

Ich mußte aufgeben. Vor der Apotheke blieb ich nachdenklich stehen. Wie zum Henker sollte ich eine Lösung finden?

Ich überlegte mir eine ganze Serie von Lösungen, von denen keine realistisch war. Natürlich konnte ich die Viecher erschießen. Abgesehen von der Tatsache, daß ich keine Schußwaffe und auch keinerlei Erfahrungen in der Wildtierjagd hatte, wußte ich, daß ich das einfach nicht über mich bringen würde. Vielleicht war der Hügel ja doch bloß ein Hobbyzwinger.

Die Lösung für mein Dilemma lag dann zum Greifen nah. Ich stand doch mitten auf dem Farmandstorv, dem Zentrum des Tønsberger Rauschgiftumsatzes.

Der Mann, der an mir vorübereilte, war einer der alten Dealer, einer, der zwanzig Jahre Mißbrauch überlebt hatte und jetzt mit festem Kundenkreis und angemessenem Konsum operierte. Erfahrene Leute wie er wußten genau, was ihr Körper von dem überaus reichhaltigen Angebot vertragen konnte. Ich war ihm etliche Male vor Gericht begegnet und kannte ihn deshalb recht gut.

Robert war angeblich ein schlauer Mensch. Er blieb stehen und starrte mich mißtrauisch an. Der Typ schien Gedanken lesen zu können. Man braucht aber auch einen sechsten Sinn, um in dieser Branche zu überleben. Alte Junkies wie Robert haben einen guten Überblick über die Obrigkeit und deren Vertreter. Verteidiger befanden sich wohl in einer Grauzone seines Interessengebietes.

Robert war mindestens einsneunzig groß, konnte aber unmöglich ein Gramm mehr als sechzig Kilo wiegen. Sein absolut moderner Pullover, den er sicher bei Hennes & Mauritz gemopst hatte, steckte in einer hautengen Markenhose. Er sah aus wie eine abgemagerte Giraffe, wie er unruhig in teuren Joggingschuhen zur Greisenecke lief, wo die Rentner ihren Stammkunden kleine hellrote Pillen verkauften, um ihre Altersruhegelder aufzubessern.

Ich folgte ihm, trat dann neben ihn, steckte mir ein Zigarillo an und schaute unschuldig über den Platz.

Dann bot ich ihm eins an. »Willste eine?«

»Vielen Dank.« Jetzt war seine Neugier geweckt. »Wie geht's 'n so?«

»Mies«, antwortete ich ruhig. »Verdammt mies. Ich brauch' ein kräftiges Schlafmittel«, fügte ich hinzu. »Aber die da drinnen geben nichts ohne Rezept her.« Ich zeigte auf die Apotheke.

Er hatte dort hinter mir angestanden. »Hab' dich fragen gehört, ja. Die sind gemein. Wieviel brauchste denn?«

Ich schaute mich um, konnte aber keine Bekannten entdecken. Es gab Grenzen dafür, wie tief mein schlechter Ruf noch sinken durfte.

»Ich brauche ein starkes, beruhigendes Schlafmittel, und zwar soviel wie möglich.«

Robert musterte mich mit skeptischem Interesse. »Vielleicht kann ich was besorgen. Aber erst mußte sagen, wozu du's haben willst.«

»Du würdest es mir ja doch nicht glauben«, sagte ich ruhig. »Ich brauche den Kram sofort. Und ich werde nichts Verboteneres damit machen, als du die ganze Zeit anstellst. Es ist besser, wenn ich dir nicht mehr erzähle, dann brauchst du dir auch keine Sorgen zu machen«, fügte ich hinzu. »Du kannst dich auf mich verlassen. Und kein Speed oder so, nur normale Schlafmittel. Kannst du das hinkriegen?« Diskret zückte ich meine Brieftasche.

Das entschied die Sache. »Wir treffen uns in einer halben Stunde bei Haugar. Steck zweitausendfünfhundert Flappen in eine Plastiktüte von Rema 1 000. Und leg noch fünf Hunnies für mich drauf.« Er war verschwunden, ehe ich seine Mitteilung verdaut hatte. Robert langte eben kräftig zu.

Ich konnte gerade noch eine Tasse Kaffee im Torgkafé trinken, dann mußte ich los. Diese Kiste gefiel mir überhaupt nicht, aber ich fand keine andere Lösung.

Vor der neuen Bezirksgalerie, wo die Seemannsschule früher Generationen von Fachleuten für die Handelsflotte, unseren nationalen Stolz, angelernt hatte, trat Robert von einem Fuß auf den anderen.

Es war eine Ironie des Schicksals, daß die Kunst jetzt die Seefahrt abgelöst hatte.

Ich musterte Robert aus einiger Entfernung. Er nahm sich zufällige Passanten unter die Lupe, musterte parkende Autos und betrachtete die Fenster weiter unten am Hang. Die Spitzel konnten zuschlagen, wenn man am wenigsten damit rechnete. Es war ein hartes Leben.

Robert hatte mich längst entdeckt, und als er mir mehrere wütende Signale gesandt hatte, faßte ich mir ein Herz und schlenderte mit meiner Plastiktüte in der Hand scheinbar harmlos auf den Galerieeingang zu. Das Geld hatte ich unter den Tageszeitungen versteckt. Die Fünfhundert steckten griffbereit in meiner Tasche.

Kunstinteressierter Anwalt auf dem Weg zur Ausstellung »Das Unbehagen in der Ästhetik«. Das wirkte doch überzeugend.

Robert zauberte die Tüte von mir weg und konnte gleichzeitig die Fünfhundert in seine hautenge Jeans stopfen. Das Ganze dauerte nur wenige Sekunden. »Geh in die Galerie, und komm in zwei Minuten wieder raus.«

Ich gehorchte mechanisch und blieb hinter der Eingangstür stehen, um die Entwicklung durch das Fenster verfolgen zu können.

Ein anderer Mann kam aus der Gegenrichtung auf den Eingang zugeschlendert. Auch er hatte eine Plastiktüte von Rema 1 000 in der Hand und sah durchaus nicht wie ein Dealer aus. Wie durch Zauberhand wurden die Tüten vertauscht, dann war der Mann auch schon verschwunden.

Robert gab mir ein diskretes Zeichen, und ich näherte

mich ihm abermals vorsichtig. Alles um uns herum war still und friedlich.

Die Tüte wurde mir verstohlen zugesteckt, und ich atmete erleichtert auf, als ich mit schnellen Schritten wieder zur Stadt hinunterging.

Robert war gerade um die Ecke gebogen, als die Hölle losbrach. Zwei zivile Wagen mit Blaulicht auf dem Dach jagten auf mich zu und versperrten die Straße.

Ich war für einen langen Moment vor Schreck wie gelähmt. Meine Stimmung besserte sich auch nicht, als ich glaubte, eine der uniformierten Gestalten zu erkennen, die gerade das hintere Auto verließen.

Es war eine, der ich in diesem Moment absolut nicht begegnen wollte. Polizeirätin Anne Rønningen. Sie war mit ihrer Truppe auf Tour. Bestimmt brachte diese Jagd ihr so manchen Kick.

Diese Typen fanden es wunderbar, verängstigte Junkies zu hetzen. Es war wie eine englische Fuchsjagd. Und die Tadel besorgter Bürger und engagierter Tierschützer blieben ihnen auch erspart.

Zum Glück kannte ich mich in dieser Gegend gut aus und hatte einen kleinen Vorsprung. Die Sturmtruppen jagen lieber vom Wagen aus. Ich rannte einen Pfad zur Stadt hinunter und hatte dabei Blutgeschmack im Mund.

Die Streife hatte einen Hund bei sich. Aber zum Glück eben nur einen.

Das rettete mich aus einer unmöglichen Situation. Dem Köter hatte der Geruch der Dealer wohl besser gefallen als meine Düfte, denn zum Glück stürzte die ganze Bande jetzt in die entgegengesetzte Richtung.

Mit der Plastiktüte unter der Jacke machte ich einen erfolglosen Versuch, ganz lässig auszusehen, als ich keuchend die Farmandsstrede betrat, um die Schaufenster zu bewundern.

Erst als ich einigermaßen sicher war, daß die Unruhepatrouille sich wirklich entfernt hatte, stapfte ich vorsichtig nach Hause. Ich hatte mir schon den Inhalt der Tüte ansehen können. Es war auf jeden Fall ein farbenfrohes Pillenlager. Ich konnte nur hoffen, daß Rønningen mich nicht erkannt hatte.

Ich mußte noch einiges erledigen. Zum Glück war Wilhelm Mørk noch immer im Büro, als ich anrief, um die Lage zu schildern.

»Ich brauche Hilfe. Kommst du mit?« Die Vorstellung, noch einmal allein auf dem Einödhof aufzukreuzen, gefiel mir überhaupt nicht.

Zu meiner Überraschung war er ganz meiner Meinung. »Ich hole dich in einer Stunde ab.«

Inzwischen hatte ich mit einem Kollegen die Autos tauschen können. Ich wußte, daß er mich um den Jaguar beneidete, deshalb war es kein Problem, mir für diesen Ausflug seinen Geländewagen auszuleihen. Das war ein passenderes Fahrzeug für unser Vorhaben.

Vom Mittwoch waren nur noch vier Stunden übrig, als ich endlich zum zweiten Mal an diesem Tag nach Stokke fahren konnte, diesmal mit Wilhelm Mørk am Lenkrad des Mercedes. Ich selber war damit beschäftigt, die als Hundefutter gekauften Fleischstücke zu präparieren. Wenn alles nach Plan lief, würden an diesem Abend auf dem Hundehof friedliche Zustände herrschen.

Mørk fuhr schnell und sicher. »Ich habe deine Papiere im Amt weitergereicht, aber so richtig wollte niemand darauf anspringen. Oslo sieht sich den Fall an, sie interessieren sich für diese Exjugos. Möglicherweise reicht das für eine Razzia in der Galerie. Aber sicher bin ich mir da nicht.« Skeptisch schüttelte er den Kopf. »Deine Liste bietet einfach keine ausreichende Grundlage für einen Einsatz. Es ist doch bloß eine ganz normale Kundenliste.«

Das konnte ich verstehen. »Ich habe ein neues Video aufgetan. Leider ist auch das anonym.« Professor Andersen bekam wirklich mehr Schonung, als er verdient hatte. »Läßt sich das verwenden?«

»Gib es mir, dann mache ich einen Versuch.«

Schweigend fuhren wir weiter. Vielleicht würden wir uns nach dieser Expedition nicht mehr über das mangelnde Interesse der Obrigkeit den Kopf zerbrechen müssen.

18

Es wurde schon dunkel, als wir von der Landstraße auf den Waldweg zum Hügel abbogen. Wir hielten Ausschau nach frischen Reifenspuren, aber seit dem Vormittag schien es hier keinen Verkehr mehr gegeben zu haben.

Vorsichtig und ohne Licht fuhren wir durch den dichten Wald. Immer wieder hielten wir an und sahen uns um. Alles war still. Erschreckend still.

»Halt hier an, Wilhelm.« Wir hatten das Haus fast erreicht. »Wir parken den Wagen abseits vom Weg.«

Hulda wurde als Wachhund im Auto zurückgelassen, und wir legten das letzte Wegstück zu Fuß zurück. Ich hatte die Taschen voll Einbruchswerkzeug. Der Versuch, keine Spuren zu hinterlassen, hatte jetzt keinen Sinn mehr.

Als wir den offenen Hofplatz vor den Gebäuden erreichten, war es inzwischen völlig dunkel geworden. Es regnete, der Wind heulte in den Baumwipfeln. Ein ziemliches Unwetter schien heraufzuziehen.

Die Viecher im Hundezwinger hatten uns schon längst gewittert und gerieten vollständig außer sich, als ich mich mit einer Plastiktüte voller Fleischstücke dem Eingang näherte. Die Hunde schienen reichlich ausgehungert zu sein.

Sie rauften sich wie wilde Bestien um die Fleischstücke. Ich brauchte mir keine Sorgen darum zu machen, daß sie die

Schlafmittel nicht fressen würden. Innerhalb weniger Minuten war das Futter verschwunden. Fleisch, Knochenreste, nichts blieb übrig. Mir schauderte.

Mørk musterte den Hundehof voller Skepsis. Als erstes mußten wir das Schloß aufbrechen, wenn wir ins Haus gelangen wollten. Das war kein großes Problem. Die Gefahr, daß irgend jemand so blöd sein könnte, war dem Konstrukteur dieser Verteidigungsanlage wohl als gering erschienen.

Die Hunde waren jetzt schon weniger aggressiv. Zwei hatten sich hingelegt, einer jedoch war noch immer putzmunter. Das Tier raste hinter dem Zaun hin und her und schien durchaus Lust zu haben, über den Zaun zu springen, um sich noch mehr Frischfleisch zu verschaffen.

Ich hatte noch einige Fleischstücke zusammen mit Pillen, mit denen ich mich nicht auskannte, beiseite gelegt. Jetzt warf ich alles durch den Zaun. Der gierige Hund verschlang sofort die ganze Ladung.

Und die Wirkung blieb nicht aus. Schon nach zwei Minuten lag das Vieh auf dem Boden und strampelte mit den Pfoten. Ich hoffte, daß ich es nicht umgebracht hatte.

Mit Hilfe einer Kneifzange konnten wir das Schloß dann mühelos knacken.

Wir befanden uns im Hundehof. Der Weg zum Haus war frei. Ich hätte die Köter gern hinter den Gattern eingesperrt, aber es war zu schwer, diese zu lockern. Hier war alles sehr solide gearbeitet. Es würde schwierig genug sein, ins Haus zu gelangen. Wir mußten uns darauf verlassen, daß die Hunde lange genug im süßen Schlummer liegen würden.

Inzwischen war eine weitere Stunde vergangen, es war fast zehn. Vom Mittwoch waren nur noch zwei Stunden übrig.

»Wir nehmen ein Fenster.« Mørk hatte sich das Haus angesehen. »Die Tür ist zu solide. Gib mir das Brecheisen.«

Gemeinsam konnten wir einen der Fensterläden aufstemmen. Und danach war alles einfach.

Ich drückte das altmodische und gebrechliche Fenster auf und zog mich ins Haus. Mørk folgte mir nach.

Dann horchten wir, konnten aber nur den schweren Atem der Hunde und Wind und Regen hören, die jetzt gegen die Wände peitschten.

Wir waren in der Küche gelandet. Ich fand einen Lichtschalter und war angenehm überrascht. Die Küche war klein und altmodisch und spärlich, aber gemütlich eingerichtet. Ein Tisch, zwei Stühle, ein Flickenteppich, einige Schränke. Das Spülbecken war sauber und ordentlich. Es sah hier aus wie in einem netten Ferienhaus.

»Mach das Licht aus. Nimm die Taschenlampe.« Mørk hatte mehr Erfahrung mit Einsätzen wie diesem.

Im Haus gab es nur noch zwei weitere Räume. Ein Wohnzimmer, ein Schlafzimmer. Beide waren ähnlich eingerichtet. Altmodisch und schlicht, sauber und behaglich. Vorkriegsmöbel, alte Bilder an den Wänden, einzelne Ziergegenstände, ein breiter, verschlissener Teppich auf dem Wohnzimmerboden. Nichts Außergewöhnliches. Bestimmt alte Gegenstände aus der Familie des Besitzers.

Wir untersuchten den Dachboden und kamen zum selben Ergebnis. Nichts wies daraufhin, daß David Stenersen oder seine Partner dieses Haus anders als zur Erholung genutzt hatten.

Der Hügel war ganz einfach ein friedliches Ferienziel, ungestört und weit von den Menschen entfernt. Manche fanden das schön so. Sie schienen ungeheuer ordentlich zu sein. Die Benutzer des Hauses hatten nicht eine einzige Spur hinterlassen. Das einzige, was nicht zu diesem idyllischen Bild paßte, waren die Köter.

Ich fühlte mich nicht wohl in meiner Haut. Zwei Hunde

fiepten jetzt und bewegten sich. Vielleicht war die Ladung nicht stark genug gewesen. Uns blieb nicht mehr viel Zeit, um den Rückzug durch den Zwinger mit heiler Haut zu schaffen.

»Machen wir, daß wir wegkommen. Hier gibt es doch nichts zu holen.« Ich glaubte die ganze Zeit, draußen Leute zu hören. »Wir hauen ab, ehe irgendwer kommt. Ich möchte lieber nicht erklären müssen, was wir hier gewollt haben.«

»Warte noch.« Er ließ den Strahl der Taschenlampe erneut durch das Wohnzimmer wandern und sog schnuppernd Luft ein. »Hier waren vor kurzem noch Leute. Das kann ich riechen.«

Er hatte recht. Die Luft war nicht so muffig, wie das in einem alten, unbewohnten Haus zu erwarten gewesen wäre. Es roch eher nach Seife. Vor nur wenigen Tagen war hier gespült worden.

Und das war ja nur natürlich. Die Hunde mußten schließlich mehrmals pro Woche gefüttert werden. Der Hof wurde als Erholungsort für erschöpfte Städter genutzt. So war das.

Wir krochen aus dem Fenster. Als wir versuchten, die Fensterläden wieder vorzuziehen und unsere Spuren so gut wie möglich zu tilgen, hörte ich ein Geräusch. »Was war das?«

Wir hielten inne. Und da war es wieder. Ein leises, klagendes Jammern.

»Das ist nur eine Katze.«

»Eine Katze?« fragte ich skeptisch. »Das schien aber von innen zu kommen. Kannst du mir erklären, wie eine Katze in das Haus gelangt sein soll? Wir sehen noch einmal nach.« Ich kroch wieder durch das Fenster. Mørk folgte mir widerwillig.

Jetzt war wieder alles still. »Seltsam.« Mørk leuchtete mit der Taschenlampe die Wände an. »Hier ist es reichlich warm. Aber kein Ofen brennt.«

Da hatte er recht. Im Wohnzimmer gab es einen schönen alten Holzofen, in der Küche stand ein großer Herd. Beide waren kalt. Trotzdem war es im Haus überraschend warm.

»Psst!« Wieder hatte ich etwas gehört, diesmal deutlicher.

»Faß mal mit an«, sagte Mørk. »Dieser blöde Teppich muß weg.«

Wir verrückten Tisch und Stühle und rollten den alten Wohnzimmerteppich auf. Der Boden darunter war kürzlich ausgebessert worden. In einem Bereich von etwa einem Quadratmeter hatte man neue Dielenbretter eingelassen und angestrichen.

Mørk nahm das Brecheisen und klopfte vorsichtig die Bodenbretter ab. »Da ist etwas. Wir brechen es auf.«

Plötzlich löste sich eins der neuen Bretter. Es hatte eine Feder und sprang auf, wenn man auf die richtige Stelle drückte.

Wir entfernten auch die übrigen neuen Planken. Das Jammern war wieder zu hören, jetzt ganz deutlich.

Unter den freigelegten Brettern kam eine Kellerluke zum Vorschein. Ich bückte mich, packte den Griff und öffnete die Luke, während Mørk die Taschenlampe hielt. Die Köter draußen bellten jetzt leise, aber ich achtete nicht auf sie.

Der Keller war tief, viel tiefer, als es für alte Häuser dieser Art sonst üblich ist.

Unter dem Wohnzimmer befand sich ein großer Raum. Unten war es vollkommen dunkel.

Ich nahm die Taschenlampe und ließ den Lichtstrahl durch den Kellerraum wandern. In der Ecke stand ein großer summender Heizstrahler. Die Wände waren in einem gelblichen Farbton gestrichen, den Boden bedeckte ein grauer Teppichbelag.

Der Raum war nur spärlich möbliert. Es gab zwei Holzstühle, einen schwarzen Ledersessel und ein Bett.

Mitten im Zimmer stand eine große Filmkamera, überall waren Lampen und Scheinwerfer angebracht. Auf dem Tisch stand ein Schneidepult, daneben lag ein Stapel Videokassetten.

Es roch stickig, warm und muffig.

Ich kannte dieses Zimmer. Aus einem Video, das mich lange Zeit um den Schlaf gebracht hatte und dessen Bilder ich mir noch immer vor mein inneres Auge rufen konnte.

Ich ließ die Leiter hinunter. Und nun hörte ich wieder dieses Jammern. »O Scheiße, da unten ist ja ein Kind!« Ich hatte keine Zeit, mich umzusehen, ich ließ mich einfach die Leiter hinuntergleiten. Als ich die Taschenlampe hob, um das Kind zu suchen, erlitt ich einen weiteren Schock.

Der Raum hätte auch vom Marquis de Sade eingerichtet worden sein können.

An der Wand hing eine große Auswahl an Folterinstrumenten. Peitschen, Handschellen, Schlagwaffen, Messer, Spritzen und Masken. Auf dem Bett lag eine ganze kleine Garderobe für die Filmaufnahmen bereit. Reizwäsche, Schminke, ein weißes Kinderkleidchen. Dildos und Massagegeräte waren ebenfalls mit von der Partie.

Hier unten gab es nicht nur den einen Kellerraum. An einer Wand befanden sich drei Verschläge, beinahe Käfige, mit stabilen Türen. Von dort kam das Kinderweinen.

Ich versuchte, die Tür, bei der das Jammern durch ein Luftloch zu hören war, aufzureißen. Sie war verschlossen. »Gib mir das Brecheisen. Und mehr Licht!«

»Ach, du verdammte Scheiße!« Mørk stieg die Leiter herunter und entdeckte die Folterwerkzeuge.

Wir brachen die Tür dermaßen brutal auf, daß die Angeln durch den Kellerraum flogen. Im Verschlag dahinter war gerade Platz für ein kurzes Bett, auf dem eine kleine Gestalt zusammengekrümmt und zitternd unter einer Decke lag, die sie nur zur Hälfte bedeckte. Auf dem Boden neben dem Bett stand ein stinkender Toiletteneimer. In einem Pappkarton lagen Essensreste und einige Limonadenflaschen.

Ich richtete den Lichtstrahl auf die Gestalt. Es war ein Mädchen von sieben oder acht Jahren, mit ganz weißen Haaren, nur in Unterwäsche gekleidet. Sie sagte nichts, sie hatte nur einen leisen Schluckauf, wie das bei Kindern oft passiert, wenn sie keine Tränen mehr haben.

»Anna«, sagte ich vorsichtig. »So heißt du doch, nicht wahr?«

Sie nickte stumm und blickte mich verängstigt an, als ich behutsam die Hand auf ihre Schulter legte. Dann brach sie plötzlich in heftiges Zittern aus und versuchte vergeblich, etwas zu sagen.

Ich hob sie hoch und drückte ihren fieberheißen Körper an mich. »Jetzt ist es vorbei, Anna. Jetzt kann dir niemand mehr wehtun. Wir bringen dich nach Hause zu deiner Mutter.«

Ich trug sie vorsichtig aus dem Verschlag und setzte mich auf einen Stuhl. Dort zog ich meine Jacke aus und wickelte sie um das zitternde Kind. Annas Gesicht war leichenblaß, ihr Atem kurz und keuchend. Ich hatte Angst, sie könnte in meinen Armen sterben.

Mørk schlug und trat auf die anderen Türen ein. »Verdammt, dahinter sind auch noch welche!«

Die nächste Tür gab bald nach, als Mørk sein ganzes Gewicht einsetzte und sich mit seinem gesamten kräftigen Körper dagegenwarf. Der Verschlag sah innen genauso aus wie der andere. Das Mädchen im Bett war jedoch älter und lag ganz still da.

Ich setzte Anna in den Ledersessel und ging hinüber. Es war

Franks Freundin, die mir den Tip gegeben hatte. Alice: *Elvis war nicht allein.*

Die Nazikluft war verschwunden. Alice lag zusammengekrümmt im Bett, gekleidet in ein schwarzes Baby-Doll, das unter anderen Umständen einfach lächerlich gewirkt hätte.

Ich faßte ihr dünnes Handgelenk und suchte nach dem Puls. Der war schwach und unregelmäßig. Sie versuchte aufzustehen, als ich sie vorsichtig schüttelte. »Kannst du auf die Beine kommen? Keine Angst, wir holen dich hier raus.«

Mørk brach die dritte Tür auf. Dort bot sich uns der gleiche Anblick. Franks andere Freundin war in einem noch schlechteren Zustand. Ich konnte sie nicht zu Bewußtsein bringen, aber sie atmete noch. Ich hoffte, daß sie nur unter Drogen stand.

Wir brachten Alice auf die Beine, packten sie in Mørks Jakke ein und bugsierten sie nach oben ins Wohnzimmer, wo ich sie aufs Sofa setzte. Mørk kletterte wieder nach unten, um das dritte Mädchen zu holen. Jetzt, wo er die Jacke ausgezogen hatte, sah ich, daß in seinem Hosenbund eine riesige Kanone steckte.

Mit Anna in den Armen zog ich das Mobiltelefon hervor und versuchte, den Notruf zu erreichen. Doch meine Befürchtungen bestätigten sich. Kein Kontakt im GSM-Netz.

Vom Mittwoch war inzwischen weniger als eine halbe Stunde übrig. Die Hunde knurrten jetzt. Draußen passierte irgend etwas.

Kaum hatte ich dieses Gefahrensignal registriert, als auch schon die Haustür geöffnet wurde. Zwei Männer standen auf der Türschwelle. Beide waren dunkel gekleidet, etwa Mitte dreißig und sahen südeuropäisch aus.

Ich hatte sie bereits in Stenersens Hinterhof gesehen. Und

Ante Zoramic hatte ich noch dazu aus unangenehm großer Nähe in der Straßenbahn bewundern dürfen. Beide hatten Pistolen in der Hand, die haargenau auf mich gerichtet waren.

Zoramic trat ganz dicht an mich heran und rammte mir den Pistolenlauf ins Zwerchfell. Sein Partner blieb in der Tür stehen, um die Lage zu überwachen. Ich mußte darum kämpfen, daß ich auf den Beinen blieb und die kleine Anna Nilsen nicht auf den Boden fallen ließ. Sie hing ganz starr in meinen Armen. Ihre Hände waren eiskalt.

»Ich dich schon gesehen. Du nicht auf gute Rat höre.« Er sprach zwar gebrochen, aber ich verstand doch sehr gut, worauf er hinauswollte.

»Ich bin ein bißchen langsam.« Ich versuchte, Zeit zu gewinnen. Die beiden schienen nicht zu wissen, daß ich nicht allein war. »Damit kommt ihr nie im Leben durch. Wir sind schließlich in Norwegen. Hier ist kein Krieg. Hier verschwinden Menschen nicht so einfach.«

»Du weißt nicht viel.« Ironie kannte der Bursche also auch. »Alles wird geregelt. Bleibe keine Spure, nicht von dir, nicht von andere.« Er zeigte mit dem Pistolenlauf zum Mädchen auf dem Sofa. »Du höre die Hunde. Die habe Hunger. Die möge gute Fleisch.«

»David Stenersen hat allerdings Pech gehabt.« Ich redete fieberhaft weiter. »Vielleicht bekommt ihr dieselbe Behandlung. Hat er das hier gewußt?« Ich zeigte auf das Zimmer.

»Stenersen war ein Arsch«, sagte Zoramic verächtlich. »Wollte sein große Mann. War nie hier. Wollte sich nicht Hände schmutzig mache.«

Der Typ in der Tür sagte etwas, das ich nicht verstand, und machte einige Schritte auf die offene Kellerluke zu. In diesem Moment dröhnte ein Schuß. Die Mündungsflamme leuchtete in der Kellerfinsternis auf.

Der Mann wurde rückwärts geschleudert, als hätte ihn ein Vorschlaghammer getroffen. Er landete voll auf Zoramic, der seine Pistole fallen ließ. Beide fielen um und blieben auf dem Boden liegen.

In der Brust des Getroffenen konnte ich ein klaffendes Loch sehen. Blut schoß pulsierend heraus, floß auf den frischgeputzten Holzboden und teilte sich in zwei Ströme, die in einigen langen Sekunden den Flickenteppich vor mir rot färbten. Der Mann ballte die Fäuste und stöhnte leise.

Um mich herum herrschte Totenstille. Der Blutgeruch mischte sich mit dem scharfen Pulverdampf. Das Atmen fiel mir schwer. Die Kleine hing starr und unbeweglich in meinen Armen.

Ich stand wie angewachsen da und konnte mich nicht rühren. Das Mädchen auf dem Sofa hatte sich zusammengekrümmt und den Kopf in Mørks Jacke versteckt. Ihre Gestalt zitterte lautlos.

Die Stille wurde von Zoramic gestört, der unsicher auf die Knie kam und nach der Waffe griff, die dicht vor ihm auf dem Boden lag.

»Keine Bewegung!« befahl Wilhelm Mørk mit unheilverkündender Stimme. Er schaute jetzt aus der Lukenöffnung und zielte mit seiner Kanone von Revolver auf Zoramic. »Eine Bewegung, und du bist erledigt.«

Zoramic schaute sich verzweifelt um.

»Tu mir einen Gefallen. Versuch, die Pistole aufzuheben.«

Geschmeidig stieg Mørk die Leiter hoch.

Zoramic hatte sich nun halb erhoben. Seine Hand war nur einige wenige Zentimeter von der Waffe auf dem Boden entfernt. Ich hielt den Atem an. Er war gerade so weit von mir weg, daß ich nicht das Risiko eingehen konnte, die Pistole wegzutreten.

Plötzlich fiel ein weiterer Schuß. Der donnernde Lärm des Revolvers schleuderte mich gegen die Wand. Das nächste, was ich sah, war Zoramics Leichnam. Sein Kopf war fast verschwunden. Er lag ausgestreckt über seinem Partner auf dem Boden. Die Wand war nicht mehr sauber und rein, sondern mit Blut und Gehirnmasse besudelt.

Wieder war alles still. Anna Nilsen atmete kurz und lautlos. Ihre Arme umschlossen meinen Hals fester. Ich spürte ihren Puls an meinem.

»Er hat nach der Pistole gegriffen. Das hast du gesehen. Oder etwa nicht?«

Ich sagte nichts. Ich hatte es durchaus nicht gesehen. Zoramic hatte keinen Finger gerührt, als Mørk losgeballert hatte.

Mørk legte den Revolver auf den Tisch. »Den habe ich im Keller bei den Foltergeräten gefunden.« Er sah mich mit ausdrucksloser Miene an. »Wir waren unbewaffnet. Zum Glück haben wir dann diese Kanone entdeckt, geladen und schußbereit. Ansonsten hätten wir verdammt alt ausgesehen. Du hast doch gehört, daß ich ›Polizei‹ gerufen und sie aufgefordert habe, ihre Waffen fallenzulassen?«

Als ich weiterhin schwieg, fügte er mit leiser Stimme hinzu: »Die Waffe ist nicht registriert, es ist unmöglich, ihren Besitzer ausfindig zu machen.« Ich sah in Mørks braunen Augen die Andeutung eines teuflischen Lächelns. »Es ist eine Ironie des Schicksals, daß der Revolver einem anderen Exjugo gehört hat, einem von Zoramics vielen Feinden. Die eigenen Leute sind eben die Schlimmsten.«

Ich hätte es wissen müssen. Wieder einmal war ich in Wilhelm Mørks privater Vendetta zur Geisel geworden. Ich würde es wohl nie lernen.

Ich hatte nichts dazu zu sagen. Ich schaute auf die Uhr. Es war fast Mitternacht. Der Mittwoch war zu Ende.

Mit ziemlichem Kraftaufwand konnte ich mich zusammennehmen. Wir mußten weg hier.

Mørk lief nach draußen, holte den Wagen und fuhr im Rückwärtsgang bis zum Tor des Hundezwingers. Ich trug die Mädchen hinaus, während Mørk mit schußbereiter Kanone die Viecher in Schach hielt. Die Köter bellten und knurrten wie wild, kamen aber noch nicht wieder auf die Beine.

Der kleinen Anna ging es inzwischen schlechter. Sie atmete unregelmäßig und war glühendheiß, als ich sie an mich drückte, während ich verzweifelt versuchte, mit dem Mobiltelefon durchzukommen.

Wir donnerten im riesigen schweren Mercedes durch den finsteren Wald. Mørk fuhr dicht an der Grenze des Vertretbaren. Sogar Hulda hinten in der Hundeabteilung verhielt sich ganz still.

Als wir die Hauptstraße erreichten und Mørk den Wagen in Richtung Tønsberg herumriß, kam ich durch.

Zwei Krankenwagen sollten uns entgegenkommen. »Haltet Ausschau nach einem Geländewagen. Wir sind in zwanzig Minuten in Tønsberg.«

Und wo ich schon Telefonkontakt hatte, benachrichtigte ich auch gleich die Polizei. Die ganz große Reaktion setzte jedoch erst ein, als ich von zwei Männern erzählen konnte, die im tiefsten Stokke erschossen worden waren.

Wir schafften es gerade noch rechtzeitig. Die Krankenwagen erreichten uns, als wir noch nicht einmal die halbe Strekke zurückgelegt hatten, und bei Anna wurde gleich an Ort und Stelle erste Hilfe geleistet. Mit Infusion und Sauerstoffmaske konnte sie durchhalten, bis dann im Zentralkrankenhaus die eigentliche Behandlung begann. Es stellte sich heraus, daß sie keine direkten körperlichen Verletzungen hatte. Angst, Streß und nicht genug Nahrung und Wasser hatten die Kleine fast umgebracht.

Die beiden anderen Mädchen waren gründlich zugedröhnt. Und sie hatten schreckliche Angst und waren fast apathisch. Was zu verstehen war. Sie hatten ja gesehen, was sie erwartete. Aber sie würden schon wieder auf die Beine kommen. Der achtjährigen Anna Nilsen würde das nicht so leicht fallen.

Erst um fünf Uhr morgens konnte ich die Wache verlassen. Meine Geschichte war einfach. Die letzten Mitteilungen meines verstorbenen Mandanten Frank Gonzalez hatten mein Mißtrauen erweckt, weshalb ich die Galerie Artemis unter die Lupe genommen und durch einen Zufall den Einödhof gefunden hatte. Fast alle meine Unternehmungen waren absolut legal gewesen. Die Köter hatte ich angeblich mit alten Schlafmitteln betäubt. Mørk war nur als Ortskundiger mitgekommen. Wir beide waren gänzlich unbewaffnet gewesen.

Rønningen gefiel die Sache überhaupt nicht, aber Tatsache war, daß sie außer ihrem Verdacht einfach nichts hatte, was sie mir anhängen konnte. Die Episode vor der Bezirksgalerie blieb unerwähnt. Wir beide wußten, daß wir beide wußten. Wenn mich da und dort die Unruhepatrouille festgenommen hätte, dann sähe die Welt jetzt anders aus. Aber nicht unbedingt besser. Rønningen ließ die Sache glücklicherweise auf sich beruhen.

Der gesamte Apparat wurde angeworfen. Listen von vermißten Jugendlichen wurden überprüft. Der Hundezwinger wurde umgegraben, die Köter wurden eingeschläfert und obduziert. In der Galerie Artemis, bei Stenersens zu Hause und bei Zoramics Kontaktleuten wurden Razzien durchgeführt.

Katja Stenersen wurde zum Verhör geholt. Ich glaubte nicht, daß sie viel zu erzählen hatte. Später an diesem Morgen würden die jeweiligen örtlichen Polizeireviere sich um die Kundenliste der Galerie kümmern. Wenn die Truppe erst einmal in Gang gekommen war, dann langte sie energisch zu.

19

In der nächsten Zeit war Mørk bei seinen Vorgesetzten, die mit Beurlaubung und Schlimmerem drohten, nicht gerade gut angesehen. Private Ermittlungen von der Sorte, in die Mørk verwickelt gewesen war, brachten keine Fleißkärtchen ein. Aber seine Kritiker kamen nicht weiter, nicht einmal, was die Schießerei anbelangte. Solange ich die Klappe hielt, war Mørks Geschichte hieb- und stichfest. Und nachdem Anna Nilsen mit heiler Haut zu ihrer Mutter zurückgebracht worden war, hatten die Medien Mørk sofort zum Helden ausgerufen.

Der Generalstaatsanwalt gab den Versuch auf, Ordnung in dieser Sache zu schaffen, als die Vorsitzende des Justizkomitees in einer Fernsehdiskussion über Kindesmißhandlung in der pädophilen Szene das entschlossene Vorgehen dieses Polizisten ganz offen lobte.

Ansonsten brach ein wilder Mediensturm los. Wütende Diskussionen wurden geführt. Über staatliche Verantwortung, über Ausländerpolitik, über Pornographie und pädophile Kreise, die international arbeiteten, wie sich herausstellte. Die Galerie Artemis hatte als Importeurin und Vermittlerin fungiert. Die Filmproduktion war ein neues Unternehmen gewesen. Das wurde zumindest angenommen.

Auf dem Einödhof wurden keinerlei Leichenreste gefunden. Vielleicht war alles pure Spinnerei gewesen, vielleicht hatte es das erste Mal sein sollen, vielleicht hatten sie die Reste auf geniale Weise fortgeschafft. Vielleicht spielten sich anderswo ähnliche Szenen ab.

Niemand wußte etwas. Die Käufer hatten ihre anonymen Bestellungen aufgegeben und konnten nur mit Ausflüchten und Entschuldigungen aufwarten. Die Szene um Zoramic schwieg wie ein Grab.

Die beiden kleinen Nazissen konnten uns auch nichts Neues erzählen und rutschten bald in ihre alte Szene zurück. Sie hatten erzählt, daß sie mit Rauschgift zugedröhnt worden und erst auf dem Einödhof wieder zu klarem Bewußtsein gekommen waren.

Wilhelm Mørk hielt mich über die Ermittlungen, die bald im Sande versickerten, auf dem laufenden. Es gab einfach niemanden, den man verhaften konnte. Die, die etwas gewußt hatten, waren entweder spurlos verschwunden, schwiegen verbissen oder waren tot.

Anna Nilsen war ein wortgewandtes Kind gewesen, reif für ihr Alter. Jetzt sagte sie nichts mehr. Sie konnte sich auf viele Jahre Therapie freuen. Ihre Mutter hoffte noch immer, daß alles wieder so werden würde wie früher.

Die einzige, die zur Verantwortung gezogen werden sollte, war Lisa Marie Kristiansen. Das war wirklich eine Ironie des Schicksals.

Seit dem Drama von Anholt in Stokke waren einige Wochen vergangen. Die Lage beruhigte sich langsam. Unmerklich schlich sich die Idylle wieder ein und verhüllte die dunkleren Seiten der Kleinstadt. In der Kanzlei versuchte ich, alles abzuhaken und einen normalen Alltag einzuführen.

Ich legte mir die Unsitte zu, nachts herumzusitzen und zu grübeln. Ich hatte zuviel zu vergessen.

Es gab einiges, womit ich nicht fertig war. Aron Kristiansen zum Beispiel, Elvis' Zwillingsbruder. Wir hatten nie eine Erklärung für das unbegreifliche Unglück gefunden, dem er im selben Moment zum Opfer gefallen war, als Elvis vor den Zug stürzte.

Lisa Marie Kristiansen. Etwas stimmte nicht an ihrer Aussage, das hatte ich gleich gemerkt, aber was?

War sie wirklich eine Mörderin, eine, die sich zu einem Mord entschließt, die ihr Opfer aufsucht, eine geeignete Mordwaffe entdeckt und das Opfer dann in Fetzen schneidet? Ich konnte das einfach nicht glauben. Aber ich hatte mich ja auch früher schon geirrt.

Die am Tatort aufgenommenen Bilder von David Stenersen hatten keinen angenehmen Anblick geboten. Die Obduktion ließ annehmen, daß Stenersen noch im Schlaf vom ersten Stich getroffen worden war.

Ein Messerstich in einem Streit, ein Schlag in berauschtem Zustand. Das vielleicht. Aber kein vorsätzlicher Mord, durchgeführt mit kaltem Blut und konzentrierter Wut.

Ich bildete mir ein, daß sie nicht die ganze Wahrheit erzählt hatte, und das machte mir zu schaffen. Sie hatte Stenersen ermordet. Na gut. Die technischen Beweise waren überwältigend, vor allem die Fingerabdrücke auf der Mordwaffe. Und sie war zum Zeitpunkt der Tat im Haus gewesen. Ich mußte das schließlich am besten wissen.

Was das Strafmaß betraf, konnte der Unterschied zwischen vorsätzlichem Mord und Totschlag schon eine Rolle spielen. Warum versuchte sie nicht, die letzten Reste ihres Lebens zu retten? Zehn Jahre im geschlossenen Vollzug und drei oder vier Jahre im offenen sind ja wohl kein Vergleich.

Meiner Seelenruhe zuliebe rief ich ihren Pflichtverteidiger an. Ich kannte ihn als redlichen, phantasielosen und einigermaßen desillusionierten Mann.

»Hier ist Svend Foyn. Ich m-m-muß mit dir über Lisa Marie Kristiansen sprechen. Du hast den Fall doch, oder nicht?«

Er bestätigte zögernd. »Was ist denn los?«

»Ich möchte mit ihr sprechen«, sagte ich. »Und ich habe auch einige Fragen an dich. Kannst du mir zu einer Unterredung mit deiner Mandantin verhelfen? Du kannst gern dabei anwesend sein.«

Sie hatte Post- und Besuchsverbot. Meine Bitte würde nicht leicht zu erfüllen sein, schon gar nicht, wenn Rønningen ihre Erlaubnis dazu geben mußte.

Der Kollege überlegte eine Weile und hörte sich nicht gerade begeistert an. »Ich werde mit ihr und eventuell mit dem Staatsanwalt sprechen. Ich melde mich wieder.«

Ich war gerade aus der Mittagspause zurückgekehrt, als er anrief. »Tut mir leid, Foyn. Sie will nicht mit dir reden. Absolut nicht. Die Staatsanwaltschaft fände es auch besser, wenn du dich aus der Sache raushieltest.«

Das überraschte mich nicht. »Ich schau' mal bei dir vorbei. Paßt es dir jetzt sofort?«

Ich konnte hören, daß es ihm niemals passen würde, deshalb legte ich auf, ehe er sich einen Grund zur Ablehnung aus den Fingern saugen konnte.

Zehn Minuten darauf saß ich in seinem Besuchersessel.

»Hör mal her«, sagte ich eindringlich. »Zwischen uns besteht kein Interessenkonflikt, falls dir das Sorgen machen sollte.«

Ich musterte den korrekt angezogenen Juristen vor mir forschend. Er war so anonym, daß er mit der Tapete verschmolz. Ob er genug Phantasie besaß, um sich in Lisa Marie Kristiansens Lage zu versetzen?

»Ich will wirklich nur die Wahrheit ans Licht bringen«,

sagte ich dann. »Und das muß doch auch in deinem Interesse liegen. Deine Mandantin kann dabei keinesfalls in eine schlechtere Lage geraten.«

»Ist schon gut.« Er zögerte noch immer ein wenig. »Aber das muß absolut unter uns bleiben. Was möchtest du also wissen?«

»Darf ich Lisa Maries Aussage lesen?« Den Zeitungen nach hatte sich Lisa Marie so weit erholt, daß mit baldigem Prozeßbeginn gerechnet wurde.

Ihr Anwalt nahm einen Ordner und schob mir die Aussage zu. »Unter einer Bedingung. Du liest sie hier und machst keine Notizen oder Kopien.«

Ich überflog die Seiten, während er rasch einige Anrufe erledigte. Ich wußte, wonach ich suchte.

»In dieser Aussage gibt es mehrere Punkte, die für mich keinen Sinn ergeben«, sagte ich nachdenklich, als er seine Gespräche beendet hatte. »Meine erste Frage bezieht sich auf die offene Tür. Warum war sie offen, und wie konnte Lisa Marie das wissen? Oder hatte sie vielleicht einen Schlüssel?« Ich hatte mich jetzt in ein gefährliches Fahrwasser begeben.

»Dafür haben wir keine überzeugende Erklärung. Ich finde das auch seltsam. Sie sagt, die Tür sei angelehnt gewesen, als sie gekommen ist. Sie sei einfach hineingegangen, ohne irgendeinen Menschen zu sehen. Es kann ja der pure Zufall gewesen sein, daß die Tür unverschlossen war. Katja Stenersen ist ziemlich sicher, daß sie abgeschlossen hatte, als sie früher an diesem Abend das Haus verließ. Sie glaubt auch nicht, daß ihr Mann noch weggegangen ist. Und sie sagt außerdem, daß beide immer sehr sorgfältig abgeschlossen haben. Aber vielleicht stimmte mit dem Schloß etwas nicht. Möglicherweise ist das die Erklärung.«

»Eine andere Möglichkeit ist, daß jemand für Lisa Marie

Kristiansen die Tür geöffnet hat. Kann David Stenersen sie hereingelassen haben?« überlegte ich.

»Klingt nicht sehr wahrscheinlich. Er wurde doch im Schlaf erstochen.«

Er hatte recht. So konnte es nicht gewesen sein.

Ich sagte: »Das zweite Problem ist das Blut. Oder genauer gesagt, das fehlende Blut. Das Blut muß wild gespritzt haben, als sie mit dem Messer gewütet hat. Aber die technischen Untersuchungen haben erwiesen, daß sie fast kein Blut an ihrer Kleidung hatte. Wie kannst du das erklären?«

»Sie behauptet, eine lange Regenjacke getragen zu haben. Die hat sie weggeworfen. Sie weiß nicht mehr, wo oder wann. Die Jacke ist nicht gefunden worden. Und die Ärzte meinen, daß es am Tatort nicht unbedingt soviel Blut gegeben haben muß. Vermutlich hat der erste Messerstich voll ins Herz getroffen.«

»Und damit haben wir das dritte Problem«, erwiderte ich. »Findest du es nicht ein wenig auffällig, daß eine Person wie Lisa Marie Kristiansen fähig sein soll, einen erwachsenen Mann mit solcher Präzision zu töten? Und das Opfer anschließend zu kastrieren?«

In diesem Fall hatten Verteidiger, Polizei und Anklagebehörden die Schuldfrage als geklärt betrachtet. »Es gibt noch etwas, was mir Probleme macht. Das Küchenmesser nämlich.«

Er blickte mich verständnislos an. »Es wurde auf dem Wohnzimmerboden gefunden, besudelt mit dem Blut des Opfers und versehen mit Lisa Maries Fingerabdrücken. Die Pathologie hat es als Mordwaffe identifiziert. Was also ist das Problem?«

»Zwei Dinge«, antwortete ich. »Woher sie das Messer hatte, zum Beispiel.«

»Es hing an der Küchenwand. Sie brauchte nur zuzugreifen.«

»Dann müßte sie sich zuerst im Haus orientiert haben. Vergiß nicht, sie war noch nie dort gewesen. Die Küchentür befindet sich in einer Wohnzimmerecke. Ich kenne das Haus«, sagte ich zur Erklärung. »Die Küche ist absolut nicht der Raum, den man als erstes sieht«, fügte ich hinzu. »Sie hat ausgesagt, daß es im Haus dunkel war, als sie gekommen ist. Sie nimmt sich die Zeit, um Licht zu machen, damit sie sich zurechtfinden kann, sie sucht im Haus nach einer Waffe. Aber wenn sie wirklich schon längst entschlossen war, Stenersen umzubringen, warum hat sie dann kein Messer von zu Hause mitgebracht? Das ergibt doch keinen Sinn.«

»Sie hat nur eine sehr kurze Aussage gemacht«, sagte er steif. »Sie war nicht dazu zu bewegen, mehr zu sagen. Unter Druck verstummt sie vollständig.«

»Vielleicht, weil sie nicht die Wahrheit sagt? Ihrer Aussage nach ist sie also, nachdem sie das Messer geholt hatte, die Treppe zum ersten Stock hinauf und dann in Stenersens Schlafzimmer gegangen. Woher kann sie gewußt haben, wo sein Schlafzimmer liegt?«

»Sie sagt, sie habe im Flur das Licht angemacht«, argumentierte er. »Und danach sei es leicht gewesen, das Schlafzimmer zu finden, es liegt der Treppe ja genau gegenüber. Die Tür stand offen.«

»An diesem Abend scheinen alle Türen offen gestanden zu haben«, sagte ich sarkastisch. »War sicher sehr praktisch. Ist dir das noch nicht aufgefallen?«

Er war jetzt schon ziemlich gereizt. »Bei meinem Plädoyer werde ich natürlich die fehlende Planung hervorheben. Ich glaube, wir haben gute Aussichten, dem Gericht klarzumachen, daß die Tat im Affekt ausgeübt wurde, als Reaktion auf die tragischen Ereignisse.« Es sah aus, als wollte er das als Sieg betrachten. »Sie hat Stenersen aufgesucht, um ihn mit dem zu konfrontieren, was sie in Erfahrung gebracht hatte«, dozierte er weiter. »Du hast sie über deinen Verdacht informiert, nicht wahr? Sie hat mir gesagt, daß sie dir diesen Auftrag erteilt hat. Ich werde dich als Zeuge aufrufen lassen.«

»Red keinen Scheiß«, sagte ich wütend. Ich konnte mich nicht mehr beherrschen. Er hatte bei mir einen wunden Punkt getroffen. »Du hast in diesem F-f-fall keinerlei Ehrgeiz, das ist klar. Das hängt nicht zufällig mit dem Status deiner Mandantin zusammen?«

Damit hatte ich mir einen weiteren Feind zugelegt. Was mir schnurz war, deshalb machte ich im selben Stil weiter. »Hast du dir das Problem mit den Fingerabdrücken überlegt? Auf dem Messer waren nur die von Lisa Marie. Aber wer hatte das Messer an die Stelle gehängt, wo sie es gefunden hat? Eine Person ohne Hände? Oder vielleicht eher eine Person, die nicht identifiziert werden wollte?«

»Du hast eine allzu blühende Phantasie, Foyn«, sagte er sauer. »Tatsache ist, daß Frau Stenersen aussagt, sie habe vor ihrem Aufbruch nach Oslo noch den Abwasch erledigt. Und beim Spülen trägt sie immer Gummihandschuhe.«

Das konnte eine Erklärung sein, da hatte er schon recht. Aber mein Mißtrauen ließ sich nicht besänftigen. »Und was ist mit Katja Stenersen, vielleicht hat sie ihren Ehemann ja selbst abgemurkst? Sie kann doch gute Gründe dazu gehabt haben. Auf jeden Fall, wenn sie keine Ahnung von seinen Geschäften hatte, wie sie behauptet. Vielleicht war sie mehr als verärgert, als sie ihm auf die Schliche gekommen ist?«

»Vergiß es, Foyn. Sie war an diesem Abend in Oslo auf einem Riesenfest mit mindestens hundert Gästen. Und es hat bis in den frühen Morgen gedauert.«

»Aber gerade von solchen Riesenveranstaltungen kann man sich unbemerkt fortschleichen. Wo hat sie übernachtet?«

Er runzelte die Stirn. »In der leerstehenden Wohnung ihres Mannes, die im selben Haus liegt wie die Galerie.«

»Da hast du's. Ich nehme an, daß die Polizei die Beobachtungen der Festgäste nicht weiter untersucht hat. Oder was meinst du?«

Meine Überlegungen gefielen ihm nicht. Ich gefiel ihm auch nicht. Er hatte einen einfachen Fall, den ihm niemand verwirren sollte.

»Lisa Marie Kristiansen leidet an einem Schuldkomplex. Da hast du schon recht. Sie will büßen. Meine Aufgabe ist, dafür zu sorgen, daß sie nicht wegen etwas verurteilt wird, das sie nicht getan hat, und daß die Strafe so mild wie möglich ausfällt. Ich fürchte, mehr gibt es da nicht zu besprechen. Deine Anmerkungen habe ich registriert. Wenn du mich jetzt entschuldigen könntest, ich habe noch einen Termin.«

Er war gut erzogen. Ich konnte sehen, daß er mich lieber aufgefordert hätte, mich zum Teufel zu scheren. Ich war durchaus unzufrieden damit, was ich hier erfahren hatte, und es lag mir absolut fern, ihn in irgendeinem Zusammenhang zu entschuldigen.

Ich erhob mich und verließ wortlos das Zimmer, um mich nicht von meinem Stottern überwältigen zu lassen. Es war nicht nötig gewesen, Lisa Maries Anwalt auf diese Weise zu provozieren. Er gab sich bestimmt alle Mühe. Und viel hatte er nicht, womit er arbeiten konnte. Was ich an zusätzlichen Informationen liefern könnte, würde Lisa Marie nicht helfen. Im Gegenteil, die Tips, die ich ihr gegeben hatte, würden nur den Verdacht erhärten, daß sie eben doch einen vorsätzlichen Mord begangen hatte.

Ich hielt also besser den Schnabel und mich selber bedeckt. Ich hoffte, daß mir ein Auftritt als Zeuge erspart bleiben würde. Vor Gericht würde ich meine Bewegungen im Haus der Stenersens nicht verhehlen können. Doch wenn ich die Wahrheit sagte, würde ich mich von meiner Anwaltslizenz verabschieden und mich auf eine Runde Knast vorbereiten können.

Als ich in die Kanzlei zurückkehrte, empfing mich eine aufgeregte Frau Svendsen. »Du hast Besuch, Svend. Von einer jungen Dame, die dich unbedingt sprechen will. Sie sitzt in deinem Büro.« Frau Svendsen musterte mich besorgt.

Als mich zuletzt eine unbekannte junge Dame besucht hatte, war danach alles zur Hölle gegangen. Einen zweiten Aufguß konnte ich einfach nicht ertragen.

Ich zögerte kurz, ehe ich die Tür öffnete. Es war natürlich ein absolut idiotischer und unrealistischer Gedanke, aber ich hatte die winzige Hoffnung, meine Besucherin möge aus New York kommen.

Doch da hätte ich kaum noch schiefer liegen können. Ketten klirrten, als mein Gast sich aus dem Besuchersessel erhob und mit dünnen, dreckigen Fingern die Zigarette ausdrückte. Sie war ganz in Schwarz. T-Shirt, Lederjacke, Jeans, Stiefel. Keine Nazisymbole. Ihre Frisur war eine Idee länger als ein Bürstenschnitt. Sie blickte mich nervös an. Ich hatte das Gefühl, schon einmal in dieser Situation gewesen zu sein.

Meine Besucherin war Alice. Als ich sie zuletzt gesehen hatte, lag sie bewußtlos auf der Rückbank unseres Geländewagens. Von Mørk wußte ich, daß sie und ihre Freundin der Polizei nur wenig hatten erzählen können. Ihre Erfahrungen mit dieser Truppe waren einfach bisher zu negativ gewesen.

Ich ließ mich hinter meinem Schreibtisch nieder. »Setz dich«, sagte ich freundlich. »Du hast es sicher nicht so eilig?«

Sie nahm ganz vorn auf der Stuhlkante Platz. »Ich wollte mich bedanken.« Sie sprach so leise, daß ich fast glaubte, mich verhört zu haben. »Ich weiß, daß du uns gerettet hast.«

Wie wahr. Aber war dieses Erlebnis ihr auch eine Lehre gewesen?

»Frank war nich so, wie du glaubst«, sagte sie nun ein wenig lauter. »Der konnte total lieb sein. Das war nich bloß seine Schuld.«

»Was denn?« fragte ich neugierig. »Was war nicht nur seine Schuld?«

»Das mit Elvis. Der is schon selber gesprungen. Frank wollte ihn noch retten, aber er hat ihn nich richtig zu fassen gekriegt. Und dann isser gefallen. Ich hab' den Zettel für dich geschrieben.«

Ich nickte. »Aber warum ist er mit Elvis da oben an den Abhang gegangen?«

»Dieser Verrückte hat Frank dazu gezwungen, dieser bescheuerte Jugo. Der hat gesagt, Elvis wollte bei der Bullerei singen. Und wär für sie zu gefährlich. Aber Frank sollte ihm nur ein bißchen angst machen, damit er die Klappe hält.«

Ich war vielleicht naiv, aber ich glaubte ihr.

»Dieser Arsch hat uns vollgedröhnt. Das war bei 'nem Fest bei Frank. Dieser verrückte Ante hat das Dope mitgebracht. Wir waren total weg und sind dann in diesem Scheißkeller aufgewacht. Da, wo du uns gefunden hast.« Sie schüttelte sich. »Frank war auch da. Er hat uns zugeflüstert, daß er dir Bescheid sagen wollte, wenn er wieder in der Stadt wäre, damit du uns rausholen könntest.«

Frank Gonzalez hatte tatsächlich einen Versuch unternommen. Vielleicht hatte ich ihn zu hart beurteilt.

»Bestimmt hat dieser Verrückte Frank aus dem Fenster geschubst. Der hätte uns abgemurkst, wenn er gekonnt hätte.«

»Das weiß ich«, sagte ich. »Und er hat ja auch seine gerechte Strafe bekommen.«

Sie schwieg. Ich sah sie mir genauer an. Sie sah aus wie fünfzehn. Nur wenn sie den Mund aufmachte, war sie alt.

»Elvis hatte einen Zwillingsbruder, Aron«, sagte ich dann. »Weißt du irgendwas über den?«

»Nie von gehört«, erklärte sie mit Bestimmtheit.

»Und was war mit David Stenersen, Elvis' Pflegevater, hattet ihr irgendeinen Kontakt zu dem?«

Sie schüttelte den Kopf. »Nicht direkt. Ich weiß bloß, daß der dick mit diesen Jugos befreundet war. Die haben wohl in Oslo irgendwelche Geschäfte zusammen gemacht. Und er hat Elvis gesagt, er könnte in einem Reklamefilm mitmachen. Sie haben in dem Haus in Stokke gedreht, wo du uns gefunden hast.« Sie schlug die Augen nieder.

»Hast du je von Henrik Hermansen gehört? Ein alter, wichtiger Bonze hier in Tønsberg.«

»Das alte Schwein is tot, oder?«

Ich nickte bestätigend. »Er kann jetzt weder dir noch anderen etwas tun. Hast du ihn gekannt?«

Sie schüttelte den Kopf. »Bin ihm nie begegnet. Aber Frank hat erzählt, daß er sie mit allerlei Kram unterstützt hat.«

»Womit denn, zum Beispiel?«

»Kohle, Geräte, manchmal Schnaps. Er konnte alles mögliche besorgen. Auch Waffen. Er und noch'n paar andere Trottel. Alte Nazis. Einen hast du gesehen, als du damals an dem Abend Frank geholfen hast. Der Feigling hat sich einfach verpißt.«

»Weißt du, wie diese Typen heißen?«

»Keine Ahnung. Das sollte doch alles so verdammt geheim sein. Nur Frank hatte Kontakt zu denen. Aber alle wußten, wo der Kram herkam. Ich weiß, daß dieser Hermansen Elvis' Pflegevater gekannt hat. Der Alte war oft da zu Besuch.« Sie schnaubte verächtlich. »Und so hat er Elvis kennenlernt, hat ihn mit aufs Boot und in sein Ferienhaus genommen und so. Er war nett, sagt Elvis, anfangs jedenfalls. Hat ihm tolle Sachen geschenkt, Klamotten und so. Is einmal sogar mit ihm nach Kopenhagen gedüst. Elvis war noch nie im Hotel gewesen, der fand das geil. Aber lange hat es nich gedauert. Es hat wohl gestimmt, was alle erzählt haben.«

»Was denn?«

»Daß er auf kleine Jungs stand.«

Sie schien fast vergessen zu haben, daß auch sie in dieser Suppe gesteckt hatte. Aber tat sie das noch immer?

Ich zündete mir ein Zigarillo an und musterte derweil meine Besucherin. Alice war etwas ganz Besonderes. Sie war nicht hübsch, aber sie hatte diese undefinierbare Ausstrahlung, die auf innere Kraft hinweist.

»Was hast du jetzt denn so vor?« fragte ich vorsichtig. »Willst du zur alten Clique zurück?«

Sie schüttelte heftig den Kopf. »Nix. Ich hab' genug! Muß wohl wieder mit der Schule anfangen. Und erstmal hätte ich gern 'nen Job.«

»Kannst du denn irgendwo wohnen?« Ich wußte, daß sie sich mit ihrer Familie nicht sonderlich gut verstand.

Sie zögerte. »Ich wohn' ein bißchen hier und da. Ist so verdammt schwer, was zu finden.«

Das konnte ich mir vorstellen. Wenn sie eine Chance haben sollte, mußte sie raus aus der Szene, weg von ihren Nazikumpeln.

Ich faßte einen spontanen Entschluß. »Schaffst du einen Putzjob? Er wird nicht besonders gut bezahlt, aber es gehört ein Zimmer dazu. Das wäre besser als nichts.«

»Kein Problem, ich hab' schon häufiger geputzt.«

Der Hausbesitzer würde mich deshalb hassen, aber ich hatte diesen Blutsauger im Griff. Ich wußte soviel über seine steuerlichen Transaktionen, daß ihm gar nichts anderes übrig blieb, als sich mit mir auf guten Fuß zu stellen. Und die Putzfrau hier im Haus hatte gerade gekündigt.

»Du kannst sofort einziehen. Das Zimmer liegt im zweiten Stock. Schlüssel und was du sonst noch brauchst, bekommst du von Frau Svendsen.« Frau Svendsen würde sicher ihre Zweifel haben, aber ich würde dann eben an ihre mütterlichen Gefühle appellieren. »Du mußt zum Einwohneramt gehen und dir eine Steuerkarte geben lassen. Da kannst du auch deine neue Adresse melden.« Das ging hier sehr schnell, für meine Verhältnisse. »Wo steckt eigentlich deine Freundin, Désirée??«

»Die hat sich zu einer Tante in Oslo verpißt. Ich hab keinen Kontakt mehr zu ihr.«

Ich blickte sie lange an. »Ich werde versuchen, dir so weit wie möglich zu helfen«, sagte ich ernst. »Aber vor allem kommt es auf dich selber an. Das verstehst du doch, nicht wahr? Du mußt einen großen Bogen um deine alten Bekannten machen. Und hier im Haus muß alles ganz sauber laufen, keine Drogen und kein Scheiß. Sonst sitzt du gleich wieder auf der Straße. Ich kann dich dann nicht beschützen.«

Sie nickte schweigend. Ich konnte ihr ansehen, daß sie diesen Versuch machen wollte. Und es würde mich nicht wundern, wenn sie es schaffte.

»Hier«, sagte ich dann und reichte ihr eine Broschüre der kirchlichen Stadtmission. »Wende dich an die. Da gibt es eine Gruppe für Leute wie dich, Leute, die aus ihrer Szene aussteigen wollen. Dort findest du Hilfe. Und keine Sorge«, fügte ich hinzu, als sie das Heftchen skeptisch betrachtete. »Die versuchen nicht, dich zu bekehren. Das sind Leute, auf die du dich verlassen kannst.«

Ich dachte nach. »Wenn du Ärger mit der Polizei kriegen solltest, dann wende dich an Kommissar Wilhelm Mørk.« Ich mußte Mørk informieren. Er würde ihr bestimmt helfen.

Ich klingelte nach Frau Svendsen. Die hatte offenbar an der Tür gehorcht, denn sie stand sofort im Zimmer.

»Das ist die neue Putzfrau hier im Haus«, sagte ich gespannt. »Du kannst ihr vielleicht ihr Zimmer zeigen und sie mit dem Hausmeister bekannt machen.«

Ich hatte mich nicht geirrt. Das konnte ich in Frau Svendsens strengem Gesicht lesen. Die Kleine würde ihre Chance haben. Ich hoffte nur, daß sie sie nutzte.

»Du weißt, wo du hingehen kannst, wenn es zu hart für dich wird. Hast du Geld?«

Sie zögerte. »Ein wenig.«

Ich reichte ihr fünfhundert Kronen. »Das kannst du als langfristiges Darlehen betrachten. Bis dann.«

Ich schloß die Bürotür.

Es war Freitag, und der Abend rückte näher. Ich war gut genug gelaunt, um Wilhelm Mørk anzurufen. Wir hatten nach der Sache auf dem Einödhof kaum miteinander gesprochen, sondern uns auf das beschränkt, was in Verbindung mit unseren Aussagen unbedingt nötig war.

»Wollen wir essen gehen? Ich brauche Nachschlag.« Ich erzählte von Alice und von meinem Besuch bei Lisa Maries Anwalt. »Diese Frau bittet doch geradezu darum, verurteilt zu werden.«

»Dann wird ihre Bitte sicher erhört werden«, erwiderte Mørk trocken. »Irgendwann muß ja mal das erste Mal sein. Wir sehen uns im Håndverkeren.«

Dieses Etablissement verkörperte den letzten Rest von altmodischer Restaurantkultur in der Kleinstadt. Gute kräftige Kost, üppige Serviererinnen mit Unterarmen wie Schauerleute, ehrsame Arbeiter an den Tischen. Meine Mandanten fühlten sich hier nicht wohl. Den Vertretern des Kaufmannsstandes war es nicht fein genug, den kleinen Gaunern zu ehrlich.

Wir fingen mit Aquavit und Bier an. Mørk betrachtete mich durch den Zigarrenrauch. »Etwas macht dir zu schaffen, das kann ich sehen. Spuck's aus.«

»Es ist nur so ein scheußliches Gefühl. Ein Gefühl, daß ich etwas übersehen habe, etwas, das ich kapieren müßte.« Ich bestellte eine weitere Runde. »In diesem Fall ist uns die Lösung auf einem silbernen Tablett serviert worden. Und das hat uns blind gemacht.«

»Kann schon sein. Aber an den harten Fakten kommst du nicht vorbei. Die Kleine hatte ein Motiv, sie war am Tatort, sie hat klare Spuren hinterlassen, und sie hat gestanden. Was willst du mehr?«

»Ich will wissen, warum sie das getan hat und wie. So einfach ist das.«

»Eines Tages wird deine Neugier dich in ernsthafte Schwierigkeiten bringen. Du willst immer die Wahrheit auf dem Tisch haben. Manchmal kann das zu hart werden. Kannst du dich nicht mit Annahmen begnügen, wie normale Menschen das machen?«

Ich unterbrach ihn. »Da ist noch etwas. Elvis Kristiansens Zwillingsbruder. Aron. Niemand hat auch nur angedeutet, daß er zu Stenersens Stall gehört hat. Warum ist der arme Kerl also unter die U-Bahn geraten? Du hast auf alles eine Antwort, vielleicht kannst du mir das also auch erzählen?«

»Ich arbeite an der Sache.« Er wechselte das Thema. »Und wie läuft eigentlich die Sache mit Frau Lunde? Vielleicht ist sie ja an deinem Kummer schuld?«

Ich musterte ihn überrascht. Woher konnte Mørk etwas über meine Beziehung zu Eva Lunde wissen? Ich hatte das für ein Staatsgeheimnis gehalten.

»Ich habe den Nagel auf den Kopf getroffen, wie ich sehe. Willst du es nicht lieber gleich erzählen?«

Ich gab auf. »Woher weißt du das?«

»Eine ihrer Kolleginnen ist eine alte Freundin von mir.«

»Eine ihrer Kolleginnen?« Wieder hatte er mich überrascht.

Er nickte. »Wir kennen uns aus uralten Zeiten.« Er leerte sein Glas und bestellte noch eine Runde. Noch waren wir nicht beim Hauptgericht angelangt.

»Du hast offenbar Eindruck gemacht. Frau Lunde hat sich sehr für dich interessiert. Hat gefragt und gebohrt, um sich ein Bild von dir zu machen. Und das sieht ihr überhaupt nicht ähnlich. Sie hat ein sehr gespanntes Verhältnis zu Männern, habe ich mir sagen lassen.«

»Das betrifft leider auch mich«, sagte ich resigniert. »Ich hoffe, du hast mich empfohlen?«

»Ich habe darauf hingewiesen, daß du zweifellos besser bist als dein Ruf.«

Wie beruhigend, das zu hören!

»Ich habe gehört, daß sie Tønsberg verlassen will.« Er musterte mich überrascht, als ich mein Erstaunen verriet. »Das hast du nicht gewußt, soso. Dann ist die Kiste doch nicht so heiß, wie ich sehe. Es geht ihr nicht so gut. Und sie hat sich krankschreiben lassen. Sozialarbeiterstreß. Schade, denn sie ist verdammt tüchtig. Was man nicht von vielen Leuten aus ihrer Behörde sagen kann.«

Der restliche Abend ist mir nicht mehr klar in Erinnerung. Der Kabeljau war sicher in Ordnung, vom Rotwein weiß ich nicht mehr viel, der Cognac verschwand im Nebel.

Am Samstagvormittag, als ich annahm, daß der Großteil des Alkohols meinen Körper verlassen hatte, holte ich den Jaguar, scheuchte Hulda hoch und steuerte eine bekannte Adresse auf Nøtterøy an. Unterwegs hielt ich bei einer Gärtnerei und kaufte Blumen.

Ich mußte Eva Lunde wiedersehen. Ich konnte sie nicht so einfach aus meinem Leben verschwinden lassen.

Vor ihrem Haus war alles still. In den großen Gärten der Nachbarn dagegen hatten die Aktivitäten Spitzenniveau erreicht. In dieser Gegend liebten sie gewaltige Maschinenparks.

Ich mußte lange auf den Klingelknopf drücken, ehe etwas passierte. Aber ich hatte mich schon davon überzeugt, daß ihr Wagen in der Garage stand, deshalb ließ ich nicht lokker.

Endlich wurde die Tür von einer bleichen Eva Lunde geöffnet. Sie schien geschlafen zu haben. »Svend? Wie nett.« Ich wußte nicht so recht, wie ich die Unsicherheit in ihrer Stimme deuten sollte.

»Ich habe gehört, daß du krank bist«, sagte ich zu meiner Entschuldigung. »Und ich habe auch noch ganz andere Gerüchte gehört. Willst du mich nicht hereinlassen?« Ich reichte ihr die Rosen. Für einen Moment stand sie stocksteif da. Ich hätte sie gern in den Arm genommen, tat aber nichts dergleichen, sondern stand nur wie ein unbeholfener Trottel vor ihr.

»Vielen Dank.« Sie bedachte mich mit einem kurzen Lächeln. »Komm rein. Ich bin total erledigt. Mir ist einfach alles über den Kopf gewachsen. Möchtest du einen Tee?«

Ich betrachtete sie vom Sofa her, während sie vor der Anrichte stand und den Tee aufgoß. Seit unserer letzten Begegnung schien sie abgenommen zu haben. Sie sah überhaupt nicht gesund aus. Aber sie war so elegant gekleidet wie stets, und ihre Lippen waren ebenso rot. Sie wußte noch immer, wie sie eine gute Figur machen konnte.

»Ich war seit deinem Anruf so gut wie nicht mehr im Büro. Ich bin schlichtweg zusammengebrochen. Und seither sitze ich einfach nur hier.« Sie war ungewöhnlich kleinlaut. »Im

Büro herrscht das pure Chaos. Regeln müssen überprüft, Entscheidungen hinterfragt, alte Fälle neu untersucht werden. Und die Boulevardpresse kreist über uns wie die Geier.«

Ich konnte für einen Moment ihren dunklen Blick einfangen. »Stimmt es, daß du umziehen willst?«

Sie schlug die Augen nieder. »Ich habe meinen Job gekündigt. Bald geht es los.«

»Es geht los?« fragte ich nervös. »W-w-wohin geht es denn?«

»Nach New York.«

O verdammt. Ich hatte eben immer Pech mit Frauen. Vor allem mit denen, die wichtig für mich waren. Sie suchten sich entweder einen anderen, wurden religiös, entwickelten sich zu Workaholics oder zu politischen Aktivistinnen. Eine war Lesbe geworden. Und jetzt siedelten sie nach New York über. Eine Nummer kleiner ging es wohl nicht.

»Was ist mit deinem Sohn?« fragte ich hilflos. »K-k-kannst du den so einfach mitnehmen? Was wird denn sein Vater dazu sagen?«

»Der muß sich damit abfinden. Er wird natürlich Ärger machen. Aber wenn wir erst in New York sind, kann er nicht mehr viel tun. Und Besuchsrecht hat er ja.«

Mehr war dazu nicht zu sagen. Sie hielt mich auf Distanz, und ich mußte mich in mein Schicksal ergeben.

Ich stand auf. »Eins mußt du mir versprechen.«

»Nur eins?« Für einen kurzen Moment erkannte ich ihr altes Lächeln.

»Du darfst erst verschwinden, wenn wir uns miteinander ausgesprochen haben. Vergiß das nicht.«

»Versprochen«, sagte sie ernst. »Großes Indianerehrenwort. Ich ruf' dich an, sobald es mir besser geht.«

Vor dem Gehen mußte ich noch zur Toilette. Zuviel Tee.

Als ich durch den Flur ging, warf ich einen Blick auf die Pinnwand. Bei meinem ersten Besuch hatte ich dort die Todesanzeige für ihren Vater entdeckt. Die war jetzt verschwunden.

Und plötzlich hatte ich es. Das kleine Detail, das die ganze Zeit vorhanden gewesen war. Das ich übersehen hatte. Oder, schlimmer noch, verdrängt.

Ich mußte mir das Gesicht mit kaltem Wasser waschen, ehe ich die Toilette wieder verlassen konnte. Ich wußte ganz einfach nicht, was ich machen sollte. In einem unbeobachteten Moment schnappte ich mir ein benutztes Glas, das auf dem Tisch gestanden hatte, und stopfte es in meine Tasche. Es war eine reine Reflexhandlung. Oder vielleicht war ich auch ein zynischer Arsch.

In der Diele umarmte ich Eva kurz. Plötzlich lag sie an meiner Brust. Ich streichelte ihre langen dunklen Haare. »Das findet sich schon alles«, sagte ich verwirrt. »Du gehst mir doch nicht einfach verloren, oder?«

Sie schüttelte den Kopf und schob mich vorsichtig von sich fort.

Wie in Trance fuhr ich nach Hause. Mørk hatte recht gehabt. Zuviel Neugier kann quälend und gefährlich werden. Und zu nicht wiedergutzumachenden Konsequenzen führen. Das, was ich jetzt in Gang gesetzt hatte, konnte ich nicht mehr aufhalten, so gern ich das auch gewollt hätte.

20

Das restliche Wochenende war lang und quälend. Ich verbrachte meine Zeit mit Nachdenken und Grübeln. Ich wechselte zwischen rationalen Einschätzungen und gefühlsmäßigem Zweifel. Eine Konklusion erreichte ich nicht.

Am Montag war ich dann erschöpft. Aber ich schaffte es doch, noch vor neun Uhr in Wilhelm Mørks Büro zu erscheinen.

Er blickte überrascht vom Papierhaufen auf seinem Schreibtisch auf. »Sieh mal an. Das muß ja ernst sein.« Er musterte mich aufmerksam. »Du siehst nicht gut aus. Verträgst du nichts mehr?«

Ich versuchte, seine Gehässigkeiten zu ignorieren und zog eine Plastiktüte aus der Tasche. »Ich möchte dich um einen Gefallen bitten. Frag nicht, warum. Kannst du die Fingerabdrücke auf diesem Glas untersuchen lassen? Ich habe wenig Zeit. Und das hier muß ganz unter uns bleiben.«

Er sah mich vielsagend an. »Möglich ist alles. Ich werde es sofort ans Labor weiterreichen. Da ist es im Moment angeblich ziemlich still.« Er nahm die Tüte und erhob sich.

»Moment noch«, sagte ich müde. »Das ist noch nicht alles. Kannst du diese Abdrücke mit den nichtidentifizierten aus David Stenersens Haus vergleichen?«

Mørk setzte sich wieder und blickte mich lange an. »Das

läßt sich schon machen. Es dauert nur ein wenig länger. Bist du sicher, daß du weißt, was du tust?«

»Muß ich das?« fragte ich. »Dann könnte ich nicht viel unternehmen.« Meine Ironie traf nicht auf fruchtbaren Boden.

»Und noch etwas. Du hast doch die Möglichkeit, Leute in internationalen Kriminalregistern überprüfen zu lassen, nicht wahr?«

Jetzt nickte er nur.

Ich zog eine abgegriffene Kopie der Kundenliste aus der Galerie Artemis hervor. Einen Namen hatte ich dick und rot unterstrichen und das Geburtsjahr hinzugefügt. »Laß diesen Namen durch den Computer laufen. USA. Kann schon ziemlich alter Kram sein.«

»Soll ich etwas Bestimmtes suchen?«

»Benutz deinen Kopf«, sagte ich, »dann klappt das schon, Ruf mich an, wenn du etwas gefunden hast, egal wann.«

Der restliche Tag schleppte sich im Büro so dahin. Ausnahmsweise einmal war ich froh darüber, daß ich mich auf normale juristische Arbeit konzentrieren konnte. Dabei brauchte ich nicht an das Dilemma zu denken, das inzwischen drohend vor mir aufzuragen begann.

Als ich an diesem Abend dann endlich nach Hause kam, machte ich mit Hulda eine so lange Joggingtour, daß wir per Anhalter nach Hause fahren mußten, was nicht ganz leicht ist, wenn man einen sabbernden Bernhardiner bei sich hat.

Wir standen gerade wieder in der Diele, als das Telefon klingelte. Unheilverkündend, fand ich. Meine Nerven waren reichlich ausgefranst.

»Spreche ich mit Anwalt Svend Foyn?« Es war ein Mann, und er sprach mit ernster und formeller Stimme.

»Am Apparat, ja. Worum geht es?«

Er stellte sich vor als Assistenzarzt am Ullevål-Krankenhaus. »Ich habe eine Nachricht für Sie«, sagte er dann langsam. »Von Fred Kristiansen. Er war mein Patient.«

»War?«

»Er ist heute morgen gestorben. Es kam nicht unerwartet. Sie wissen ja sicher, daß er Aids hatte. Es war kein Geheimnis. Er hat sich entschieden, den Krankheitsverlauf selber zu beenden, ehe es ihm zu schlecht ging.«

Ein Schock war das eigentlich nicht. Trotzdem empfand ich eine vage Leere. »Er hat sich also das Leben genommen?«

»Rein juristisch betrachtet, ja. Aber er hätte sowieso nicht mehr lange gelebt. Und er wollte es so. Die Barbiturate, die er aufgespart hatte, hätten eine mittelgroße Stadt zum Einschlafen bringen können.« Dann schwieg er. Der Assistenzarzt schien Fred wirklich zu betrauern. Er hustete. »Fred Kristiansen war ein ganz besonderer Mensch.«

»Ich weiß«, sagte ich. »Er hatte auch eine ganz besondere Vorgeschichte.«

»Er wollte Ihnen etwas sagen. Und es war ihm wichtig, daß die Mitteilung wortwörtlich erfolgt, deshalb habe ich sie aufgeschrieben. Eigentlich sind es zwei Mitteilungen.«

»Nur zu«, sagte ich neugierig. »Ich bin ganz Ohr.«

»Die erste lautet: *Danke für den Ausflug. Schreib an Ulrich und erzähle ihm unsere Geschichte.* Ich hoffe, das ergibt für Sie einen Sinn.«

Das tat es. »Und die andere Mitteilung?«

»Lisa Marie hat noch nie Blut sehen können.«

Ich schwieg, während mir die Konsequenzen dieser Nachricht aufgingen.

»Sind Sie noch da?«

»Ja, ja.« Ich war nur ein bißchen verwirrter als sonst. Das war soviel auf einmal. »Haben Sie vielen Dank für Ihren Anruf.«

In dieser Nacht blieb ich noch lange auf, grübelte und versuchte mein Glück abwechselnd mit Musik, Zigarren und Cognac. Mozart, Cubanas und Bache Gabrielsen. Aber nirgendwo fand ich eine Antwort.

Um drei Uhr nachts ging das Telefon. Ich war weder überrascht noch besorgt. Ich wußte ja, wer es war.

»Du bist ja noch auf.« Mørk hörte sich überhaupt nicht erstaunt an. Wenn ich es mir genauer überlegte, dann war er nur selten erstaunt. »Ich habe das, was du suchst. Zuerst die Fingerabdrücke. Auf dem Glas gab es zwei Sorten. Die eine stammt von dir.«

Ich konnte hören, daß ihn das amüsierte. »Ich habe mir erlaubt, das zu überprüfen. Ich habe deine Abdrücke auf Hermansens Ordner, in dem du unverschämterweise herumgeschnüffelt hast. Du hast Abdrücke auf dem Computer und an einigen Türen hinterlassen. Aber dafür findet sich im Notfall sicher eine Erklärung.« Er redete weiter, jetzt in ernsterem Tonfall. »Die anderen sind unbekannt. Aber sie stimmen mit Abdrücken überein, die wir an der Haustür, an einigen Lichtschaltern unten im Haus und an dem im Treppenhaus gegenüber von Stenersens Schlafzimmer gefunden haben. Offenbar von einer Person, die im Haus ein- und ausgegangen ist. Hilft das?«

Es half überhaupt nicht.

Mørk redete weiter. »Und jetzt zu der Person, die ich überprüfen sollte.« Er hörte sich an wie ein Nachrichtensprecher. »Frank Johnson. Amerikanischer Staatsbürger. Geboren am 1. Februar 1935. Hat am 23. Juni 1963 die norwegische Staatsbürgerin Astrid Lunde geheiratet. Wohnte bis 11. November 1975 in Brooklyn, New York. Anschließend nach Norwegen übersiedelt. Ein Kind, geboren am 17. Mai 1964. Name: Eva. Nicht vorbestraft.« Er legte eine lange Pause ein. »Im November 1972 nach einem Hinweis aus der

Schule angezeigt wegen sexuellen Mißbrauchs seiner Tochter. Anklage wegen Mangels an Beweisen nicht erhoben. Hatte nie was mit der norwegischen Polizei zu tun, ehe er auf der Kundenliste der Galerie Artemis gefunden wurde.«

Ich schwieg. »Noch etwas«, sagte Mørk jetzt langsam. »Wie nur allzu viele von den Leuten, mit denen du in Kontakt kommst, ist auch dieser Mann tot. Aber das hast du vielleicht schon gewußt?«

»Er ist an einer Krankheit gestorben. Das hatte nichts mit diesem Fall zu tun.«

Am anderen Ende der Leitung wurde es still. »Ach.«

Ich machte keinen Versuch, etwas zu erklären. Ich ging davon aus, daß er längst begriffen hatte, worauf ich hinauswollte. »Danke für deine Hilfe«, sagte ich und war plötzlich todmüde. Ich brauchte Mørk nicht zu bitten, den Mund zu halten. Ich wußte, daß er diese wichtige Entscheidung mir überlassen würde.

Seltsamerweise konnte ich sofort einschlafen. Aber nach nur drei Stunden wachte ich jäh auf. Es war halb sieben. Ich konnte nicht länger warten. Ich hatte das unangenehme Gefühl, daß es eilte.

Um halb acht hatte ich mich entschieden und rief Polizeirätin Anne Rønningen an. Privat, und ziemlich lange vor ihrem Dienstantritt. Ich hegte die fromme Hoffnung, bei ihr auf Wohlwollen zu stoßen. Ich hatte ja schließlich vor langer Zeit eigenhändig feststellen können, daß sich unter ihrer Uniform menschliche Züge verbargen.

»Hier ist Svend Foyn. Tut mir leid, daß ich so früh anrufe.«

»Du hast hoffentlich einen guten Grund.«

Ich machte einen weiteren Versuch. Der Stotterteufel lag schon auf der Lauer. »Es ist wichtig. Es geht um Lisa Marie Kristiansen.«

»Was ist mit ihr?« Jetzt war sie doch ein wenig neugierig.

»Ich habe gehört, daß es ihr noch immer schlecht geht. Gehört sie nicht eigentlich in ärztliche Behandlung, in ein Krankenhaus?«

»Seit ihrer Festnahme hat sich ihr Zustand zumindest nicht verschlechtert«, sagte Rønningen spitz. »Aber wir behalten sie natürlich aufmerksam im Auge.«

»Sie ist unschuldig«, sagte ich so ruhig ich konnte. »Sie hat n-n-niemanden umgebracht. Wenn ihr sie noch lange dabehaltet, kann das katastrophale Folgen haben.«

»Kannst du diese Behauptung beweisen?«

»Es ist nicht meine Aufgabe, etwas zu beweisen«, sagte ich eindringlich. »Aber ich weiß trotzdem, daß es die Wahrheit ist. Und irgendwann kommt sie ans Licht. Aber dann kann es zu spät sein.«

»Es ist keine Sensation, daß ein Anwalt behauptet, seine Mandantin sei unschuldig. Du mußt mir schon mehr liefern, wenn ich etwas unternehmen soll.«

Sie hatte natürlich recht. Aber ich mußte es trotzdem versuchen. »Lisa Marie kann kein Blut sehen«, sagte ich. »Das paßt doch schlecht zu ihrem Geständnis, findest du nicht?«

»Von wem weißt du das?«

»Von ihrem Vater.«

»Sag ihm, er soll sich bei uns melden, dann werde ich mir die Sache ansehen.«

»Das ist nicht so einfach«, sagte ich. »Es sei denn, du hast ganz besondere Beziehungen. Er ist gestern gestorben.«

»Ach. Wie bedauerlich. Aber meines Wissens hatten sie keinen Kontakt zueinander.« Formell fügte sie hinzu: »Du siehst sicher ein, daß das nichts an der Sache ändert. Du kannst vorbeikommen und eine schriftliche Aussage machen, wenn du deiner Mandantin helfen willst.«

»Sie ist nicht meine Mandantin«, sagte ich müde. »Kannst du nicht zumindest dafür sorgen, daß sie bis auf weiteres in ein Krankenhaus verlegt wird? Ich weiß, daß sich das arrangieren läßt, wenn ihr ein wenig guten Willen zeigt. Sie ist für niemanden eine Gefahr, nur für sich selber.«

Die alte Kuh überlegte sich die Sache nicht einmal. »Das geht nicht, fürchte ich. Und bitte ruf mich im Büro an, wenn du mal wieder etwas zu erzählen hast.« Sarkastisch war sie auch noch.

Es war noch immer keine acht Uhr. Ich hatte noch etwas anderes zu erledigen, und ich freute mich durchaus nicht auf diese Aufgabe.

Langsam fuhr ich gegen den Strom aus morgenmüden Autofahrern an. Aus der Stadt heraus, über die Kanalbrücke, wo die Autos ihre Stoßstangen im Stau aneinander rieben, weiter in Richtung Nøtterøy, auf den Fjord und das Idyll von Nesbrygga zu. Es würde ein warmer, schöner Herbsttag werden, ein Tag, über den man sich eigentlich freuen sollte.

Ich parkte in passender Entfernung vom Lundeschen Haus, damit ich den Eingang im Auge hatte, und steckte mir ein Zigarillo an, um die Wartezeit zu verkürzen.

Nach einigen Minuten öffnete sich die Tür, und Sohn Nils kam heraus. Er trug einen Ranzen auf dem Rücken. Der Junge war unterwegs in den nicht weit entfernt gelegenen Kindergarten. Er brauchte nicht einmal die Straße zu überqueren. Das hatte Eva Lunde mir erzählt.

Der Junge blieb am Tor stehen und winkte der Mutter zu, die auf der Treppe stand und den Gruß erwiderte. »Mach's gut, Nils. Und trödel unterwegs nicht wieder so herum.«

Ich stieg aus dem Jaguar und schaute mich um. Ich würde wohl zum letzten Mal einen Fuß in dieses Haus setzen. Und eigentlich paßte dieses ganze von Erfolg kündende Ambiente auch nicht zu mir, dachte ich laut. Ich wußte jedoch, daß das Selbstbetrug war. Wenn ich gekonnt hätte, wäre ich gern hier geblieben.

Eva Lunde musterte mich erschrocken, als sie öffnete. »Svend? Stimmt etwas nicht?«

Ich betrachtete meine Schuhe.

»Komm herein«, sagte sie tonlos, nachdem sie mich einige Sekunden angestarrt hatte. »Ich glaube, ich weiß, worum es geht.«

Ich setzte mich aufs Sofa, sie kehrte mir den Rücken zu, trat vor das große Fenster und schaute hinaus. Sie hatte ganz unübersehbar abgenommen. Die Stille um uns herum war drückend.

»Ich weiß fast alles«, sagte ich und versuchte, ganz ruhig zu bleiben. »Aber eben nur fast. Du kannst mich also informieren. Fangen wir mit deinem Vater an. Wie kommt der ins Bild?« Unbarmherzig redete ich weiter.

»Mein Vater war Kunde in Stenersens Galerie. Ich habe eine ganze Sammlung von Filmen und Bildern gefunden, als ich seine Wohnung aufgelöst habe.« Ihre Stimme klang elend. »Das hätte mich eigentlich nicht überraschen dürfen. Aber es war trotzdem ein Schock.« Sie schaute zu Boden. »Ich hatte das Gefühl, wieder acht Jahre alt zu sein.«

»Das Video mit Elvis in der Hauptrolle, das du mir gezeigt hast, kam also von dort?«

»Ja«, flüsterte sie. »Und da begriff ich plötzlich alles. Die Papiere, die ich bei ihm gefunden habe, waren deutlich genug. Er hatte sich nicht geändert. Aber ich habe es einfach nicht über mich gebracht, etwas zu unternehmen. Das habe ich dir überlassen.«

Ich konnte ihren dunklen Blick nicht einfangen und merkte, daß der schmerzende Klumpen in meinem Magen immer weiter wuchs. »Und ich war der nützliche Idiot.«

Sie schüttelte den Kopf. »Nein, Svend, das stimmt nicht. Aber das spielt jetzt keine Rolle.« Sie schlug die Augen nieder. »Es war feige von mir, das weiß ich. Ich wußte, daß David Stenersen in etwas Entsetzliches verwickelt war. Und die Interessen meines Vaters waren mir ja schon bekannt.« Die Bitterkeit in ihrer Stimme tat richtig weh.

»Er hat sich an dir vergriffen, nicht wahr?«

»Als wir in den USA gewohnt haben. Bis ich acht Jahre alt war. Ich weiß nicht, wann es angefangen hat. Aufgehört hat es für mich nie.« Jetzt weinte sie lautlos. Ihre schmalen Schultern bebten. »Mutter hat mir nicht geglaubt. Sondern ihm. Für alles andere fehlte ihr der Mut.«

Ich hätte sie gern in die Arme genommen und alles vergessen, aber ich wußte, daß es nicht so einfach war. Ich blieb auf dem Sofa sitzen.

Sie drehte sich zu mir um. »Die Hände waren das schlimmste. Große, kräftige Hände mit langen schwarzen Haaren. Ich lag abend starr vor Angst da und wartete auf seine kalten Hände. Ich konnte sie sogar dann sehen, wenn ich die Augen geschlossen hatte. Ich sehe sie noch immer.« Ihr Gesicht war so weiß, daß ich glaubte, sie würde jeden Moment in Ohnmacht fallen. »Du kannst dir einfach nicht vorstellen, wie das war.«

Im Haus herrschte Totenstille. Die Sonne stieg gerade über den Hügeln im Osten auf und schien hinter mir durch das Küchenfenster. Es würde wirklich ein wunderschöner Tag werden.

»Du bist mir an diesem Samstag zu Stenersens Haus gefolgt, nicht wahr?« Ich konnte einfach nicht aufhören.

Sie nickte unmerklich. »Du hattest mir ja erzählt, daß du hingehen wolltest. Ich habe eine Ewigkeit im Auto vor deiner Wohnung gewartet. Ich weiß nicht, was ich dabei gedacht habe. Ich war sicher, daß du etwas unternehmen würdest. Ich habe mich auf dich verlassen.« Wieder schlug sie die Augen nieder.

»Und jetzt tust du das nicht mehr?«

»Ich weiß nicht«, flüsterte sie. »Ich weiß doch nicht, was du willst.«

»Was ist bei Stenersen passiert?«

Sie flüsterte noch immer. »Ich hatte mich hinter den Bäumen beim Eingang versteckt. Als du aus dem Haus kamst, wußte ich nicht, was ich machen sollte. Ich folgte dir bis zum Auto, und dann bist zu losgefahren. Danach kann ich mich an nichts mehr erinnern. Ich glaube, ich muß dir die Straße entlang nachgegangen sein. Wie lange, weiß ich nicht. Am Ende habe ich wohl kehrtgemacht und bin zum Haus von Stenersen zurückgegangen. Ich weiß noch, daß die Haustür angelehnt war.« Sie blickte mich verzweifelt an. »Ich war wie eine Schlafwandlerin.«

»Warum wolltest du ins Haus? Überleg dir das gut. Es ist wichtig.«

»Ich weiß nicht. Ich wollte wohl mit David Stenersen sprechen. Ihm sagen, daß ich alles wußte. Ihn auf irgendeine Weise zur Rechenschaft ziehen.« Ich glaubte ihr. Aber würde der Staatsanwalt das auch tun?

»Du bist also hineingegangen. Im Haus war es dunkel. Wie hast du dich dort orientiert?«

»Ich habe die Deckenlampe eingeschaltet. An der Wand war ein Lichtschalter, gleich neben dem Eingang.«

»Wußtest du, wo die Küche liegt?«

Sie schüttelte verwirrt den Kopf. »Ich war doch vorher noch nie in dem Haus. Ich habe auch die Küche nicht gesucht. Ich wollte nur David Stenersen finden.«

»Warum bist du in den ersten Stock hochgegangen?«

»Es war, als ob ich wußte, daß er dort war. Kannst du mir glauben?«

Ich glaubte ihr jedes Wort. Aber ich konnte mir das einfach nicht vorstellen, da hatte sie recht. Nicht so, wie es wirklich war.

Der Staatsanwalt würde seine eigenen Schlußfolgerungen ziehen. Er würde behaupten, sie habe kalt und ruhig überlegt, die Schlafzimmer müßten im ersten Stock liegen, und das nichtsahnende Opfer werde aller Wahrscheinlichkeit nach den Schlaf der Gerechten genießen. Genauer gesagt, in diesem Fall würde er vielleicht eher vom Schlaf der Ungerechten sprechen. Aber viel helfen würde das nicht.

Mechanisch redete Eva weiter. »Ich ging die Treppe hoch und schaltete das Flurlicht ein. Ich schaute ins Schlafzimmer, die Tür stand offen. Und dann weiß ich nichts mehr. Ich weiß einfach nicht, was dann passiert ist.«

»Setz dich«, sagte ich und versuchte, ruhig zu bleiben. »Möchtest du etwas trinken?«

Sie gab keine Antwort, sondern ließ sich einfach auf die Kante des Ledersofas sinken. »Das ist mir schon früher passiert«, sagte sie mit tonloser Stimme.

»Was denn?«

»Daß ich auf diese Weise weggetreten bin. Die Psychologen nennen das selektiven Mutismus. Das kann Leute wie mich befallen.«

Ich wußte nicht, was ich sagen sollte.

»Ich weiß nur noch kurze Details. David Stenersen auf dem Rücken im Bett. Er war nackt. Seine Hände, groß und kräftig mit schwarzen Haaren auf dem Handrücken. Wie die meines Vaters. Das warme Blut, das über meine Hände strömte.«

Um uns herum herrschte Totenstille. Kein Geräusch drang aus der Wirklichkeit draußen zu uns vor. Wir schienen keinerlei Verbindung zu dem geschäftigen Herbsttag zu haben.

»Ich muß unten in der Küche gewesen sein, das Messer geholt haben und dann wieder nach oben gegangen sein. Ich kam zu mir, als ich mit dem Messer in der Hand vor dem Schlafzimmer stand. Ich wußte, daß etwas Schreckliches geschehen war. Ich habe nicht hineingeschaut. Ich habe ich mich nicht getraut.«

»Etwas verstehe ich nicht«, sagte ich langsam. »Deine Fingerabdrücke waren nicht auf dem Messer. Wie kannst du das erklären?«

»Ich habe den Griff abgewischt und mit dem Ärmel festgehalten, als ich die Treppe hinuntergegangen bin. Ich habe keine Ahnung, warum. Ich hatte vielleicht eine verrückte Vorstellung davon, Spuren zu verwischen«, sagte sie bitter und schaute mich an. In ihrem Blick lag eine unvorstellbare Traurigkeit. »Ich habe nicht David Stenersen umgebracht. Sondern meinen Vater.«

Nervös sprang ich jetzt auf. »Wo ist dir Lisa Marie begegnet?«

»Als ich ins Wohnzimmer hinunterkam. Ich hatte nur einen einzigen Gedanken im Kopf. Ich wollte weg von dort und nach Hause. Und dann stand sie plötzlich vor mir.«

»Auch sie war mir gefolgt«, sagte ich, »und hatte draußen gewartet, genau wie du. Sie hatte denselben Plan.«

»Das war wieder ein Schock. Das Messer fiel zwischen uns auf den Boden. Sie bückte sich und hob es auf. *Ich wollte ihn doch umbringen. Geh zu Nils nach Haus.* Genau das hat sie gesagt.«

»Ihr kanntet euch also schon?« fragte ich überrascht.

»Ich wußte vom Sozialamt, wer sie war. Aber wir haben uns erst vor einigen Monaten kennengelernt, als sie in Nils' Kindergarten ein Praktikum gemacht hat. Er mochte sie gut leiden.«

»Hast du gesehen, was Lisa Marie dann gemacht hat?«

»Nein, ich bin aus dem Haus gelaufen. Ich wollte weg. Ich weiß nur noch vage, daß ich heimgefahren bin. Ich war allein zu Hause, Nils hat bei einem Freund übernachtet. Ich habe mir das Blut abgewaschen und die Kleider in die Waschmaschine gesteckt. Als ich am Morgen erwachte, hielt ich alles zuerst für einen bösen Traum. Bis ich dann die Nachrichten hörte, habe ich mir einreden wollen, es sei einfach ein ganz normaler Alptraum gewesen.«

Perfekt. Die Staatsanwaltschaft würde diese Waschaktion als aktiven Versuch betrachten, Spuren zu verwischen.

»Aber dein Wagen? Der muß doch total mit Blut versaut gewesen sein.«

»Da war kein Blut. Ich habe jedenfalls keins gesehen.«

Das war seltsam. So, wie sie Stenersen zugerichtet hatte, hätte sie eigentlich über und über mit Blut bespritzt sein müssen.

Und jetzt kam das Schwerste. »Warum bist du nicht zur Polizei gegangen?«

»Das war mein erster Gedanke. Aber ich hatte solche Angst. Davor, was sie mit mir machen würden. Und mit Nils. Und als ich von Lisa Maries Geständnis hörte, wußte ich nicht, was ich tun sollte. Wenn Nils nicht gewesen wäre, hätte ich mich gestellt.«

Ich glaubte ihr. Aber es war trotzdem nicht genug.

»Ich weiß, was mit Nils passieren wird, wenn ich ins Gefängnis muß. Sein Vater wird ihn an sich reißen. Und ich werde Nils niemals wiedersehen. Ich weiß, was er dann mit Nils macht. Er will, daß Nils so wird wie er. Ein Machtmensch, der auf allen herumtrampelt, um sein Ziel zu erreichen. Das kann ich nicht zulassen. Verstehst du das, Svend?«

Ich verstand es schon. Aber so einfach war es trotzdem nicht. »Du hast vergessen, daß jemand an deiner Stelle in der

Zelle sitzt. Eine Frau, der nie etwas geschenkt worden ist. Sie hat das nicht verdient.« Ich schüttelte den Kopf. »Das geht nicht, Eva. Das kannst du nicht machen. Dann legst du dir nur ein weiteres Gespenst zu, das dich verfolgen wird.«

»Das ist aber meine Sache, oder etwa nicht?« Sie hatte etwas von ihrer alten Kraft zurückgewonnen.

»Irrtum«, sagte ich. »So einfach ist das nicht. Lisa Marie Kristiansen ist auch dein Problem. Du kannst vor diesem Problem nicht davonlaufen, selbst wenn du in die USA zurückkehrst.«

»Ich habe noch immer Verwandte in New York. Und die amerikanische Staatsbürgerschaft habe ich auch behalten. Die USA liefern ihre eigenen Leute nicht aus. Wenn ich erst dort bin, spielt es keine Rolle, was hier zu Hause passiert. Dann kannst du alles erzählen.«

»Das letzte, was ich möchte, ist Gott spielen«, sagte ich. »Dabei habe ich mir schon einmal die Finger verbrannt. Das hier ist deine Verantwortung. Hör mir zu«, fügte ich eindringlich hinzu. »Du wirst dich niemals sicher fühlen. Dein Exmann wird euren Umzug nicht einfach hinnehmen. Polizei und Anwälte werden Krach schlagen. Du riskierst, deinen Sohn zu verlieren.«

»Ich habe nicht vor, irgendwen um Erlaubnis zu fragen. Versuch das zu verstehen. Ich habe keine Wahl.«

Wir kamen nicht weiter. Jetzt, wo ich die Wahrheit kannte, wünschte ich mir, sie nie erfahren zu haben.

Eva stand am Fenster und blickte mir hinterher, als ich ging. Ihre schwarze Gestalt schien noch kleiner geworden zu sein. Wir hatten einander nichts mehr zu sagen. Ich steckte in einem entsetzlichen Dilemma. Stand vor einem unlösbaren Problem. Es gab keinen einfachen Ausweg. Ich war nicht einmal sicher, ob es überhaupt einen Weg gab.

Beim bloßen Gedanken an die Kanzlei wurde mir schon schlecht. Ich rief Frau Svendsen an und erklärte, daß es mir an Arbeitslust fehle und daß zweifelhaft sei, ob die sich jemals wieder einstellen werde. Danach fuhr ich nach Hause, weckte eine glückliche Hulda, kochte mir eine Thermoskanne voll Kaffee, suchte meine Angelsachen zusammen und fuhr nach Tjøme.

Die tiefstehende Oktobersonne wärmte die Felsen an, als wir durch Moutmarka zum Meer und zur Stille wanderten.

Dann klingelte das verdammte Mobiltelefon.

Es war Polizeirätin Anne Rønningen. Sie hörte sich arg kleinlaut an. »Foyn? Kannst du sofort herkommen?«

»Herkommen?« fragte ich gereizt. »Wohin denn?« Ich konnte diese Frau nicht mehr ertragen.

Sie wurde förmlicher. »Ich bin im Büro. Es ist etwas passiert. Es ist wichtig, daß du kommst.« Mehr wollte sie nicht sagen.

Ich glaubte zu ahnen, was sie mir verschwieg, und diese Ahnung gefiel mir ganz und gar nicht. Ich lief zum Auto zurück und bretterte nach Tønsberg. Hulda wurde in ihrer Überzeugung bestätigt, daß der Mensch ein unberechenbares Wesen ist.

Ich stürzte in Rønningens Büro, ohne auf ihre Aufforderung zu warten. Sie hatte sich hinter ihrem blankpolierten Schreibtisch verschanzt. Vor ihr waren Papiere zu ordentlichen Stapeln aufgetürmt. Sie machte ein düsteres Gesicht.

Ehe ich mich setzen konnte, las sie mit tonloser Stimme einen Zettel vor, der vor ihr auf dem Tisch gelegen hatte. »Heute morgen um 09.30 wurde Lisa Marie Kristiansen in ihrer Zelle tot aufgefunden. Bei der Inspektion um 08.00 war noch alles in Ordnung gewesen. Ein anderer Häftling hörte eine halbe Stunde später aus ihrer Zelle seltsame Geräusche.

Wir nehmen an, daß der Tod um 08.30 eingetreten ist. Sie erhängte sich mit Hilfe ihrer Kleider, die sie zerrissen und zu einem Seil zusammengebunden hatte. Wir haben die üblichen Schritte eingeleitet, um zu klären, ob eine Verletzung der Dienstvorschrift vorliegt.« Sie schaute auf. »Dein Anruf von heute morgen wird ganz normal zu Protokoll genommen, obwohl er außerhalb der Dienstzeit kam. Ich wollte dir das persönlich sagen.«

Als ob das ein Trost wäre.

Um halb neun an diesem Morgen hatte ich mich vor Eva Lundes Haus ins Auto gesetzt, nachdem der Versuch mißlungen war, Lisa Marie Kristiansen aus der Zelle zu befreien, in der sie einfach nichts zu suchen hatte.

Ich hatte zu früh aufgegeben.

Plötzlich war alles zuviel für mich. Ich mußte meine Wut an jemandem auslassen, und die Polizeirätin war gerade zur Hand. »Du bist eine r-r-rachsüchtige Idiotin, Rønningen!«

Ich sagte das so verbissen, daß sie es mit der Angst bekam und die Hand nach dem blöden Knopf ausstreckte, der sich vermutlich unter ihrem Schreibtisch befand.

»Mach dir nicht ins Hemd«, sagte ich und beugte mich zu ihr vor. »Ich werde dich nicht umbringen, auch wenn du das verdient hättest. Lisa Marie Kristiansen war unschuldig, ist dir das klar? Sie war n-n-nur eins der vielen Opfer in diesem Fall.« Rønningen wurde ganz klein in ihrem Sessel, aber mir machte das keine besondere Freude.

Ich ging. Hinaus aus einer düsteren Wache, durch vormittagsmüde Kleinstadtstraßen, zurück in meine Wohnung. Dort würde ich Ruhe haben. Hulda war das einzige Wesen, mit dem ich überhaupt noch kommunizieren wollte.

Für Horst Wagner und seine norwegischen Nachkommen war der Krieg endlich vorüber. Er hatte mehr als fünfzig Jahre gedauert.

21

Wieder verstrichen einige Wochen. Das Leben wurde ruhiger. Ich hatte Fred Kristiansens letzten Wunsch erfüllt und mit großer Mühe in deutscher Sprache einen langen Bericht für Ulrich Wagner verfaßt. Er schickte mir ein höfliches Antwortschreiben.

Mit ziemlicher Mühe schaffte ich die Umstellung auf ein verhältnismäßig normales Dasein. Ich erschien fast täglich im Büro und erfüllte meine Pflichten, als sei in diesem Herbst nichts Außergewöhnliches passiert.

Ein ernsthafter Rückfall jedoch setzte ein, als ich eine Postkarte aus New York erhielt. Eva Lunde teilte mit, alles gehe gut. Nils fühlte sich wohl. Sein Vater gab bisher Ruhe. Sie wußte jetzt, daß ihr Entschluß richtig gewesen war.

Vielleicht hatte sie recht.

Ich widerstand dem Drang, mich ins nächste Flugzeug zu setzen.

In der Galerieaffäre, wie die Zeitungen das nannten, war alles still. Die Kunden kamen mit Ausflüchten, Zeugen stellten sich nicht ein, die Hauptakteure waren tot. David Stenersens plötzliches Dahinscheiden galt als abgeschlossener Fall. Es gab nichts mehr zu ermitteln. Dasselbe galt für die beiden Jugoslawen.

Wilhelm Mørk wurde in aller Stille für seine Eigenmächtigkeiten getadelt. Aber mehr wagte das Justizwesen dann doch nicht. Ich selber war mit gebrochenem Herzen und rabenschwarzem Gewissen davongekommen.

Erfahrungsgemäß sind beide Zustände heilbar.

Ich saß mit Wilhelm Mørk nach einem Essen und einer Schachpartie im Håndverkeren. Ich hatte die Bilder aus Stokke fast verdrängen können. Pulverdampf, das Blut, das über den sauberen Holzboden strömte, die erstarrte Kindergestalt, die sich an meinem Hals anklammerte.

Wilhelm Mørk war wirklich eine komplexe Persönlichkeit. Seine fatalistische Ruhe machte mir angst. Es fiel mir schwer, zu akzeptieren, daß der Mensch, der so friedlich mir gegenüber am Tisch saß, zwei Verbrecher erschossen oder eigentlich fast hingerichtet hatte. Ich wußte, daß das nicht nötig gewesen wäre. Ich hatte es nicht verhindern können, und darauf war ich nicht stolz.

Wir hatten uns stillschweigend geeinigt, die Galerieaffäre nicht mehr zu erwähnen. Ich war abermals im edelsten Spiel der Welt geschlagen worden. Was zur Normalisierung des Daseins beitrug.

»Eins macht mir schon lange zu schaffen«, sagte Mørk nachdenklich. »Und erzähl mir jetzt nicht, daß du dir nicht auch darüber den Kopf zerbrichst.« Wir waren beim Cognac angekommen. »Der Zwillingsbruder. Aron.«

»Vielleicht hat jemand den Jungen umgebracht«, sagte ich langsam. »Jemand, von dem wir nichts wissen. Aron kann doch in dieselben Kreise geraten sein.«

Das war eine schwache Theorie. Ich wußte, daß sie nicht stimmen konnte. Nichts von allem, was wir in Erfahrung gebracht hatten, legte eine solche Annahme nahe.

»Wenn nicht, dann muß es ein unbegreiflicher Zufall gewesen sein. Eine andere Erklärung gibt es nicht.«

»Sag das nicht«, erwiderte Mørk lakonisch. Ich kannte ihn und wußte, daß er zu einer wichtigen Mitteilung ansetzte. »Einzelne Fälle lassen sich mit normalen Polizeimethoden nicht aufklären. Nicht alle Erklärungen sind das, was du als rational bezeichnen würdest. Und auf diese Weise habe ich die Lösung für diesen Fall gefunden. Eine mögliche Lösung«, fügte er hinzu.

»Jetzt rede schon«, sagte ich ungeduldig. Wilhelm Mørk genoß es, mich auf die Folter zu spannen. »Was hast du jetzt herausgefunden?«

»Sagt der Begriff Zwillingsforschung dir etwas?« Er zog eine alte, vergilbte Illustrierte aus der Tasche, legte sie vor mich hin und schlug einen Artikel auf.

Erbe und Milieu
Was wir aus der Zwillingsforschung lernen können

»Liegt das nicht etwas außerhalb deines Fachgebietes?« fragte ich skeptisch.

Er nickte. »Da hast du schon recht. Aber ich habe mich an einen der Psychologen gewandt, mit denen wir hin und wieder zusammenarbeiten. Einen hochgebildeten Fachmann, der sich für übernatürliche Phänomene interessiert. Außerdem ist er neugierig. Er konnte mir allerlei interessante Dinge erzählen.«

Er zündete sich langsam eine Zigarette an, ehe er weitersprach. »Hast du gewußt, daß Elvis und Aron eineiige Zwillinge waren?«

Ich hatte keine Ahnung gehabt. Doch selbst wenn, hätte ich es wohl nicht weiter wichtig gefunden.

»Eineiige Zwillinge sind die Ausnahme. Die weitaus meisten Zwillinge sind zweieiig und deshalb ganz normale Geschwister, die zufällig gleichzeitig geboren worden sind.

Die eineiigen aber«, er legte eine Kunstpause in seinem Vortrag ein, »sind genetisch identische Individuen.«

»Sag mir was Neues«, forderte ich ungeduldig. »Und komm zur Sache.«

»Dieser Artikel«, er zeigte auf die Illustrierte, »behauptet, eine Reihe von unerklärlichen Ereignissen, die mit eineiigen Zwillingen zu tun haben, könne belegt werden, auch hier in Norwegen. Sie kommunizieren auf unbekannte Weise, sie nehmen identische Handlungen vor und geraten in identische Situationen. Es ist fast wie Quantenphysik.«

»Natürlich habe ich von solchen Phänomenen gehört. Aber das reicht mir hier nicht. Ich möchte handfestere Beweise. In diesem Fall glaube ich eher an irdische Teufel. Für deren Existenz haben wir Beweise genug, finde ich.«

»Spar dir deine Skepsis.« Er blätterte weiter. »Lies das, ehe du so große Töne spuckst.«

Ich sah ein Bild von zwei kleinen Jungen. Obwohl es eine alte Schwarzweißaufnahme war, gab es keinen Zweifel. Ich hatte Elvis und Aron Kristiansen aus Stokke vor mir.

Ich las mit steigendem Interesse. Mehrere Berichte aus Lokalzeitungen waren wiedergegeben, die die identischen Erlebnisse der Zwillinge beschrieben.

Das Sozialamt hatte das Kunststück vollbracht, die beiden zu trennen. Es war angeblich leichter, sie einzeln unterzubringen. Die Bürokratie mußte von Herausforderungen verschont bleiben.

Die beiden waren ein Glückstreffer für die Forschung. Nur selten gab es Material über eineiige Zwillinge, die in so unterschiedlichen Umgebungen aufgewachsen waren.

Ein Psychologe, der sich für Zwillingsforschung interessierte, hatte die beiden nach ihrer Trennung eine Zeitlang beobachten dürfen. Als Forschungsobjekte natürlich, nicht, um ihnen zu einem besseren Leben zu verhelfen. Das wäre zuviel verlangt gewesen.

»Ich habe mit diesem Psychologen gesprochen. Er ist meiner Ansicht, auch wenn das Projekt vor fünf Jahren, am zehnten Geburtstag der beiden, eingestellt worden ist. Die Adoptiveltern hatten jede weitere Beobachtung verboten.«

Ich schaute verwirrt auf.

»Lies einfach weiter«, sagte Mørk, »dann werden wir ja sehen, ob du zu demselben Schluß kommst wie ich. So kann es doch gewesen sein, oder?« Nachdenklich fügte er hinzu: »Aber genau wissen werden wir das wohl nie.«

Auf der nächsten Seite folgte ein Artikel aus *Tønsbergs Blad*, er war fast zehn Jahre alt und stammte aus dem Jahr vor Arons Adoption.

Zwillingspaar angefahren und fast von LKW getötet

Die Zwillinge Elvis und Aron Kristiansen (5) aus Stokke wurden gestern angefahren und ernstlich verletzt. Plötzlich und scheinbar grundlos waren sie vor ein Auto gelaufen. Beide Jungen liegen jetzt mit Kopfverletzungen im Krankenhaus, ihr Zustand ist bedenklich. Laut Auskunft der Ärzte haben sie vollständig identische Verletzungen davongetragen. Das Seltsame ist, daß es bei zwei verschiedenen Unfällen an verschiedenen Orten, aber genau zum selben Zeitpunkt, geschehen ist. Um 15.35 wurde Elvis auf der Durchfahrtsstraße im Zentrum von Stokke angefahren, während Aron gleichzeitig in der Nedre Langgate in Tønsberg, wo er mit seiner Mutter unterwegs war, auf dieselbe Weise verunglückte. Plötzlich riß er sich von ihr los und rannte auf die Straße. Die Polizei ist der Meinung, daß keiner der beiden Fahrer für die Unfälle verantwortlich gemacht werden kann.

»Sie haben ja überlebt«, sagte ich müde. »Bis auf weiteres.«

»Dein Problem ist, daß du ums Verrecken alles ergründen willst. Du mußt lernen, manches einfach hinzunehmen.«

Wie üblich hatte er völlig recht.

EPILOG

Noch eine Woche verging. Es war Samstag, und ich hatte mir in den Kopf gesetzt, daß der Jaguar eine gründliche Wäsche brauchte. Staubsaugen, Polieren, Motorwäsche, Putzen von altem Chrom. Bei der Wartung eines fünfunddreißig Jahre alten Oldtimers ist ständiger Einsatz vonnöten.

Ich mochte diese Arbeit. Als ich über der Motorhaube hing und an alten Ölflecken herumrieb, hatte ich das Gefühl, auch einige von den Gedanken wegzuputzen, die mich während der letzten Wochen gequält hatten.

Ich stand vor der Waschstraße der Tankstelle und bewunderte das leuchtendrote Auto, als ein grüner Jeep an mir vorbeifuhr und sich am Ende der Schlange anstellte. Er sah nicht sonderlich schmutzig aus. Die Fahrerin trug einen eleganten schwarzen Hut, eine dunkle Sonnenbrille, eine elegante Lederjacke und enge Jeans. Ihre langen blonden Haare fielen über ihren Jackenkragen. Die Stiefel klickten über den Asphalt, als sie in der Tankstelle verschwand.

Katja Stenersen war seit unserer letzten Begegnung sehr viel blasser geworden. Fast hätte ich sie nicht erkannt.

Sie hatte mich nicht gesehen.

Ich sprang in den Jaguar und setzte zurück. Ich hatte seit meinem jämmerlichen Abgang an dem Abend, als ihr Ehemann seine Kampfsportfähigkeiten unter Beweis gestellt hatte, kein Wort mehr mit ihr gewechselt.

Ich hatte mir sagen lassen, daß sie ihr Grundstück verkaufen und aus dem Pflegeheimgeschäft aussteigen wollte. Der Verkauf würde ihr eine Menge einbringen. Mørk hatte erzählt, sie wolle ins Ausland gehen. Das Künstlerinnendasein in Spanien schien sie zu locken.

Die Polizei hatte nichts gegen sie vorbringen können. Ich glaubte auch nicht, daß man sich große Mühe gegeben hatte. Sie hatte erklärt, nichts von den lichtscheuen Geschäften ihres Gatten gewußt zu haben.

Wie blind konnte man eigentlich sein?

Aber vielleicht stimmte es ja. Sie wäre nicht die erste, die sich in ihrem Ehepartner gründlich geirrt hätte.

Sie fuhr den Jeep in die automatische Waschstraße und verließ dann die Halle, um das Ende des Waschprogramms abzuwarten. Ich versteckte mich hinter einer Zeitung. Aus irgendeinem Grund wollte ich nicht von ihr gesehen werden.

Nach der Wäsche nahm sie die Matten aus dem Wagen und fuhr kurz mit dem Staubsauger darüber. Besonders sorgfältig schien sie diese Aufgabe nicht verrichten zu wollen.

Frauen sind da schon komisch. Das Haus muß nach allen Regeln der Kunst geputzt werden. Die Toilettenschüsseln müssen strahlen, die Spülbecken funkeln. Das Auto dagegen wird nicht weiter wichtig genommen. Es muß in den Genen liegen.

Sie fischte irgendwelche Abfälle aus den Seitenfächern der Vordertüren, stopfte alles zusammen mit alten Zeitungen von der Rückbank in eine Plastiktüte und warf den ganzen Kram in den tankstelleneigenen Abfallcontainer.

Das alles registrierte ich ganz mechanisch.

Als sie in ihrem frischgewaschenen Auto auf die Hauptstraße zurückbrauste, ging ich mit zielbewußten Schritten zum Container, kletterte auf die Kante des stinkenden Behälters und holte die Tüte heraus, die Katja Stenersen so achtlos weggeworfen hatte. Ich rechnete nicht bewußt mit einem interessanten Fund. Ich weiß eigentlich nicht, warum ich mich überhaupt so verhielt.

Als ich die Tüte dann in der Hand hielt, kam ich mir reichlich blöd vor. Zwei dickliche Heinis glotzten herablassend zu mir herüber und schienen irgendwelche gehässigen Sprüche auszubrüten.

Ich kam ihnen zuvor. »Ich sammle«, sagte ich, »Plastiktüten. Ihr habt nicht zufällig ein paar seltene Exemplare übrig? Die vom Alkoholladen habe ich schon.«

Sie grunzten etwas Unverständliches und watschelten zu ihrem Mercedes. Die Wohlstandsentwicklung hier an der Goldküste war weit gediehen.

Ich legte die Tüte vorsichtig in den frischgewaschenen Kofferraum, ließ den Motor an und fuhr langsam nach Hause. Der Duft von frischgeöltem Leder und poliertem Lack vermischte sich mit dem Geruch meiner milden Cubana. Der Motor summte leise und vertraulich. Zum ersten Mal seit Wochen hatte ich das Gefühl, daß der harte Knoten in meinem Bauch sich langsam auflöste.

In meiner Wohnung leerte ich die Tüte über dem Küchentisch aus. Ihr Inhalt hatte überraschende Ähnlichkeit mit meinem eigenen Müll.

Quittungen, Servietten, Zahnstocher, Schokoladenpapier, leere Pastillendosen. Ein Kugelschreiber, eine zerbrochene Sonnenbrille, ein paar alte Zeitungen.

Ich faltete einen länglichen Zettel auseinander. Eine Quittung von A/S FJELLINJEN. Sie war fleckig und zur Hälfte zerrissen. Jemand hatte um 02.17 Uhr eine Mautschranke passiert. Das Datum war nicht zu lesen.

Ich sah mir den Zettel genauer an. Die Flecken waren dunkelbraun. Ein Fleck auf der Rückseite wies deutliche Fingerspuren auf.

Ich holte eine Lupe und legte den Zettel unter die stärkste Lampe, die ich finden konnte. Das Datum war die Nacht zum Sonntag vor fünf Wochen. Die Nacht, in der David Stenersen mit einem scharfen Messer tranchiert worden war.

Ich dachte fieberhaft nach. Im Umland von Oslo gibt es viele Mautschranken. Ich wußte nicht, von welcher diese Quittung stammte. Der Zettel wies drei verschiedene Registriernummern auf.

Zum Glück leben wir im Computerzeitalter.

Ein zuvorkommender junger Mann von der Verwaltung der Mautgesellschaft konnte mir am Telefon rasch mitteilen, daß das fragliche Auto über den Drammensveien in Richtung Oslo gefahren war, um dann bei Sjølyst in Richtung Frogner abzubiegen und um genau 02.17 Uhr die Mautschranke bei Skøyen zu passieren.

Ich blieb am Küchentisch sitzen, während mir die Konsequenzen meiner Entdeckung langsam in vollem Gewicht bewußt wurden.

Katja Stenersen hatte die Polizei belogen, was ihre Bewegungen in der schicksalhaften Nacht anging. Sie mußte das rauschende Fest, wo es angeblich reichlich feucht zugegangen war, zumindest vorübergehend verlassen haben. Von Oslo aus war sie in Richtung Vestfold gefahren. Wie lange sie unterwegs gewesen war, wußte ich nicht.

Theoretisch hätte auch jemand anderes das Auto gefahren haben können. Vielleicht hatte sie es für diesen Abend verliehen. Die Erklärung konnte auch eine diskrete Trinkrunde in Bærum sein oder irgendeine andere Unternehmung, über die sie nicht sprechen wollte.

Vielleicht war das Fest für eine lebenslustige Frau wie Katja Stenersen zu langweilig geworden. Aufgeblasene Greise, rotzfeine Drecksäcke mit finanziellem Kunstinteresse und ganz anderen Wünschen. Öde Reden und saure Frauenzimmer. Daß sie ihren Ausflug verschwiegen hatte, konnte eine ganz normale Erklärung haben.

Und doch stank diese Sache.

Der Zeitpunkt paßte. Sie konnte Tønsberg gegen ein Uhr nachts verlassen und bei zügigem Fahren um Viertel nach zwei die Schranke erreicht haben. In diesem Fall hätte sie die Mautstation zweimal passiert. Aber eine weitere Quittung hatte ich in der Abfalltüte nicht gefunden.

Sie hatte natürlich den Münzautomaten benutzt. Vielleicht hatte sie auf dem Rückweg kein Kleingeld mehr gehabt. Konnte es wirklich möglich sein, daß sie nicht daran gedacht hatte, die Quittung zu vernichten?

Bei genauerem Nachdenken kam ich zu dem Schluß, daß man doch gerade in solchen Situationen Dummheiten begeht.

Sie konnte den Wagen gewaschen, die Blutspuren entfernt, alles getan haben, um ihren Ausflug nach Tønsberg zu verbergen. Nur dieses harmlose kleine Detail hatte sie vergessen. Ein weißes Zettelchen, das ihre Zukunft grundlegend verändern konnte.

Andererseits konnte die Erklärung ja auch ganz einfach die sein, daß keinerlei Grund bestanden hatte, diesen Zettel zu vernichten.

Ich fragte mich, ob es sich bei den braunen Flecken um Blut handeln könnte. Um einen Saft, der sich durch einen DNA-Test mit absoluter Sicherheit identifizieren läßt. Zusammen mit Katja Stenersens Fingerabdrücken würde das ein sehr starker Beweis sein. Ich könnte Rønningen die Lösung auf einem silbernen Tablett servieren.

Aber es konnte sich auch um Schokolade handeln. Die

Quittung hatte schließlich auf einigen zerdrückten Schokoladeresten gelegen.

Die clevere Frau Stenersen konnte theoretisch gegen elf unbemerkt das Fest verlassen haben, um Tønsberg ungefähr zu dem Zeitpunkt zu erreichen, zu dem ich ihren Mann verlassen hatte, sich dann durch die Hintertür zu schleichen, zu der sie sicher den Schlüssel hatte, ihren Mann zu Hackfleisch zu machen und dann ins Osloer Gesellschaftsleben zurückzukehren. In dem Fall hätte sie unmittelbar vor meinen Verfolgerinnen im Haus gewesen sein müssen. Unmöglich war das nicht.

Ich war unsicher. Alles war Theorie. Aber Katja Stenersen hätte ein Motiv haben können. Möglicherweise war ihr die Wahrheit über die Geschäfte ihres Mannes erst aufgegangen, als ich die beiden mit meinem Verdacht konfrontiert hatte. Der Bursche war sicher auch im Privatleben ein Arsch gewesen. Ein Mann, der seine Frau durchaus zum Mord treiben konnte.

Diese Zufälle machten mir zu schaffen. War es denn überhaupt vorstellbar, daß drei ganz unterschiedliche Frauen, die allesamt ein gespanntes Verhältnis zu David Stenersen hatten, unabhängig voneinander und mit wenigen Minuten Abstand diesem Mann einen tödlichen Besuch abgestattet hatten?

Ich kam zu dem Schluß, daß alles möglich ist, auch das Unwahrscheinliche. Das Dasein hält sich nicht an die Wahrscheinlichkeitsregeln. Das mußte ich nun bald mal einsehen. Außerdem war dieses Handlungsmuster nicht allzu seltsam. Die beiden ersten Besucherinnen waren als direkte Folge meiner Nachlässigkeit gekommen. Und Katja Stenersen konnte sich das Datum sorgfältig überlegt haben. Sie wußte, daß ihr Mann allein zu Hause war und daß sie ein brauchbares Alibi liefern könnte.

Oder vielleicht war es auch ganz spontan zu dem Mord gekommen. Sie war vom Fest zurückgekehrt, hatte plötzlich die Möglichkeit gesehen, sich von dem Typen zu befreien, und war dann nach Oslo gefahren, um sich das Alibi zu sichern.

Andererseits konnte ich auch nicht außer acht lassen, daß die ganze Theorie meiner lebhaften Phantasie entsprungen sein konnte. Wunschdenken, wie Wilhelm Mørk sagen würde.

Die Mautquittung war mein einziger Beweis.

Ich hielt lange den Telefonhörer in der Hand, bis ich mich dann entschied. Der Nachmittag ging schon zur Neige. Die Sonne balancierte auf dem benachbarten Dach und schickte rote Spätherbststrahlen in meine Mansardenwohnung. In den Ecken tauchte eine große Auswahl an Wollmäusen auf. Ich hätte viel darum gegeben, mich eher auf Hausputz als auf dieses Spiel mit fremden Leben konzentrieren zu können.

Ich ging davon aus, daß Mørk auf der Wache war. Er meldete sich sofort.

»Es geht um Stenersen«, sagte ich langsam.

Mørk schwieg, ließ mich einfach weiterreden.

Ich ließ mir Zeit. Ich wußte nicht, wie ich anfangen sollte.

Ehe ich etwas sagen konnte, hörte ich aus der Küche ein vertrautes Geräusch. Das Schmatzen einer Bernhardinerhündin ist unverkennbar. Je kleiner die Bissen, um so lauter das Schmatzen.

Mir kam eine entsetzliche Ahnung. Ich drehte mich langsam um und schaute in die Küche. Hulda stand auf den Hinterbeinen und hatte ihre breiten Vorderpfoten auf den Tisch gelegt. Ihr großer Kopf wackelte rhythmisch hin und her, während sie konzentriert kaute.

Vor dem Tier hatte eben noch eine braungefleckte Quittung der A/S FJELLINJEN gelegen.

Hunde sind blutrünstige Tiere. Vieles legte den Verdacht nahe, daß es sich bei den braunen Flecken wirklich um Blut gehandelt hatte. Aber Hulda aß auch gern Schokolade.

Ich verstummte.

»Na, was ist? Wolltest du mir nicht etwas erzählen?« Mørk wurde langsam ungeduldig.

Ich starrte fasziniert das große Tier am Küchentisch an. Hulda schaute sich jetzt um. Sie musterte mich mit einem tiefsinnigen Blick, der jede Aggression in mir verfliegen ließ. Sie schien mir etwas sagen zu wollen.

Das Beweismaterial hatte anscheinend gut geschmeckt.

Ich holte tief Luft und versuchte, mich auf meinen Anruf zu konzentrieren. »Ich habe gerade ein paar wichtige Entscheidungen getroffen«, sagte ich seufzend. »Ich werde deinen Rat befolgen. Ich werde nicht mehr versuchen, alles zu ergründen. Mehr habe ich nicht zu sagen.«

Nicht einmal das überraschte ihn.

Über meine andere Entscheidung wollte ich Wilhelm Mørk nicht informieren. Vor einigen Monaten hatte ich einen Großstadturlaub geplant. New York City wäre jetzt genau das richtige.

Die Suche nach seinem wahren Vater, einem verruchten Künstler und Orchestermusiker, führt Wilhelm Beck in das Hotel eines kleinen norwegischen Dorfes. Hier hat sein Vater seiner Mutter immer das Märchen vom Mond erzählt, der in einer stillen Nacht für den Blumentopf auf der Fensterbank ein Konzert gibt. Hat Wilhelm seine Leidenschaft für den Mond vielleicht von seinem Vater geerbt?

Eine wunderbar poetische Geschichte über einen »mondsüchtigen« Mann auf der Suche nach seiner Vergangenheit.

Unni Lindell

Das Mondorchester
Roman
Deutsche Erstausgabe

Econ | Ullstein | List

B63